문우영 신무협 장편소설
ORIENTAL FANTASY STORY & ADVENTURE

악공전기(樂工傳記) 8
하늘피리

초판 1쇄 인쇄 / 2008년 11월 29일
초판 1쇄 발행 / 2008년 12월 9일

지은이 / 문우영

발행인 / 오영배
편집장 / 김경인
펴낸 곳 / (주)삼양출판사 · 드림북스

주소 / 서울특별시 강북구 미아8동 322-10호
대표 전화 / 02-980-2112~4 팩스 / 02-983-0660
편집부 전화 / 02-980-2116 팩스 / 02-983-8201
홈페이지 / www.sydreambooks.com

등록번호 / 제9-00046호
등록일자 / 1999년 3월 11일

ⓒ 문우영, 2008

값 8,000원

(주)삼양출판사 · 드림북스의 서면 허락 없이는 어떠한
형태나 수단으로도 이 책의 내용을 이용하지 못합니다.

ISBN 978-89-542-2951-7 04810
ISBN 978-89-542-2584-7 (세트)

* 지은이와 협의하에 인지는 생략합니다.
* 잘못된 책은 구입한 곳에서 바꾸어 드립니다.

목차

제1장 바람이 되리라 • 007

제2장 후회는 죄가 아니다 • 037

제3장 사마세가(司馬勢家)의 선택 • 065

제4장 목탁깨나 두드려본 솜씨 • 099

제5장 거일량(擧一梁)이면 동태산(動泰山)이라 • 135

제6장 어미의 마음 • *183*

제7장 네가 나를 잃다(吾喪我) • *219*

제8장 천년고독(千年蠱毒) • *265*

제9장 아, 천룡부(天龍府)! • *301*

제10장 봄 여름 가을 겨울 • *333*

 석도명이 막창소를 물리치고 정연과 감격의 재회를 나누고 있을 무렵, 진무궁 군사 허이량의 관심은 온통 사마세가에 기울어 있었다. 사마중이 은밀하게 사마세가를 떠나 어디론가 향했다는 정보를 받아들었기 때문이다.

 허이량은 그 시점에서 사마중이 어디로 향하고 있는지를 알지 못했다. 그러나 왜 길을 나섰는지는 간파하고 있었다.

 그에게 확신에 가까운 실마리를 안겨준 것은 십대문파의 동향이었다. 강호활동을 중지한 십대문파의 수뇌들이 약속이라도 한 듯이 거의 동시에 모습을 감췄던 것이다.

 대부분 폐관수련을 이유로 들었지만, 그걸 곧이곧대로 믿을 허이량이 아니었다.

허이량은 십대문파가 사마세가를 중심으로 다시 힘을 모으려 한다는 사실을 어렵지 않게 추측할 수 있었다. 바람직하지 않은 현상이기는 했으나, 또 다른 한편으로는 내심 벼르고 있던 일이기도 했다.

과연 허이량의 짐작은 어긋나지 않았다.

사마세가를 떠난 사마중은 산동 서남단의 작은 고을 단현(單縣)에서 걸음을 멈췄다. 그곳에서 십대문파의 수장들이 사마중을 기다리고 있었다.

진무궁에 의해 쑥대밭이 되다시피 한 무당파와 소림사, 종남파는 물론, 스스로 문을 걸어 닫은 덕분에 전력을 고스란히 유지한 화산파와 곤륜파, 아미파의 장문인이 한자리에 모였다.

심지어 석도명에게 10년 봉문을 약속한 청성파의 장문인 주면공도 모습을 드러냈다. 강호의 위기도 위기려니와, 석도명에게 진 빚을 갚는다는 이유가 청성파에게는 있었다.

"허, 이제 와서 내게 무림맹주를 맡으라는 게요? 사마세가는 아쉬울 때 쓰라고 있는 방패막이가 아니외다."

사마중이 낮지만 단호한 음성으로 말했다.

십대문파의 수장들이 비밀리에 연락을 보내 사마중을 청한 까닭은 하나였다. 그 옛날 사마세가가 중심이 돼서 천마협을 무찔렀듯이 진무궁 타도를 위한 구심점이 돼 달라는 것이다.

사마중을 무림맹주로 추대하겠다는 제안과 함께였다.

물론 사마중이 이를 달게 받아들일 리가 없다.

마인과 어울렸다는 이유로 쫓아낼 때는 언제고, 상황이 불리해지니까 이제 와서 도움을 요청한단 말인가? 그것도 고작 허울뿐인 무림맹주 자리를 내밀면서.

다만 그 잘난 십대문파의 장문인들이 스스로 부족함을 시인하고 먼저 손을 내밀었다는 사실은 내심 고소했다.

사마중이 차가운 반응을 보이자 화산파의 구유청이 침통한 표정으로 입을 열었다.

소림사와 무당파가 진무궁에게 큰 피해를 입는 바람에 십대문파 사이에서 화산파의 영향력이 상대적으로 높아졌다. 그래서 자연스레 화산파의 장문인이 십대문파를 대표하는 위치가 되고 말았다.

"사마 가주의 섭섭함을 모르는 바 아니외다. 과거 무림맹의 처사가 옹졸했음을 여기 있는 모든 사람들이 미안하게 생각하오. 허나, 모름지기 사나운 바람을 만난 뒤에야 쉬이 뽑히지 않는 질긴 풀을 알아본다(疾風知勁草)고 하지 않소이까. 부디 사마세가가 무림 전체를 위해 다시 한 번 용기와 지혜를 발휘해 주기를 바라오."

"그렇소이다. 비가 온 뒤에 땅이 더 굳어지는 법이외다. 한때의 어리석음으로 무림이 잠시 분열되기는 했으나, 이제는 다시 손을 맞잡을 때라고 보오. 사마세가가 아니면 누가 그 어려운 일을 해낼 수 있겠소?"

공동파의 도광도사가 구유청의 말을 거들고 나섰다.

하지만 딱딱하게 굳은 사마중의 얼굴은 쉽게 풀어지지 않았다.

"몇 마디 말로 나를 회유하려 들지 마시오. 그동안 무림을 위해 자기 몸을 아끼지 않은 사람들이 과연 어떤 보답을 받았소이까? 청공무제(여운도)는 그대들이 지원 병력을 제대로 보내주지 않은 바람에 길에서 횡사를 당했소. 또한 그대들이 무림맹에서 내쫓은 제천대주는 진무궁주와 맞서다 폐인이 되고 말았소이다. 달면 삼키고, 쓰면 뱉는다 함은 바로 십대문파의 행실을 두고 한 말이 아니겠소이까? 이제 사마세가에게 그 짐을 떠넘길 참이오? 50년 전에 했던 일을 또 하란 말이오?"

사마중이 좌중의 사람들을 매섭게 쏘아봤다. 그 눈길을 제대로 받아내는 사람은 없었다.

"험험, 그동안의 일에 대해서는 면목이 없소이다. 우리를 원망하는 그 마음도 알겠고……. 허나 사마세가의 힘만으로는 진무궁을 당해낼 수 없는 게 현실이잖소. 우리끼리 척을 지는 건 결국 진무궁을 돕는 일이라는 점을 다시 헤아려주기를 바랄 뿐이외다."

사마중의 말을 받은 사람은 곤륜파의 무암선사였다. 과거 천마협에게 혹독한 시련을 맛본 탓에 십대문파 가운데서는 그나마 무림맹의 존립에 관심을 기울여온 사람이다.

사마중도 그런 무암선사에게는 대놓고 면박을 주지 못했다. 그 바람에 좌중에 불편한 침묵이 감돌았다.

강호에서 자존심과 고집으로는 따라올 자가 별로 없는 십대 문파 수장들이 지금 이 자리에서 느끼는 감정은 곤혹스러움과 부끄러움이다.

잠시 뒤 사마중이 누구에게랄 것도 없는 묘한 질문을 던졌다.

"한 가지만 물읍시다. 왜 이렇게 기를 쓰고 진무궁에 대항하려는 것이오? 장문인을 잃은 몇몇 문파를 제외하고는 딱히 진무궁과 원한을 쌓은 일도 없거늘……."

"아니, 그게 무슨 말이오? 무림의 평화와 정의를 위해서 외적에 맞서는 건 당연한 일이지 않소이까?"

"어허, 원한이 아니라 대의가 중요한 게지요."

좌중에서 낮은 탄식이 흘러나왔다. 따질 필요도 없는 것을 왜 묻느냐는 반응이다.

사마중이 천천히 고개를 가로저었다.

"허허, 좀 솔직해집시다. 강호에서 문파 간의 힘겨루기는 항상 벌어지는 일이오. 진무궁이 무림맹을 쑥대밭으로 만들었다고는 하나, 따지고 보면 딱히 악행을 저지른 게 없소이다. 각 문파에서 존장과 제자를 잃은 원한이 있다면, 스스로 힘을 길러서 똑같은 방법으로 돌려주면 그만이질 않겠소?"

"말도 안 되오! 진무궁은 그 저주스런 천마협의 후예라고 하지 않소."

"그렇소이다. 십대문파는 천마협과는 같은 하늘을 이고 살아갈 수 없소이다."

이번에는 불만 섞인 음성이 곳곳에서 터져 나왔다. 사마중이 은근히 진무궁을 옹호하는 듯한 느낌이 들었기 때문이다.

그런 반응에 개의치 않고 사마중이 천천히 말을 이어갔다.

"자, 이런 가정을 한 번 해봅시다. 문파가 커지다 보면 그 내부에서 여러 가지 세력이랄까, 의견을 달리하는 사람들이 생기기 마련이오. 그중 불만을 품은 일부가 문파를 탈퇴해서 옳지 않은 일을 벌였소. 일부 제자들이 잘못을 저질렀다고 그 문파가 무림의 공적이 되어야 하는 것이오? 솔직히 장구한 역사를 가진 명문 정파치고 이와 비슷한 일을 단 한 번도 겪지 않은 곳이 있소이까? 묻겠소이다. 만일 진무궁과 천마협의 관계가 그런 것이라면 어찌시겠소?"

"어허……"

십대문파 수장들이 다시 탄식을 쏟아냈다.

사마중의 추궁대로 명문 정파라고 악행에서 완전히 자유로운 게 아니었다. 교만에 빠져, 욕심에 눈이 멀어, 혹은 실수로 인해 오명을 남긴 사람들이 종종 나타나곤 했다.

비도행의 일로 청성일검 정고석을 잃은 청성파 장문인 주면공은 혹시 사마중이 자신을 염두에 두고 한 이야기가 아닐까 싶어 남 몰래 식은땀을 흘려야 했다.

"혹여 진무궁의 정체에 대해서 알고 있는 것이 있으시오?"

구유청이 사마중에게 물었다.

"글쎄올시다……. 진무궁이 버티고 있는 한 천마협이 세상에 나오지 못한다……고 하지 않소이까. 그 뜻을 헤아려 봤을 뿐이오."

장문인들이 일제히 고개를 끄덕였다.

사마중이 입에 담은 것은 진무궁주 악소천이 천마협에 대해서 직접 밝힌 이야기다. 여러 가지로 해석이 될 수 있는 말이지만, 사마중의 짐작은 상당한 설득력을 담고 있었다.

진무궁이 천마협의 악행과 무관하고 또 그 과오를 단죄하겠다는 입장이라면, 십대문파가 내세울 '대의'는 확실히 빛이 바래는 느낌이다.

"그렇다고 해도 진무궁을 이대로 두고 볼 수는 없소이다. 특정 문파가 강호를 좌지우지하는 것은 용납할 수 없는 일이오!"

종남파의 새 장문인 두한환(斗悍丸)이 음성을 높였다. 전 장문인이자 친형인 두한모가 악소천에게 죽음을 당해 원한이 깊은 탓이다.

"허허, 지금까지 진무궁이 특정 문파의 일에 감 놔라, 배 놔라 한 적이 있소? 아니면, 다른 문파의 사업장을 가로채서 제 배를 불리고 있소? 정사파 간에 함부로 싸우지 말라고 한 것밖에는 없소이다. 진무궁에 죄가 있다면 그동안 무림의 주인으로 자처하던 십대문파보다 강하다는 사실뿐이오! 솔직히 정파라 해도 십대문파가 아니면 대접을 받지 못하는 게 사실이지 않소이까?"

사마중이 마지막 말에 은근히 힘을 실었다. 십대문파의 자존심을 건드리는 말이었으나, 동시에 핵심을 찌르는 지적이었다. 그리고 십대문파에게 은근히 차별을 받아오던 오대세가의 불만을 고스란히 드러낸 것이기도 했다.

이 자리에 사마중을 제외하고는 오대세가의 가주가 참석하지 않았다. 모용세가와 사마세가가 잇달아 무림맹에서 탈퇴하고, 천가장이 궤멸에 가까운 피해를 입었다고는 하나, 남궁세가와 헌원세가는 여전히 건재한데도 말이다.

십대문파는 일부러 남궁강과 헌원소를 부르지 않았다. 사마중과 헌원소의 관계가 불편하다는 게 표면적인 이유였지만, 그 밑바닥에는 이미 붕괴된 오대세가의 존재를 인정해 줄 필요가 없다는 속내가 깔려 있었다.

"크흠, 사마 가주의 말이 전부 옳다고 할 수는 없으나 또 아주 틀렸다고도 할 수 없구려. 그러나 힘이 세다고 무조건 쳐들어와서 힘자랑을 한 것도 죄라면 죄가 아니겠소이까? 아니, 사마 가주의 말씀대로 그것은 문파 간의 은원으로 정리한다고 칩시다. 문제는 진무궁이 자신들의 힘을 어디에 쓸지를 아무도 모른다는 사실이외다. 본시 강한 권력은 반드시 썩기 마련이오. 진무궁이 앞으로 무슨 일을 할지를 도통 알 수가 없으니, 최소한의 견제세력이 있어야 하지 않겠소? 십대문파와 오대세가가 아니면 누가 그 역할을 하겠소이까?"

화산파 구유청이 사마중을 완곡하게 설득하고 나섰다. 뒤늦게나마 오대세가를 추켜세우는 것도 잊지 않았다.

쉽게 흥분하지 않는 성정에 상황 판단이 빠르다는 평을 듣는 구유청이다. 그가 진무궁에 무모하게 맞서는 대신 북방천군 언목완에게 일 대 일 비무를 제안함으로써 화산파의 피해를 막은 것 또한 그 같은 성품 덕이었다.

사마중이 그 말을 냉랭하게 되받아쳤다.

"그러면 다시 묻겠소이다. 누구든 십대문파보다 월등히 강하면 무림의 공적이 되는 게요? 혹시라도 내가 진무궁주를 꺾는다면, 그 다음에는 사마세가가 최소한의 견제라는 명목으로 십대문파의 공적이 되겠구려."

쿵!

십대문파 장문인들은 심장이 덜컥 내려앉는 기분이었다. 사마중의 말에서 '사마세가는 진무궁을 이길 수 있다'는 듯한 어감을 느꼈기 때문이다.

어쩌면 호랑이를 물리치려고 다른 호랑이 등에 올라타려는 게 아닌가 하는 불길한 예감이 모두의 뇌리를 스쳐갔다.

장문인들의 얼굴이 딱딱하게 굳는 것을 보면서 사마중이 너털웃음을 터뜨렸다.

"허허허, 보시오. 그냥 예를 들어 한 이야기에도 벌써부터 사마세가를 경계하고 있지 않소이까? 이러고서 나에게 무림맹주를 맡아달라고 하는 게요? 등 뒤에서 십대문파의 견제를 받느니, 차라리 진무궁 밑으로 들어가는 게 더 안전할 것 같소이다. 적어도 진무궁주는 항복한 자에게는 더없이 너그러우니 말이오."

사마중이 천천히 좌중을 둘러봤다. 그와 고개가 마주치는 족족 장문인들이 고개를 돌렸다. 사마중의 힐난에 가슴이 뜨끔한 탓이다.

사마중이 서늘한 눈빛으로 말을 계속했다.

"관부에 적을 둔 권문세가와 강호 무림의 차이가 무엇이라 생각하시오? 출신 성분이나 따지고, 기득권을 지키는 데 혈안이 돼 있고…… 이게 무림인들이 할 일이오? 나는 진무궁이 어디에서 왔는지를 따질 생각은 없소. 나의 관심사는 앞으로 진무궁이 어떤 일을 할 것인가, 이 어지러운 무림에 과연 어떤 질서를 세울 것인가…… 그뿐이오. 진무궁이 불의한 일을 하거나, 다른 문파의 굴종을 강요한다면 목숨을 걸고 싸울 테지만, 그렇지 않다면 공존을 모색하는 것 또한 염두에 두고 있다는 뜻이올시다."

"허면…… 사마세가는 정녕 진무궁 휘하로 들어가겠다는 뜻을 가진 것이오?"

구유청의 질문에 모든 사람들의 이목이 사마중에게 집중됐다. 사마세가가 진무궁을 인정한다는 건 무림맹의 종말을 뜻하는 것이나 다름없었다.

"허허, 사마세가는 아직 아무것도 결정하지 못했소이다."

사마중이 의미심장한 표정으로 십대문파의 장문인들과 일일이 눈을 맞췄다.

수십 년을 알고 지낸 사이면서도 정작 해야 할 말은 한 번도 나눠보지 못한 사람들이다. 이제야 그 일을 할 때가 된 것이다.

*   *   *

진무궁 군사 허이량은 머리가 복잡했다.

석도명을 잡으라고 내보낸 막창소가 정연을 쫓다가 되레 석도명에게 죽음을 당했다는 터무니없는 소식이 도착했기 때문이다.

허이량은 도무지 믿을 수가 없었다.

무공을 잃고 완전히 폐인이 된 줄 알았던 석도명이 무슨 수로 천하의 수라사자를 죽였단 말인가? 전해진 소식에 따르면 막창소의 시신이 산산이 찢겨나가 거의 가루가 됐다고 한다. 그게 어떻게 가능한 일일까? 결국 무공을 회복했다고 믿을 수밖에 없는 상황이다.

하지만 단전이 깨진 인간이 어떻게 무공을 되찾는단 말인가?

허이량은 쉽게 풀리지 않은 의문을 안고서 악소천을 찾아갔다.

　"허허허, 유쾌한 녀석이로고."
　석도명이 막창소를 죽였다는 말에 악소천은 크게 웃었다. 막창소의 죽음을 애통해 하는 기색은 조금도 없었다. 오히려 석도명의 성취를 대견해 하는 눈치마저 보였다.
　"궁주, 그렇게 웃으실 때가 아닙니다. 사마세가가 드디어 그 마각을 드러내려는 마당에 본궁의 수라사자가 무림맹 제천대주에게 목숨을 잃었습니다. 더욱이 그자는 사광의 이름을 사칭하며 민심을 등에 업고 있다고 하니 이대로 방치해서 좋을 게 없습니다. 무엇보다 궁주의 제자이기도 한 수라사자를 해친 죄만은 반드시 물어야 하지 않겠습니까?"
　"허허, 그대는 어찌하여 그 아이를 그리 미워하는고?"
　"외람되오나 감히 여쭙겠습니다. 대체 궁주께서는 무슨 연유로 그자를 그리 어여삐 보십니까?"
　허이량의 당돌하기까지 한 물음에 악소천이 한참을 크게 웃었다.
　자기 손으로 눈을 멀게 하고, 단전을 파괴한 아이다. 그런 잔인한 손속에도 불구하고 허이량의 눈에는 다른 것이 보인 모양이다.
　기이하게도 허이량의 말을 부인하고 싶은 마음은 별로 들지 않았다.

"그대는 내가 왜 강호로 나섰다고 생각하는가?"

"흩어진 천룡부의 정기를 바로 세우고, 떠나간 자들을 다시 불러 모으시기 위함이 아닙니까? 또한 천룡의 후예들이 살아 있음을 천하에 알리시려는 뜻이기도 하고요."

"허허, 그것은 그대의 소원일 뿐."

"……."

허이량이 묵묵히 악소천의 눈을 응시했다. 악소천이 말하고자 하는 바가 자신의 예상과 크게 어긋났음을 알았기 때문이다.

"솔직히 말해주지. 나는 오래도록 혼자였느니. 내 앞에도 뒤에도 사람이 보이지 않았단 말이지. 허허허."

허이량의 고개가 미미하게 끄덕여졌다. 내놓고 맞장구를 치기는 어려웠지만, 악소천의 흉중(胸中; 생각)을 읽은 탓이다.

외로움.

절대 강자가 운명적으로 겪게 되는 고충이다.

어려서부터 천고의 기재라는 소리를 듣고 자라온 악소천이다. 나이 서른에 진무궁 내에서 그를 가르칠 사람이 없었다고 했다.

그의 앞에 둘 수 있는 사람이라고는 500년 전에 신선이 됐다는 무황태제뿐이다. 뒤를 살펴봐도 악소천을 이을 만한 재목은 아직 보이지 않았다.

제대로 된 맞수를 만나보지 못한 세월이 인생의 대부분을 차지하고 있으니 악소천이 공허함과 고독을 느끼는 것은 당연했다.

만일 그에게 진무궁주의 자리가 일찌감치 맡겨지지 않았더라면 신분을 감추고 혼자서 강호를 주유하기라도 했을 것이다. 어딘가에 숨어 있을 고수를 만나기 위해서.

그러나 악소천은 천룡부의 적통을 자처하는 진무궁의 장래를 책임져야 했다. 진무궁과 함께 세상에 나오기 위해 수십 년의 세월을 참고 또 참을 수밖에 없었다.

악소천의 독백이 느릿하게 이어졌다.

"기대를 안고 나왔으나 강호에도 적수가 없더란 말이지…… 겨우 쓸 만한 나무가 한 그루 있었는데…… 잡초며 넝쿨에 칭칭 감겨서 제대로 자랄 것 같지도 않고……"

"궁주…… 설마……"

허이량이 놀라서 말을 잇지 못했다.

악소천이 말한 쓸 만한 나무란 바로 석도명을 가리키는 것이리라. 그를 휘감고 있는 잡초와 넝쿨은 무림맹으로 대표되는 강호의 인물들을 일컫는 것일 테고.

악소천은 석도명을 자신의 유일한 적수로 인정했다는 것일까? 아니, 그를 죽일 수 있는데도 살려둔 것 또한 일종의 배려였단 말인가?

어쩌면 석도명을 폐인으로 만든 것조차도 특별한 뜻이 있는 건지도 모른다는 터무니없는 생각이 떠올랐다.

그 같은 의문에 대한 대답은 악소천의 입에서 들을 수 있었다.

"흐르는 물은 억지로 가둘 수 없는 법. 그 아이가 고인 물이라면 썩은 웅덩이가 될 것이고, 뿌리 깊은 샘이라면 차고 넘쳐서 기어이 다시 흘러갈 테지."

그 한 마디로 모든 것이 분명해졌다.

악소천은 석도명의 한계를 시험해 보고 싶었던 것이다.

허이량은 가슴이 돌에 눌린 것처럼 답답했다.

악소천이 석도명을 적수로 생각하고 있다는 사실에 질투와 분노, 두려움이 뒤섞인 묘한 감정이 치밀었다.

그러나 더 큰 문제는 악소천이 그런 생각을 갖고 있다면 앞으로 석도명을 처리하기가 더욱 어려울 것이라는 사실이다.

"그러면 그를 계속 두고 보실 생각이십니까?"

"후후, 고작 막창소를 이겼다고 호들갑을 떨 것은 없느니. 어쨌거나 지금의 내 상대는 사마세가가 되어야 할 터."

허이량의 얼굴이 다시 펴졌다.

사마중이 사마세가를 떠나 어디론가 갔다는 것과 그 까닭이 십대문파의 수장들을 비밀리에 만나기 위해서라는 사실을 악소천에게 고한 것이 닷새 전이다.

강호의 일에 시큰둥해져 있던 악소천이 다시 사마세가에 관심을 갖게 된 건 확실히 바람직한 일이다. 게다가 석도명에 대한 태도도 비집고 들어갈 여지가 보였다.

"처분을 내려주십시오."

"먼저 사마세가에 승천패를 보내라. 그들이 어찌 나오느냐에 따라 처분이 달라질 것이다."

허이량이 깊이 허리를 숙였다.

사마세가에 승천패를 보내겠다는 악소천의 말이 간단치 않은 탓이다. 그것은 오랫동안 묻어두었던 일을 마무리 짓겠다는 의지였다.

허이량이 속으로 웃음을 지었다. 평생을 손꼽아온 일이 마침내 결실을 보이려는 모양이었다.

당장 달려 나가 사마세가에 승천패를 보내고 싶었지만, 마지막으로 확인해야 할 것이 남아 있었다.

"제천대주의 일은 어찌하시렵니까?"

허이량의 집요함을 읽은 악소천이 쓴웃음을 지었다.

"나는 나의 일을 할 터이니, 그대는 그대의 일을 하라."

"분부, 받들겠습니다."

허이량의 얼굴에 환한 웃음이 번졌다. 악소천이 석도명의 처분을 자신에게 맡겼기 때문이다.

악소천이 무슨 생각을 하고 있는지 대충 짐작이 갔다.

석도명의 실력이 어느 정도인지를 먼저 확인해 보고 싶은 것이다. 석도명이 과연 진무궁주에게 다시 도전할 만한 자격을 갖추고 있는지를 확인하는 게 자신의 역할이리라.

'석도명, 너는 결코 궁주를 만날 수 없을 것이다.'

허이량은 자신이 맡은 시험에서 절대로 석도명을 살려줄 생각이 아니었다.

악소천 앞에서 물러난 허이량이 푸른 하늘을 올려다보며 중얼거렸다.

"제천대주…… 그대는 지금 어디에 있는가?"

* * *

정연과 재회한 석도명은 급히 남쪽으로 내려가 황산(黃山)자락으로 숨어들었다.

막창소가 죽는 바람에 그가 풀어 놓은 추격자들은 더 이상 따라붙지 않았지만, 만일의 사태에 대비하기 위해 서둘러 경정산을 벗어난 것이다.

그곳에서 거의 달포가량을 보낸 뒤에야 염장한과 단호경이 겨우 몸을 추스를 수 있었다.

움막을 지을 겨를도 없이 동굴에 마른 풀을 깔고 지내야 하는 고된 생활이었지만 석도명과 정연에게는 하루하루가 고맙고 소중하기만 했다.

잃어버릴 뻔했던, 아니 잃어버린 줄 알았던 인연을 되찾았기에 두 사람의 애틋함은 이루 말할 수 없었다.

딱히 상대를 붙잡고 속마음을 확인하려 들지도 않았고, 특별히 즐거운 소일거리가 있었던 것도 아니다. 둘이 같이 염장한과 단호경의 상처를 돌보고, 냇가에 나가 빨래를 하고, 산에서 구한 열매와 덫을 놓아 잡은 짐승으로 식사를 장만했다.

같이 숨 쉬고, 정겨운 음성을 들을 수 있고, 손을 잡고 숲을 걸을 수 있는 것만으로도 두 사람은 충분히 행복했다.

그러나 두 사람은 그 행복한 시간이 영원히 계속될 수 없다는 사실을 알고 있었다.

특히 석도명은 자신을 둘러싼 위험한 상황을 직시해야 했다. 막창소의 죽음으로 인해 진무궁의 이목이 다시 자신에게 쏠릴 것이 불을 보듯 분명했다. 그 위험을 정연과 함께 감당하고 싶지는 않았다.

온 산의 나뭇잎이 전부 떨어져 버린 늦은 가을날, 석도명은 정연에게 다시 이별을 고해야 했다.

어지간한 슬픔에는 다치지 않을 거라 생각했지만 가슴이 칼에 베인 듯 아렸다.

석도명의 이야기에 정연은 고개부터 저었다.

"보내고 싶지 않아."

"이번에는 누이가 보내는 게 아니라…… 제가, 제 의지로 가는 겁니다. 그리 길지도 않은 삶을 살면서 여러 번 누이를 떠나야 했지요. 하지만 이번이 마지막입니다. 운명에 휘둘려 누이에게서 멀어지는 일은 제 손으로 끝내겠습니다. 다시 돌아오면…… 영원히 누이 곁을 떠나지 않을 게요."

석도명이 정연의 손을 굳게 잡았다.

이 순간만큼은 차라리 장님인 게 낫다는 생각이 들었다. 정연의 눈을 봤더라면 분명 자신의 눈빛이 흔들렸을 테니까.

석도명의 말은 진심이었지만, 결코 진실은 아니었다.

석도명은 막창소의 죽음을 악소천이 절대로 간과하지 않을 것이라고 생각했다. 아마도 자신이 무공을 회복했다고 믿을 가능성이 높았다. 설사 악소천이 직접 나서지 않더라도, 진무궁의 입장에서 보복을 하지 않을 수 없을 것이다.

그런 상황에서 정연이 자신과 함께 있는 건 위험한 일이다.

평생 진무궁에 쫓겨 다니는 신세를 면하는 길은 결국 악소천과 싸워서 이기거나, 아니면 마침내 죽음을 당하는 것뿐이다.

운명에 휘둘려 정연을 떠나야 하는 일을 직접 끝내겠다는 말은 그런 의미에서 진심이었다.

그러나 살아서 돌아온다고 장담할 수 없기에 진실을 말했다고 보기도 어려웠다.

"마지막이란 말은…… 하지 마. 다시 떠나도 좋으니까…… 꼭 돌아오기만 해. 제발……."

석도명의 결심이 단호함을 느낀 탓에 정연은 차마 말릴 수가 없었다. 이 순간이 지나고 나면 다시 가슴을 졸이는 나날들이 이어질 테지만.

"돌이켜 보면 저는 그동안 거센 바람에 휘말려 살기에 바빴던 것 같아요. 사부님을 만난 것도, 무공을 익힌 것도, 누이를 만나고 잃고 또 되찾은 것도 모두 제 뜻대로 된 것은 아니죠. 하지만 이제는 그 바람을 똑바로 뚫고 가볼 생각이에요. 아니, 제 스스로 그 바람이 되어 보려고요. 저도 알고 보면 제법 강한 남자거든요, 하하."

정연의 불안함을 덜어주려고 석도명이 쾌활하게 웃어 보였다.

정연이 말없이 다가와 석도명의 가슴에 얼굴을 묻었다. 석도명이 두 팔을 뻗어 정연의 가녀린 몸을 감싸 안았다.

더 이상 말은 필요하지 않았다. 가슴에서 가슴으로 깊은 대화가 오갔다.

두 사람의 분위기가 심상치 않음을 감지하고 먼발치서 지켜보던 단호경이 주먹을 들어 눈가를 쓱쓱 문질렀다. 쉽게 행복해지지 못하는 정연의 운명을 곁에서 지켜보는 것도 쉬운 일은 아니었다.

물론 그런 감상에 쉽게 물들지 않는 사람도 있었다.

"우히히, 보기는 좋다만 배알이 심히 뒤틀리는구나. 평생 장가도 못 든 늙은이의 염장을 질러라, 질러!"

염장한의 핀잔에 석도명과 정연이 팔을 풀고 떨어졌다. 그런다고 염장한의 뚫린 입을 막지는 못했다.

"야, 그러지 말고 이참에 아예 혼례를 올려 버리는 건 어떠냐? 내가 달려가서 물 한 그릇 떠올 테니까, 단 조장은 마른 풀이나 잔뜩 베어 오라고! 첫날밤은 좀 푹신하게 맞아야지. 으흐흐."

"흐흐, 장가도 안 들었다면서 첫날밤에 대해선 어찌 그리 잘 아시오?"

어느새 눈물을 지운 단호경이 웃음을 흘리면서 맞장구를 쳤다. 그리고는 양지바른 곳에 무성하게 펼쳐져 있는 풀밭으로 다가가 검으로 풀을 베기 시작했다. 당장 신방을 꾸며주겠다는 듯이.

석도명이 그런 두 사람을 향해 손을 내저었다.

"험험, 남의 일에 너무 끼어드는 거 아닙니까? 해보고 싶은 일이 있으면 본인들이나 하시든지……."

"하기는 뭘 하라고, 이 나이에……."

"됐습니다. 지금은 이러고 있을 때가 아닙니다."

석도명이 염장한의 말을 끊고는 두 사람을 불러 모았다.

"영감님은 제가 어제 부탁드린 일을 처리해 주시고, 단 아우는 잠깐 나 좀 봅시다."

"우히히, 그러자고."

염장한이 서둘러 산을 내려가는 것을 보면서 석도명이 동굴 안으로 걸어 들어갔다.

단호경이 진지한 표정으로 그 뒤를 따랐다. 석도명이 다시 정연을 떠나야 하는 상황에서 자신에게 무엇을 이야기하려는지 긴장이 됐다.

동굴 안에 자리를 잡고 앉은 석도명이 한 마디를 던졌다.

"사람이 세상을 바꾸려면, 우선 자기 자신부터 바꿔야 합니다. 그리고 자기 자신을 바꾸려면 먼저 세상을 보는 눈을 바꿔야 하고요."

"저는…… 뭘 바꿔야 합니까?"

단호경의 음성이 가늘게 떨렸다. 석도명이 하려는 이야기가 단순한 인생관이 아니라, 무학의 지고한 경지에 대한 것임을 알았기 때문이다.

"나는 의제가 과거와는 다른 사람이 됐다고 생각합니다. 내가 알고 있던 의제는 소중한 것을 얻지 못해서 몸부림을 치는 사람이었지요. 부당하게 재물을 취하거나, 여인을 탐하지는 않았지만…… 무공에 대한 집착은 탐욕에 가까웠다는 말입니다. 아마도 많은 사람들이 그 같은 길을 가다가 종내는 아집과 편견에 빠지는 게 아닐까 하는 생각이 듭니다."

"예…… 그랬습니다."

"하지만 지금 의제는 소중한 것을 가지려고 애를 쓰는 대신, 그걸 지키려고 노력하는 사람이 된 것 같습니다. 그렇지요?"

"아닙니다. 아직…… 멀었습니다."

단호경이 세차게 고개를 흔들었다.

소중한 것을 갖고자 하는 것과 지키고자 하는 것.

그 차이를 석도명처럼 실천하고 보여준 사람이 또 있을까?

고작 죽음의 고비를 한 번 넘기고서야 스스로를 돌아보게 된 자신과는 감히 비교할 수 없을 것이다.

"저도 겨우 의제만큼의 세월을 살았을 뿐입니다만, 의제는 충분히 먼 길을 돌아왔다고 생각합니다. 부디 그 마음으로 조금만 더 가보세요. 거기에 의제가 그토록 원하던 것이 있을 겁니다."

"예…… 죽을힘을 다하겠습니다."

고개 숙인 단호경 앞에서 석도명이 천천히 피리를 꺼내 입에 물었다.

자신이 깨닫고 경험했던 많은 것들이 가슴 가득 차올랐지만 그 어느 것도 말로는 전해 줄 수가 없었다. 단전이 깨진 자신의 몸으로는 다시 펼칠 수 없는 구화진천무의 오의와 묘리가 손에 잡힐 듯 생생한데도 말이다.

단호경을 따로 보자고 했던 까닭이 구화진천무를 대성하는 데 도움이 될 만한 작은 심득이라도 전해 주려 했던 것인데, 정작 이야기를 시작해놓고 보니 막막했다.

남은 것은 오직 음악뿐이었다.

　　—소리 없는 음악은 기(氣)와 지(志)가 이미 담겨 있다.
　　無聲之樂 氣志旣得

석도명이 주악천인경의 한 구절을 가슴에 새기면서 피리에 바람을 불어넣었다.

······.

 피리는 아무런 소리도 내지 않았다.

 피리가 토해낸 것은 석도명이 심혈을 기울여 쏟아낸 소리의 기운이자, 의지였다. 들리지 않는 피리 소리가 순식간에 동굴을 가득 채웠다.

 단호경은 아무것도 하지 않았다. 그저 피리 소리에 자신을 맡기고 마음을 활짝 열었을 뿐이다. 자신이 눈을 감고 있는지 뜨고 있는지, 의식을 차리고 있는지 꿈을 꾸고 있는지도 분명하지 않았다.

 이내 단호경의 눈앞으로 환영이 펼쳐졌다. 그것은 굴곡진 석도명의 삶이고, 그가 거쳐 온 치열한 싸움이었으며, 그 영혼을 두드려댄 시련이자 도전이었다.

 단호경은 석도명이 자신에게 전하고자 하는 것이 무엇인지를 어렴풋이 깨달을 수 있었다. 석도명이 보고 듣고 깨우친 심득이 형언할 수 없는 느낌으로 가슴을 울렸다.

 단호경이 피리 소리에 담긴 석도명의 기와 지를 하나하나 곱씹어봤다. 기이하게도 전부 자신이 알고 있는 것들이었다.

 어느새 연주를 끝낸 석도명이 나지막이 말했다.

 "깨달음은 새로운 것에서 오지 않습니다. 내가 이미 갖고 있고, 알고 있는 것…… 그 안에 답이 있습니다. 다시금 자신을 되돌아보세요."

 "예…… 형님……."

단호경은 눈시울이 뜨거워져 고개를 들 수가 없었다. 석도명과 함께한 세월이 몇 해인데도 그동안 자신은 정말 눈뜬장님에 지나지 않았다.

 석도명이 알고 있는 것을 얻으려고만 했을 뿐, 자신이 이미 가진 것을 제대로 돌아보지 못했던 것이다.

 석도명이 옅은 미소를 지어 보였다. 이제 다시 단호경에게 무엇을 가르치거나 전할 필요는 없을 것 같았다.

 "우히히히, 좋구나 좋아."

 염장한이 배를 잡고 땅바닥을 떼굴떼굴 굴렀다. 자신이 구해온 옷으로 갈아입은 단호경의 모습이 가관이었기 때문이다.

 "거, 웃지 마십쇼. 자꾸 그러면 영감님 머리도 만져드릴 겁니다."

 단호경이 머리를 쓰다듬으며 인상을 구겼다. 빡빡 깎은 머리, 장삼 위에 헐렁한 가사를 걸쳐 입은 자신의 꼴이 스스로도 어색하기만 했다.

 잠시 뒤 동굴 안에서 정연이 걸어 나왔다. 역시 장삼을 입고 머리에는 죽립을 깊이 눌러쓴 상태였다.

 정연과 단호경이 나란히 서니 조금 우스꽝스럽기는 해도 그런 대로 그림이 그려졌다. 법력이 별로 느껴지지 않는 땡초와 절에 몸을 의탁한 사연 많은 여인. 그 정도의 그림이었다.

 두 사람에게 변복을 시키자는 건 전적으로 염장한의 생각이었다.

너무나 눈에 띄는 정연의 미모를 가리기 위해서다. 마침 두 사람을 보내려는 곳이 석도명이 머물던 관음사이기도 해서 승복을 구해다 입힌 것이다.

"자, 인사들은 미리미리 해뒀을 테고, 이제 그만 가 보자고!"

염장한이 석도명에게 손을 저어 보이고는 앞장서서 걷기 시작했다.

"아니, 영감님도 함께 가십니까?"

염장한이 두 사람과 같이 떠나려고 하자 석도명이 황당한 얼굴로 물었다.

"우헤헤, 너랑 나랑 그동안 너무 붙어 다니지 않았냐? 게다가 엉큼한 단 조장이 이런 미녀를 지킨다는 게 너무 불안해서 말이야."

"노야께서는 도명이를 도와주셔야죠."

석도명이 사지(死地)로 혼자 가야 한다는 사실에 정연이 놀라서 앞으로 나섰다.

하지만 석도명이 손을 들어 정연을 만류했다.

"뭐, 그러세요. 저 혼자 가면 되죠."

뜻밖에도 석도명은 별로 아쉬울 것 없다는 태도였다.

거기서 한술 더 떠서 염장한에게 허리를 굽혀 보이고는 거침없이 걸어갔다. 염장한을 스쳐가면서 딱 한 마디를 했다.

"장 대협께는 안부 전해드릴게요."

"헙, 장 선생이라고?"

염장한이 헛바람을 토해내더니 잽싸게 석도명의 팔에 매달렸다.

"야야, 농담으로 한 번 해본 소리를 갖고……. 장 선생은 내가 직접 만나야지."

석도명이 말한 장 대협이란 부용궁주 조경을 따르는 신검비영 장학이다. 장학이 있는 곳이 어딘가? 바로 황궁이다. 죽기 전에 황궁을 한 번 밟아 봐야겠다는 소박한 욕심을 염장한은 꼭 이루고 싶었다.

그리고 무엇보다 석도명과는 아직 해결을 보지 못한 용건이 남아 있었다.

석도명이 자신에게 아쉬운 소리를 해주기를 바라는 마음에서 딴청을 해본 것뿐인데, 씨알이 먹히지 않으니 얼른 태도를 바꿀 수밖에 없다.

"뭐, 그러시던가요."

석도명이 시큰둥하게 대답을 하고는 뒤도 돌아보지 않고 내쳐 걸어 나갔다.

정연과 단호경을 향해서는 등 뒤로 손을 흔들어 보인 것이 전부였다.

석도명은 벌써부터 정연이 그리웠지만 작별의 순간에 연연하고 싶지 않았다. 자신은 후회 없는 바람이 되어야 했으므로.

세상을 흔드는 거센 바람으로 떠나야 했으므로.

 그렇게 떠나가는 석도명의 뒷모습을 보면서 정연이 애써 미소 지었다. 가슴은 아렸지만 지난번의 이별과 달리 석도명을 다시 떠나보낸 것을 후회하지 않을 자신이 있었다.
 기회가 닿는다면 석도명은 분명 한운영을 구할 것이다. 그리고 어쩌면 그녀와 함께 돌아올지도 모른다.
 한운영을 향한 석도명의 마음이 정확히 어떤 것인지는 여전히 알지 못했다. 스스로 묻지 않았고, 석도명 또한 그녀의 이름을 입에 담지 않았다.
 그러나 아무래도 좋았다.
 자신의 마음을 석도명에게 남김없이 보여줬으므로. 자신은 온전히 석도명의 여인이므로.

제 2 장
후회는 죄가 아니다

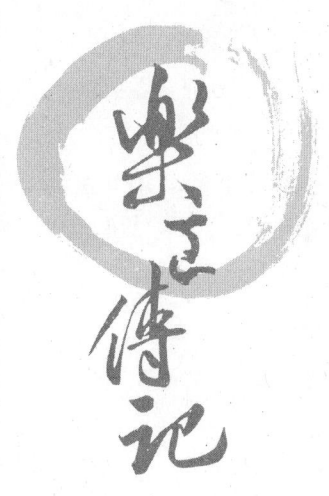

 황산에서 서북으로 떠난 석도명은 안휘를 벗어난 뒤 강서 땅을 지나 호남(湖南)의 악양(岳陽)으로 접어들었다.
 악양에 도착하고 보니 대륙 최대의 호수인 동정호(洞庭湖)를 어떻게 건너느냐가 당장 고민거리였다. 동정호를 가로질러 계속 서쪽으로 갈 것인지, 이참에 장강을 건널 것인지를 정해야 했다.
 배편을 알아보기 위해 나루를 돌아보던 석도명과 염장한이 호숫가에 나란히 자리를 잡고 앉았다. 방향을 확실하게 정하기 위해서였다.
 "너 솔직히 말해라. 지금 황궁으로 가는 거 아니지?"

"하하, 진즉부터 알고 계셨잖아요."

황산에서 곧장 북으로 올라가면 개봉이다. 그런데 석도명은 한사코 서쪽으로만 길을 잡았다.

눈치 빠른 염장한이 그걸 모르고 있었을 리가 없다. 잠자코 있다고 이제야 따져 묻는 데는 다른 이유가 있을 것이다. 아마도 석도명의 진짜 목적지를 묻는 것이리라.

"흥한 놈, 어른 모실 줄을 모른다니까……."

염장한이 퉁명을 떨면서 고개를 들어 멀리 호수 건너편을 바라봤다.

넉살 좋고, 태평인 염장한이라고 해도 노구를 이끌고 천하를 떠도는 게 편치만은 않을 터였다. 이렇게 탁 트인 물가에 서면 누구라도 마음이 허해지는 법이니까.

코끝을 간질이는 물 냄새를 맡으며 석도명 또한 마음이 가라앉은 탓일까? 염장한에게 묻고 싶은 게 있었다.

"그런데 영감님은 왜 저를 따라다니는 겁니까? 이렇게 떠돌아다니면서 해운관의 지붕은 언제 수리하려고요?"

"우히히, 내가 말했잖느냐. 나 염치없는 그런 사람 아니라고."

"그렇다 치고요."

"이놈아, 사실 내가 너한테 받아먹은 방값이랑 관비가 어디 한두 푼이냐? 내가 형편이 어려워서 급히 당겨 쓰기는 했지만, 영영 입 닦고 살 생각은 아니었단 말이다."

"하하, 그럼 지금이라도 갚으시던가요."

"예끼, 내가 지금 돈이 어딨냐? 몸으로나 때워야지. 보자…… 네놈한테 받은 돈을 관비로 따지면 대충 3년 치가 되니까. 나한테 3년만 무술수업을 받으면 되겠구나."

"하하, 무술 같은 거 배울 수도 없고 다시는 배우고 싶지도 않습니다. 그런 돈은 안 갚으셔도 되니까 그만 잊으세요."

"안 된다. 절대로 안 돼!"

염장한이 갑자기 음성을 높였다. 뜻밖에도 단호한 어조였다.

"아니, 저한테 무공을 가르치지 않으면 큰일이라도 납니까? 저는 안 배운다니까요."

"어허, 이놈! 글쎄 그런 게 아니래도. 그런 게 아니란 말이다."

"……"

석도명이 의아한 표정을 지었다. 아무래도 염장한에게 무슨 사연이 있는 것 같았다.

평소의 뻔뻔함은 어디로 갔는지, 염장한이 석도명의 기색을 살피며 어렵사리 입을 열었다.

"저…… 사실은 말이다. 너도 알다시피 내게 딸린 자식이 없질 않냐."

당연한 이야기였다. 장가를 든 적도 없다는데 어디서 자식이 생겼겠는가?

"그래서요?"

"에…… 또 알다시피 우리 해운관이 보통 넓으냐? 지붕만 조금 손을 보면 개봉에 그만한 집도 없다 이거지. 그걸 두고 내가 어찌 눈을 감겠느냐? 크험, 그래서 말인데…… 나는 네가 해운관을 물려받았으면 싶구나. 내 뒤를 이어 해운관 관장이 되어달란 말이다."

석도명의 입가에 미소가 걸렸다.

염장한이 자신을 후계자로 점찍었다는 사실이 고맙기도 하고, 그러면서 왠지 묘하게 서글프기도 했다. 몰락해가는 해운관을 덩그러니 혼자 지키고 살아온 염장한의 삶이, 그 마음이 어떤 것인지 헤아려졌기 때문이다.

그동안 보여준 실력을 생각하면 염장한이 제자를 받아들일 실력이 부족해서 해운관의 문을 닫은 건 아니었으리라. 아마도 자신의 사부가 그러했듯이 염장한 또한 보통 사람의 삶을 포기하고서 매달려야 했던 그 무엇이 있었을 터였다.

그리고 사부와 마찬가지로 그 염원을 자신에게 맡기고 싶어서 이렇게 먼 길을 따라나선 것이다.

"죄송합니다. 저는 식음가의 후계잡니다. 다른 사문을 맡을 수는 없습니다."

"염병, 사내가 돼 가지고 배포가 그리 좁아서야……. 너는 두 집 살림이라는 것도 모르냐?"

"예? 두 집 살림이라니요?"

석도명은 고개를 갸웃거리지 않을 수 없었다. 사내가 처첩을 두는 게 보통이요, 경우에 따라서는 아예 따로 살림을 차려 두 집, 세 집살이를 하기도 했다.

하지만 사문이라는 건 그런 식으로 꾸려갈 수 있는 게 아니지 않은가?

"흥, 척 보니 네 녀석 팔자에 여자가 한둘로 끝나기 어렵겠더라 이 말이다. 인생이 그럴 판인데, 사문이 두 개쯤 되면 어떠냐? 어차피 한쪽은 음악이고, 다른 쪽은 무공이니 분야가 겹치는 것도 아니고……, 생각해 보라고. 큰 마누라가 사는 집은 식음가, 작은 마누라가 사는 집은 해운관! 크아, 죽이지 않냐? 아참, 부용궁도 있지."

"에고, 됐습니다. 차라리 영감님이 장가를 들어 세 집, 네 집 살림을 하세요. 자식도 많이 낳으시고."

석도명이 고개를 흔들며 일어섰다.

염장한과의 대화가 이렇게 맥없이 끝나는 건 어제오늘의 일도 아니었다.

"아니지, 그런 게 아니래도!"

염장한이 팔을 뻗어 다급하게 석도명의 허리춤을 잡았다.

하지만 두 사람이 실랑이를 벌이는 일은 생기지 않았다. 나루터 일대가 갑자기 소란스러워진 탓이다.

소란의 주인공은 나루에 정박한 20여 척의 대형 수송선을 거느린 상단과 인근 고을의 백성들이었다.

"뭐 하자는 수작들이냐?"

수송선에 짐을 싣느라 분주하게 일꾼을 부리고 있던 장란상회(長蘭商會)의 부총관 견초(堅礎)가 몰려드는 사람들을 보면서 인상을 썼다.

장란상회는 황궁으로 가는 공물을 실어 나르는 어용상단(御用商團)이다.

어용상단은 단순히 수송만 하는 게 아니라, 진기한 물건을 찾아내 직접 거둬들이는 막강한 권한까지 행사하고 있었다. 어용상단이라면 관부에서도 함부로 하지 못하는 존재였다.

황명을 집행한다는 구실도 있거니와, 그 뒤를 봐주는 사람이 바로 황제의 양팔로 일컬어지는 재상 채경과 환관 동관(童貫)이기 때문이다.

문제는 황명을 받아서 하는 일인데도 고분고분 따르지 않는 놈들이 어딜 가나 있다는 점이다. 한두 번 겪는 게 아닌데도 오늘처럼 백성들이 난동의 기미를 보이면 머리가 지끈거렸다.

사실 돈 있고, 배운 게 있는 놈들은 황명이라고 하면 일단 굽히고 들어가는 시늉이라도 한다.

하지만 가진 것도, 배운 것도 없는 무지렁이들은 도통 말이 통하지 않는다. 무조건 살려달라고 애원을 해보고, 그게 안 통한다 싶으면 그 다음에는 죽이라고 난리를 떨기 마련이다.

특히나 절강에서 방랍이 난을 일으켜 강남 일대를 시끄럽게 한 뒤로 그런 식의 막무가내가 더욱 극성을 부리고 있었다.

견초는 몰려온 백성들 가운데 제일 앞에 서 있는, 그러니까 주동자 급으로 보이는 몇 사람을 날카롭게 쏘아봤다.

초장부터 기싸움에서 지지 않으려는 심산이다. 어차피 오늘은 소동을 피할 수 없을 것이라고 단단히 각오를 하고 있던 참이기도 했다.

"변촌(邊村) 촌장 상탁(象卓)이오. 해도 너무 하신 거 아니오? 어떻게 우리 고을의 영물을 뽑아가려고 하오?"

"크흠, 변촌의 영물이라……."

견초가 왼손 엄지와 검지로 수염을 배배꼬면서 고개를 들어 어딘가를 바라봤다.

그의 시선이 닿은 곳은 나루 뒤편으로 봉긋이 솟은 작은 언덕이었다. 그 언덕 위에는 변촌의 상징이자, 수호신으로 불리는 수백 년 묵은 향나무 한 그루가 용이 꿈틀거리는 듯한 자태를 뽐내고 있었다.

변촌의 백성들이 우르르 몰려온 것은 장란상회가 오늘 아침 그 향나무에 '천자어용'이라는 붉은 딱지를 붙였기 때문이다. 황제가 쓸 물건이니 가져가겠다는 표식이다.

"저 나무가 어떤 나무인지 모르시오? 근동의 어부들이 고기를 잡으러 나가기 전에 풍어제(豊漁祭)를 올리고, 농부들이 풍년제(豊年祭)를 올리는 곳이오. 조상 대대로 모시고 살아온 귀한 영물을 어찌 뿌리째 뽑아 가겠다는 겁니까?"

"어허, 나라고 어찌 백성들의 고초를 모르겠나? 허나 황제

폐하께서 특별히 분부를 내리셨으니 따를 수밖에. 더구나 나무를 자르겠다는 것도 아니고, 황궁에 옮겨다 심는 거라네. 하늘이 내린 영물이 천자의 품으로 가니 오히려 경사인 셈이지. 저 신령한 나무에 황제 폐하의 성총까지 더해지면 변촌은 세세천년 큰 복을 누릴 게야. 암, 그렇고말고."

견초가 근엄한 표정으로 상탁을 설득했다.

무지한 백성들이라 해도 일단은 말로 으르고 구슬리는 게 먼저였다. 통할 것이라는 기대는 거의 하지 않았지만.

"말도 안 되는 소리요! 하늘이 저 영물을 이곳에 내린 것은 분명 까닭이 있을 텐데 어찌 사람의 손으로 옮긴단 말이오? 아니, 백 번 천 번 양보해서 황궁에 옮겨 심을 수도 있다고 칩시다. 헌데 지금이 나무를 옮겨 심을 땝니까? 개봉은 이미 초겨울에 접어들었는데, 나무가 도착할 때쯤이면 땅이 꽁꽁 얼어붙어 있을 시기요. 저 큰 나무를 살려서 황도로 가져가는 것도 어렵지만, 한 겨울에 잔뿌리가 얼어서 죽고 말 겁니다."

변촌 촌장 상탁이 견초의 말을 조목조목 반박했다.

그 뒤에 서 있던 사내들이 거품을 물고 상탁의 말을 거들고 나섰다. 변촌 사람들은 장란상회가 향나무를 잘라 가구를 만들 것이라고 확신하고 있었다.

"그렇습니다. 강을 건너자마자 잘라서 가구를 만들려는 것 아닙니까? 차라리 우리 목을 자르십시오."

"황궁은 무슨, 분명 탁자나 장롱이 돼서 채 씨 가문으로 갈

거라고!"

"맞아, 맞다고!"

"우리 마을의 영물은 우리가 지킵시다!"

몇 사람이 목청을 높이자 수백 명의 사람들이 격앙된 표정으로 고함을 쳐댔다. 특히 누군가가 '채 씨 가문' 운운한 것이 성난 민심에 불을 붙였다.

황명을 빙자해 수탈한 물건 가운데 상당부분이 사실은 재상 채경의 집으로 들어간다는 소문이 파다했다. 마을의 영물이 부패한 관리의 집안을 장식하는 가구가 될 것이라 생각하니 분노를 참을 길이 없었다.

견초의 얼굴이 심하게 일그러졌다.

각오했던 바지만, 역시 무지한 백성들과의 대화는 아무런 효과가 없었다.

"고연 놈들! 네놈들이 감히 황명을 방해하고, 조정의 고관을 희롱하고도 무사할 줄 알았더냐?"

견초의 말투는 마치 국법을 집행하는 관리 같았다. 황명을 앞세워 권력을 휘두르다 보니 자신도 모르게 말과 행동이 몸에 배어 버린 것이다.

견초가 손을 번쩍 들었다.

수송선을 지키고 있던 호위무사들이 견초의 손짓에 따라 일사불란하게 달려들어 백성들을 한쪽으로 몰았다.

나루터 입구에 악양 관아에서 파견된 관리와 병졸들이 있었지만 아무도 나서려고 하지 않았다. 그들의 임무는 어용상단에게 편의를 제공하는 것이었지, 백성을 돌보는 게 아니었다.

분노한 백성들이 순순히 밀려날 까닭이 없다.

제일 앞에서 반항을 하던 몇 사람이 호위무사들에 떠밀려 바닥을 굴렀고, 또 다른 몇 사람은 호위무사들의 팔을 뿌리치다가 주먹을 맞고 쓰러졌다.

보다 못한 누군가가 홧김에 돌을 집어 던졌다. 주변에 있던 사람들이 일제히 돌을 집어 들었다.

누가 봐도 이제는 유혈사태로 들어갈 순서였다.

"또 나서려고?"

염장한이 석도명의 팔을 잡았다.

언제나 먼저 나서서 일을 벌이던 염장한이지만, 요즘은 주로 석도명을 말리기에 바빴다. 석도명의 능력이 아직은 불완전하다는 사실, 그리고 진무궁이 자신들을 노릴 때가 됐다는 불안감 때문이다.

그런데 정작 석도명은 오늘도 태연자약이다.

"뭐 이쯤이면 사고를 한 번 칠 때가 됐잖아요."

"야, 너 아무래도 이쪽에 재미 들인 것 같다."

"에고, 재미 들일 게 따로 있죠."

염장한의 핀잔에 석도명이 쓴웃음을 지었다.

사실 황산을 떠난 뒤로 석도명의 행보는 그리 은밀하지 않았다. 가급적 눈에 띄지 않게 조심을 했지만, 중간 중간에 사람들의 관심을 끌만 한 일을 몇 번 벌였다.

한 고을에서는 먹을 게 없다고 늙은 모친을 산에 내다 버린 불효한 형제를 꾸짖기 위해 망모가(亡母歌)를 연주해 온 동네를 눈물바다로 만들었다. 또 한 번은 미친개가 떼를 지어 나타나 사람과 가축을 가리지 않고 물어뜯는 아수라장에 뛰어들어 피리 소리로 개를 제압했다.

그리고 어느 고을에서는 부역에 끌려나와 녹초가 된 백성들에게 흥겨운 노래 한 가락을 불러 사람들이 원기를 회복하고 덩실덩실 춤을 추게 하기도 했다.

석도명이 그렇게 지나간 자리마다 사광의 전설이 다시 한 번 입에 오르며 세상을 놀라게 했다.

물론 재미를 위해서가 아니라, 딱한 사람을 돕기 위해서 한 일이다. 거기에 또 한 가지, 진무궁의 이목을 끌려는 의도가 담겨 있었다.

석도명은 과거 악소천이 정연의 목숨을 담보로 자신을 초구에 묶어두려고 했던 일을 기억했다. 당시 악소천이 자신을 두려워하거나 힘이 부족해서 그런 협박을 한 게 아니라는 사실은 물론 알고 있다. 오히려 악소천이 자신을 배려해 준 게 아닐까 하는 생각이 들기까지 했다.

막창소가 죽은 지금에 와서 악소천이 정연을 이용해 자신을 위협하리라는 생각은 별로 들지 않았지만, 예측 불가한 적의 손아귀에 사랑하는 사람을 맡길 수는 없었다.

진무궁의 눈길을 정연에게서 떼어놓기 위해서 석도명은 자신이 어떻게 움직이고 있는지를 드러내고 있었던 것이다.

'이번에는 일이 커지겠군. 진무궁주, 내가 어디로 향하고 있는지 똑똑히 보시오.'

석도명이 악소천을 떠올리며 주먹을 불끈 쥐었다.

수많은 배가 드나드는 나루터에서, 그것도 어용상단을 상대로 벌이는 일이다. 눈에 띄어도 아주 확실하게 띌 수밖에 없는 상황이었다.

진무궁이 자신의 종적을 제대로 쫓고 있다면 자신이 어느 방향으로 가고 있는지를 쉽게 추론할 수 있을 것이다. 그리고 어딘가에서 자신의 앞을 가로막으리라.

석도명은 악소천에게 일종의 도전장을 낸 셈이었다. 물론 여전히 악소천을 이길 자신은 없었지만 말이다.

마음을 굳게 정한 석도명이 몸을 돌려 한 방향으로 바쁘게 걸어갔다. 염장한이 혀를 차며 그 뒤를 쫓았다.

몸싸움으로 시작된 장란상회 호위무사들과 변촌 백성들 사이의 다툼은 그예 피가 튀는 유혈극으로 번지고 말았다.

백성들이 무차별적으로 돌을 집어 던지자 호위무사들은 극도의 흥분에 휘말렸다. 견초가 따로 명령을 내릴 필요도 없이 무사들의 손속이 거칠어졌다. 힘으로 떠밀던 정도를 벗어나

가차 없이 권각을 휘두르기 시작했다.

"으악!"

"크헉!"

무공을 익히지 못한 변촌 사람들이 비명을 토하며 줄줄이 쓰러졌다. 이가 부러지고, 코가 주저앉는 사람이 속출하면서 땅에는 붉은 피가 뿌려졌다.

악에 받친 백성들이 더욱 사납게 돌을 뿌려댔다.

"죽어라, 이 개자식들아!"

"그래, 너 죽고 나 죽자고!"

상대가 발악을 하면 할수록 더욱 잔인해지는 게 인간의 심성이다. 백성들의 절규가 오히려 호위무사들의 살심만 자극하고 말았다.

챙, 채챙.

마침내 호위무사 가운데 몇 명이 검을 뽑아들었다. 주먹으로 때리고, 발로 차기를 거듭해도 변촌 사람들이 끈질기게 발목을 잡고 늘어지는 탓에 인내심이 바닥을 드러낸 것이다.

이를 악문 무사들이 가차 없이 검을 치켜들었다.

바로 그 순간이다.

삐이—

쇳소리가 잔뜩 실린 거친 피리 소리가 들려왔다. 피리를 갓 배우기 시작한 어린아이가 요령 없이 힘만 잔뜩 준 것 같은 된소리였다.

"크흑!"

검을 치켜든 무사들이 신음을 흘리며 두 손으로 귀를 막았다. 손에 들린 검이 땅바닥에 떨어져 구르는 것과 동시에 무사들도 쓰러져 바닥을 뒹굴었다.

파열음에 가까운 거친 피리 소리가 귀를 파고들어와 살을 에듯 날카롭게 온몸을 흔들어댔기 때문이다.

그들을 고통스럽게 만든 것은 단순한 피리 소리가 아니라, 거기에 담긴 지독한 살기였다.

무지렁이 백성쯤이야 쉽게 죽일 수 있다고 생각했던 호위무사들의 마음에 공포가 찾아들었다.

피리 소리가 멈췄을 무렵 호위무사들 가운데 두 발로 서 있는 사람은 하나도 없었다.

변촌 백성들도 지레 겁을 먹고는 땅바닥에 납작 엎드려 좀처럼 고개를 들지 못했다.

겨우 정신을 차린 사람들이 일제히 고개를 들어 피리 소리가 들려온 곳, 향나무가 버티고 선 언덕 위를 바라봤다.

언덕 위에는 청년 하나가 손에 피리를 들고 눈을 감은 채 서 있고, 그 옆에는 꾀죄죄한 노인 하나가 볼을 씰룩거리며 웃고 있었다.

사람들의 뇌리로 똑같은 생각이 스쳐갔다.

—사광 현신!

"사, 사광이다!"

"흑면옹(黑面翁)······."

신선의 경지를 보여준다는 젊은 맹인 악사와 그를 따르는 얼굴 까만 노인.

사람들이 황급히 언덕을 향해 머리를 조아렸다. 음악으로 자연의 조화를 마음대로 주무른다는 사광 현신이 나타난 것에 그저 놀라움뿐이었다.

"우히히, 이젠 약발이 바로바로 먹어주는구나. 좋다, 좋아."

수백 명의 사람들이 발아래 넙죽 엎드린 광경에 염장한은 절로 기분이 좋아졌다.

"그러게요. 얼굴 까만 분도 꽤나 유명해진걸요."

"어허, 본시 검정은 신성한 색이거늘."

염장한의 너스레를 뒤로 하고 석도명이 몇 걸음 앞으로 나갔다. 일을 여기서 끝내기에는 뭔가 미진한 기분이 들어서다.

석도명이 언덕 아래를 향해 말했다. 음성은 크지 않았지만, 모든 사람들의 귓가에는 그 소리가 또렷하게 들렸다.

"살기를 품은 자는 그 살기에 자신이 먼저 다치는 법입니다. 그 잔인한 것을 다스리지 못하고서 어찌 인간된 도리를 다하고 산다 하겠습니까?"

석도명의 말대로 조금 전의 피리 소리는 호위무사들이 품고 있던 살기를 모아서 연주한 것이다. 개개인이 내뿜고 있을 때는 몰랐지만, 수백 명의 살기를 한데 모아서 들려주니 감당할 수 없는 고통이었다.

 호위무사들은 초절정고수가 내뿜는 살기를 온몸으로 받아 낸 것 같은 느낌을 받았다.

 귀신을 부리고, 땅을 뒤흔든다는 사광 현신의 입에서 살기 운운하는 이야기가 나오자 호위무사들이 사색이 되어 무릎을 꿇었다.

 "아이고, 잘못했습니다."

 "살려 주십시오."

 권문세가를 배경 삼아 큰소리는 치고 다녔지만 호위무사들의 실력은 하오문과 별로 다를 바가 없었다.

 그들에게 자존심이니, 명예니 하는 건 더더구나 먼 이야기다. 그렇기에 목숨을 구걸하기 위해서라면 쉽게 고개를 숙일 수 있었다.

 어용상단의 눈치만 살피고 있던 관아의 병졸들이 슬금슬금 무릎을 꿇기 시작했다.

 사광 현신이 백성들을 끔찍이 아끼고, 탐관오리는 용서하지 않는다는 소문이 파다했다. 아무래도 불똥이 자신들에게도 튈 것 같았다.

 그 모습이 되레 석도명에게는 거슬리기만 했다.

 약자에게는 잔인하면서, 강자에게는 한없이 비굴한 자들을 두고만 볼 수는 없었다.

 자신도 모르게 쓴소리가 흘러나왔다.

"힘 있는 자들이 백성을 돌보지 않는다 하여, 너도 나도 제 잇속만 챙겨서야 되겠습니까? 벼슬 높은 자들이 부정한 일을 시킨다고 무조건 따르기만 할 겁니까? 명심하십시오, 백성을 무서워하지 않는 자들은 끝내 하늘의 노여움을 살 것입니다."

석도명이 싸늘한 음성을 남기고 언덕 너머로 사라졌다.

석도명이 사라지기가 무섭게 장란상회의 부총관 견초가 선단을 이끌고 서둘러 변촌을 떠났다. 향나무를 뽑아가겠다는 생각은 말끔히 사라진 다음이었다.

나루에는 다시 평온이 찾아들었다.

석도명이 예상한 대로 사광 현신에 관한 소문이 빠르게 번져 나갔다. 백성들의 원성을 사고 있던 어용상단을 혼내준 탓에 그 반향은 작지 않았다.

황제를 등에 업고 전횡을 일삼고 있는 자들에게 당연히 그 화살이 돌아갔다. 백성들은 사광 현신이 예언한 대로 조정의 고관들에게 하늘의 저주가 내려질 것이라고 쑥덕였다.

소문은 점점 부풀려져 구체적으로 벌을 받을 고관들의 이름이 세간에 오르내리기까지 했다. 권력의 정점에 앉아 있는 두 사람, 재상 채경과 환관 동관이 저주의 대상으로 지목됐다.

고관에게 잘 보일 생각은 눈곱만치도 없었지만, 그렇다고 특정인과 얽히는 것도 바라지 않던 석도명으로서는 전혀 의도치 않은 결과였다.

* * *

 악양에서 장강을 건넌 석도명은 쉬지 않고 북서쪽으로 움직였다. 불과 몇 달 전만 해도 섬서에서 남동쪽으로 내려오던 것과는 정반대의 방향이다.

 결국 왔던 길을 되짚어 가는 셈이지만, 그 양상은 전혀 달랐다. 전에는 진무궁의 이목을 피해 달아나기에 바빴다면 이번에는 충돌을 각오하고 가는 길이었다.

 양양(襄陽)에서 남서쪽으로 200여 리 떨어진 곡정(谷頂)이라는 작은 고을에 석도명과 염장한이 나타났다.

 "우히히, 우리가 꽤나 유명해지긴 한 모양이다. 가는 곳마다 사람들이 힐끗거린다."

 염장한이 석도명의 옆구리를 쿡 찌르며 능청을 떨었다.

 확실히 길을 오가는 사람들 가운데 석도명과 염장한을 거듭해서 살피는 이들이 적지 않았다. 대부분 긴가민가한 표정이었지만.

 "그게 어디 저 때문인가요? 영감님 얼굴이 하도 까매서 그런 거지."

 "클클클, 천하에 얼굴 까만 늙은이가 어디 한둘이냐? 이 몸께서 풍기시는 기도가 남다른 탓이 아니겠더냐?"

 석도명이 머리를 흔들었다.

 죽립을 깊이 눌러쓴 탓에 석도명이 장님인 줄 아는 사람은 거의 없었다. 그런데도 사람들의 이목이 자꾸 몰리는 건 흑면 옹이라는 별호를 얻은 염장한의 지독히 시커먼 얼굴 탓이다.

의도적으로 행적을 노출시키기는 했지만, 가는 곳마다 관심을 받는 건 별로 좋은 현상이 아니었다. 나타났다 사라지기를 반복하면서 드문드문 눈에 띄는 게 좋았다.

"아무래도 영감님도 죽립을 써야겠네요."

"우히히, 사주면 고맙지."

석도명이 염장한을 이끌고 저잣거리로 방향을 잡았다. 워낙 고을이 작은 탓인지 상인들이 목청을 돋워 손님을 부르는 소리가 저자 바깥까지 요란하게 울리고 있었다.

석도명이 죽립 하나를 구해서 염장한의 머리에 씌운 직후였다.

저자 입구에서 욕설이 터져 나왔다.

"안 비켜? 이 더러운 새끼야!"

"으, 냄새……."

짐을 잔뜩 짊어진 사내가 누군가를 향해 사납게 고함을 쳤다. 그 옆에서는 다른 행인들이 눈살을 찌푸리거나 코를 쥐고 있었다.

그 앞에 거지 하나가 쓰러져 있다가 허겁지겁 일어나 사람들을 향해 연신 허리를 굽혔다. 비틀거리며 걸어가다가 행인과 부딪친 모양이었다.

번잡한 저잣거리에서 사람이 부딪치는 일이야 다반사지만, 문제는 불쾌함을 자아내는 더러운 행색이었다.

산발을 한 머리카락은 족히 몇 년을 방치한 것 같고, 옷은 때가 잔뜩 절어서 호피 무늬를 만들어내고 있었다. 게다가 몇 발자국 떨어진 곳에서도 숨을 참게 만들 만큼 악취 또한 고약했다.

세상에 거지도 이렇게 추잡한 거지는 없었다. 아무리 거지라고 해도 최소한 사람 근처에는 다가가야 빌어먹을 수가 있을 텐데 말이다.

사람들이 썩 꺼지라고 호통을 쳐대자 거지가 주춤주춤 뒤로 물러섰다. 저잣거리 안쪽을 계속 쳐다보는 것을 보면 뭔가 용건이 있는 듯했지만, 도저히 사람들을 헤치고 안으로 들어갈 수 있는 처지가 아니었다.

얼룩얼룩한 때로 뒤덮인 거지의 얼굴에 알 수 없는 초조함과 낭패감이 어렸다.

그 소란함에 잠깐 고개를 돌린 염장한이 먼발치에서 거지를 바라보고는 잠깐 고개를 갸웃거렸다. 그러나 그것도 잠시. 바로 옆의 식당에서 풍겨오는 음식 냄새에 코를 킁킁거리더니 석도명의 팔을 잡았다.

"헤헤, 떡 본 김에 제사나 지내자. 배고파 죽겠다."

"제사요? 후후, 영감님이 오늘 죽은 귀신하세요. 음복(飮福; 제사 음식을 먹는 일)은 제가 할 테니까."

"예끼 이놈, 그렇지 않아도 오늘이 우리 어머님 제삿날이다."
두 사람이 식당 안으로 들어간 뒤에도 거지는 저잣거리 입구를 좀처럼 떠나지 못했다.

잠시 뒤 석도명과 염장한은 곡정을 빠져나와 다시 관도로 접어들었다.
문득 염장한이 낮게 속삭였다.
"너 그거 아냐? 쟤가 며칠째 계속 따라오고 있는 거."
"그러게요."
"혹시 아는 놈이냐? 궁가방의 고수 같지도 않고……."
염장한의 말대로 누군가가 멀리서 두 사람을 따라가고 있었다. 곡정의 저잣거리를 배회하던 더러운 거지였다.
석도명이 소리의 기운을 끌어올려 거지의 기척을 살피기 시작했다.
끼니를 제대로 챙겨먹지 못한 탓인지 거지는 무척 지쳐 있었다.
탈진.
그 두 글자가 진하게 느껴졌다.
단지 육체적으로 지쳤다는 의미가 아니다. 거지는 삶의 목적을 상실한 듯 아무런 의욕도 없는 걸음을 비칠대며 걷고 있었다. 숨소리조차 고통스런 신음일 뿐이었다.
석도명이 거지의 기척을 꼼꼼히 살펴봤지만 낯설기만 했다.

주변에서 저런 허망한 기운을 내뿜는 사람은 만난 적이 없었다.

"글쎄요…… 잘 모르겠는데요. 눈이 안 보이니 아는 얼굴인지 확인도 안 되고."

"혹시 진무궁 끄나풀 아닐까? 제길, 미행을 붙이려면 좀 깨끗한 놈을 달아주지……."

"그건 아닐 겁니다. 무슨 목적이 있는 것 같지는 않거든요."

"히히, 말이 나온 김에 확인이나 하고 가자고."

염장한이 길을 벗어나 석도명을 숲속으로 잡아끌었다. 석도명이 잠자코 뒤를 따랐다.

궁금하기는 했다. 무슨 사연이 있기에 금방 쓰러질 듯 지친 몸을 하고서 이렇게 자신을 따라붙는 것인지.

석도명을 숲속 공터에 데려다 놓은 염장한이 서둘러 길을 되짚어 갔다. 그리고 머지않아 거지의 목덜미를 한 손에 움켜쥐고 나타났다.

"으하, 냄새 하고는……. 어디 계곡물이라도 좀 찾아야겠다."

염장한이 거지를 석도명의 발치에 던져놓고는 나무에 손을 쓱쓱 비벼댔다.

거지는 석도명 앞에 잔뜩 웅크리고 엎드려서 꼼짝도 하지 않았다.

"뉘십니까? 무슨 까닭으로 제 뒤를 쫓는 건가요?"

"……."

거지는 아무런 대답도 하지 않았다.

석도명은 거지의 어깨가 가늘게 떨리고 있음을 알았다. 깊은 사연이 있음을 직감하고는 말없이 기다렸다. 때로는 묻지 않는 게 가장 좋은 방법이었다.

이윽고 거지의 입이 열렸다.

"미안……하오……. 나는…… 나쁜 놈이오."

오랫동안 잠겨 있던 탓에 거지의 음성은 탁하기 짝이 없었다.

하지만 석도명은 그 목소리를 알아들었다. 꽤나 귀에 익은, 그러나 상상조차 되지 않는 음성이었다.

"스님……."

석도명이 몸을 굽혀 더러운 거지, 한때는 소림사의 기재로 이름을 날리던 성목의 손을 잡았다.

"헉! 스님?"

염장한의 입이 떡 벌어졌다.

저 몰골 어디에 스님의 풍모가 있단 말인가? 게다가 석도명하고 가까이 지낼 정도라면 보통 승려는 아닐 텐데, 어떻게 저런 꼴로 살고 있을까?

석도명이 말없이 성목의 어깨를 어루만졌다.

성목이 통곡을 했다.

"흐흑, 나는 그날 진무궁에서…… 비겁하게도 석 소협을 버리고 달아났소. 그 전까지만 해도 소림사가 석 소협을 등졌다고…… 사부님을 원망하고…… 사문을 원망했던…… 내가 말이오. 죽음 따윈 두렵지 않다고 해놓고…… 정작 사지가 잘릴 게 무서워서…… 무 대협의 허리가 잘리는 순간…… 나는 이미 죽었던 게요……. 미안하오……. 나는 용서를 빌 자격도 없는 겁쟁이요……. 으흐흑."

성목이 뭔가를 더 말했지만 울음이 섞여 제대로 알아듣기가 어려웠다.

하지만 석도명은 성목의 마음을 충분히 알 수 있었다.

무공을 잃고 폐인이 된 자신의 고통도 끔찍했지만, 그걸 지켜보면서 아무것도 하지 못하는 심경 또한 참담했으리라.

스스로를 변명하려고 들었다면 가져다 댈 수 있는 핑계거리는 잔뜩 있었을 것이다.

그 자리에서 혼자 나서봐야 의미 없는 개죽음이었다, 경거망동으로 악소천을 분노하게 만들었다면 동료들까지 죽음으로 몰아넣었을 것이다 등등.

세상이 알아주는 고수였던 무소진이 석도명을 구하려고 나섰다가 단칼에 허리가 잘려 죽은 마당에 누가 나선들 소용이 있었겠는가?

그러나 성목은 자신의 비겁함을 스스로 용납하지 못했다. 그것이 지독한 심마(心魔)가 되어 그를 지옥으로 내몰았으리라.

행인들에게 내몰리는 추악한 몰골이 되기까지 스스로를 얼마나 학대했을지 그 모습이 선하게 그려졌다.
　석도명은 성목의 울음이 잦아들 때까지 조용히 기다렸다.
　그렇게 시간이 얼마나 흘렀을까? 석도명이 낮은 음성을 성목의 귓가에 흘려보냈다.
　"사람은 누구나 실수를 하고 또 후회를 합니다. 사람이 후회를 하는 것은 죄가 아닙니다. 자신의 잘못을 뉘우친다는 뜻이니까요. 하지만 그 후회를 끝내지 못한다면 그건 크나큰 죄입니다. 그날의 일은 제게도 큰 아픔이고, 또 후회스러운 기억입니다. 그러나 저는 그 일로 더 이상 후회하지 않습니다. 그럴 시간이 있으면 다시 후회하지 않기 위해서 노력할 뿐입니다. 스님께서는 더 큰 죄를 지으실 생각입니까?"
　"나를…… 용서하시겠소?"
　"누가 누구를 용서하겠습니까? 저는 그날 스님을 위해서가 아니라, 저 자신을 위해서 진무궁주와 싸웠을 따름입니다. 스님께서 죄를 지었다면 스님 자신에게 지은 것이고, 그 죄를 용서할 사람 또한 스님뿐입니다. 제가 저를 용서했듯이, 부디 스님도 자신을 용서하십시오."
　"하아……."
　성목이 깊은 한숨을 토해냈다.
　그 순간 영혼에 깃든 심마가 산산이 흩어져 내렸다. 그리고 평생 경험하지 못한 시원함이 가슴을 뚫고 지나갔다.

후회는 죄가 아니다 63

땅에 머리를 박고 엎드린 자세였음에도 성목은 자신을 내려다보는 석도명의 입가에 따뜻한 미소가 감돌고 있는 것을 느꼈다. 그 환한 미소가 점점 밝아져 온몸을 따뜻하게 덥혔다.

성목은 보았다. 사바세계를 내려다보는 부처의 한량없이 따스한 미소를.

스르르.

성목의 몸이 힘없이 허물어졌다. 부처의 미소 속에서 의식을 놓아버린 것이다.

석도명이 성목을 안아 들었다.

지쳐 잠든 것인지 피안의 세계를 엿보는 선경에 든 것인지 알 수 없지만, 차가운 땅바닥에 몸을 누이는 건 건강에 좋지 않았다.

계절은 어느새 겨울의 초입에 접어들고 있었다.

# 제3장
사마세가(司馬勢家)의 선택

　산동의 중심지 제남(齊南) 외곽에 거대한 장원이 자리를 잡고 있다. 산동의 패자 사마세가다.
　밤늦은 시간임에도 불구하고 사마세가는 사람들로 붐비고 있다. 등불을 최소한으로 밝혀 놓은 탓에 착 가라앉은 집안에는 향냄새가 가득했다.
　사마세가의 전대 가주 천모(天謀) 사마광.
　정파 무림을 끌어 모아 천마협의 침공을 분쇄하고 무림맹을 세웠던 일세의 거물, 바로 그의 기일이었다.
　제사라는 게 본시 엄숙하게 고인을 추모하는 행사지만, 또 한편으로는 가족 간의 정을 다지는 자리이기도 하다.

하지만 오늘 사마광의 제사는 처음부터 끝까지 진지하고 엄숙하게 진행됐다. 제사가 끝난 다음에도 낮은 웃음소리조차 들리지 않았다.

집안의 여인들과 아이들이 제사 음식을 나누는 동안 사마세가의 어른들은 사마중의 처소인 뇌우당(雷雨堂)에 따로 모여 앉았다. 가주가 주관하는 긴급회의가 소집됐기 때문이다.

"크흠, 고약한 자들일세. 하필이면 아버님의 기일에 이런 물건을 보내다니."

사마중은 사람들이 자리를 잡고 앉자마자 뭔가를 꺼내 보였다.

그것은 진무궁에서 날아든 승천패였다.

과거 천마협의 신물로 악명을 떨쳤던 승천패가 진무궁을 통해 다시 나타난 것이다.

십대문파가 이 사실을 안다면 진무궁이 천마협의 후예임을 입증하는 증거라고 핏대를 올렸으리라.

허나, 이 자리에 모여 앉은 사마세가의 인물들 가운데 그 문제를 거론하는 사람은 아무도 없었다. 모두들 침통하고 심각한 얼굴로 승천패를 쏘아볼 뿐이다.

"이제 와서 모든 걸 다 까발리겠다는 심산일까요?"

침묵을 깬 사람은 하북에서 제법 뼈대 있는 상인 집안인 소야장(素野莊)의 장주 전우격(田禹激)이다. 소야장은 전대 가주 사마광의 처가이고, 전우격은 사마중의 이종사촌 동생이다.

이 자리에는 전우격의 형제인 전치격(田治激)과 전상격(田商激)이 함께 와 있었다.

사마광의 제삿날이니 소야장의 형제들이 당연히 나타날 수 있겠지만, 가주가 소집한 긴급회의에 참석한 것은 의외였다.

세상에 알려진 것과 달리, 소야장은 단순한 상인 가문이 아니고 전 씨 형제들 또한 평범한 장사치가 아니었다. 그들은 전대 가주 사마광의 안배에 따라 비밀리에 양성된 사마세가의 핵심 전력의 일부였다.

악소천의 장제자인 동방천군 문적방을 두 번이나 막아낸 것이 바로 전 씨 형제들이 길러낸 극병, 궁병, 검병의 혼성부대였다.

사마광의 안배는 거기서 끝난 게 아니다.

사마세가 본가와 구별하기 위해 별가(別家)로 불리는 세력이 또 다른 곳에 준비돼 있었다. 별가를 이끄는 인물들은 사마질(司馬瓆), 사마봉(司馬峯) 형제. 모두 사마중의 사촌이다.

'영리한 토끼가 굴 세 개를 판다'는 속담을 충실히 따르고 싶었는지, 사마광은 생전에 사실상 3개의 사마세가를 키워놓은 셈이었다.

전우격의 말에 사마중이 천천히 고개를 저었다.

"글쎄…… 아마도 우리를 떠보려는 거겠지."

"내내 모른 척하고 있더니…… 왜 지금일까요?"

다시 질문을 던진 사람은 사마중의 친동생인 사마청(司馬晴)

이다. 사마중이 무림맹에 나가 있는 동안 그가 줄곧 사마세가를 돌봐왔다.

"낸들 알겠는가마는…… 뭔가 냄새를 맡았겠지. 아마도 십대문파가 움직이고 있다는 사실을."

방 안에 둘러앉은 사람들의 얼굴이 순식간에 딱딱하게 굳어졌다.

오늘 이 자리는 사마중이 십대문파와의 회동에서 돌아와 처음 소집한 회의다.

그동안 서로 연통을 주고받으며 진무궁과 건곤일척의 승부를 준비해 온 사마세가의 3대 세력이 최종 전략을 점검하기 위해서였다.

헌데 진무궁이 미리 낌새를 채고 선수를 치다니! 충격이 아닐 수 없었다.

"크흠……."

"허어……."

침음성과 탄식이 번갈아 터져 나왔다.

"그렇다고 그렇게 놀랄 일은 아닐세. 어차피 십대문파가 한꺼번에 움직이면 천하게 다 알게 될 테니까."

"하지만 진무궁에서 알고 있다면 미리 손을 쓰지 않겠습니까? 각 문파에 경고를 보내 미리 단속을 한다든지, 아니면 본보기 삼아 몇 개 문파를 엄단하든지……."

소가주 사마형이 근심을 지우지 못한 얼굴로 사마중을 바라봤다.

"그럴 가능성이 없지 않다만…… 진무궁주가 금단의 신표인 승천패까지 보낸 것을 보면 아무래도 다른 뜻이 있는 게 아닐까 하는 생각이 드는구나."

"아버님께서 달리 짐작하고 계신 바가 있습니까?"

사마중이 자신에게 쏠린 좌중의 시선을 음미하기라도 하듯 방 안을 천천히 둘러보며 입을 뗐다.

"크흠, 이건 어디까지나 내 개인적인 추측이라는 점을 전제로 하고 듣게. 진무궁주는 그 누군가의 흉내를 내고 싶은 게 아닐까 싶은 생각이 드네. 상대를 힘으로 말살하려는 게 아니라, 절대 강자의 위용으로 무릎을 꿇리기를 원한단 말일세. '나를 이길 자신이 없으면 숙이고 들어와라. 승자의 관용을 베풀어주마.' 그런 목소리가 이 승천패에서 들리는 것 같구먼."

"허면 가주께서는 진무궁에 어떤 대답을 줄 생각이십니까? 진무궁주의 뜻을 받아들일 겁니까? 아니면 십대문파와 함께 진무궁을 상대로 결전을 펼칠 겁니까?"

별가의 수장 사마질이 물었다.

사마세가의 전력이 진무궁을 앞서지 못한다고 하나, 십대문파와 손을 잡을 경우 전체 전력에서 밀릴 것이라는 생각은 들지 않았다. 관건은 접전상황을 끝내줄 절대고수의 격돌에서 과연 어떤 결과가 나오느냐였다.

사마세가에서, 아니 천하를 통틀어 그 문제에 대한 답을 쥐고 있는 사람은 사마중뿐이라 해도 과언이 아니었다.

사마세가의 혈족들이 음지에서 힘을 기르는 동안, 사마중이 사마세가의 비전 무공을 얼마나 대성했는지는 그 자신만이 알 테니까.

"아버님께서는 말일세……."

사마질의 질문에 답을 주는 대신, 사마중은 엉뚱하게도 자신의 부친, 사마광에 관한 이야기를 꺼냈다.

사람들이 숨을 죽이고 그 말에 귀를 기울였다. 사마세가의 미래를 미리 안배 해놓은 사마광이 혹시 오늘의 상황까지 내다보고 있었던 게 아닐까 하는 호기심과 함께.

"천마협을 막기 위해서 십대문파를 일일이 찾아다니셔야 했다네. 헌데 이 못난 아들은 무슨 복이 그리 많은 건지 십대문파에서 먼저 찾아와 도와달라고 하는구먼. 그것도 따지고 보면 아버님께서 사마세가를 이만큼이나 키워놓으신 덕분이겠지. 해서…… 나는 싸우러 나갈 생각일세. 그게 아버님의 뜻을 받드는 길일 테니까. 그리고 십대문파 앞에서 보여주고 싶다네. 사마세가가 천하제일가로서 부족함이 없다는 것을."

"가주!"

사람들이 사마중을 향해 일제히 머리를 숙였다.

사마중은 사마세가의 오랜 염원에 답을 내놓은 것이다. 사마세가는 천하의 주인이 될 자격이 있다고 말이다. 그것은 진무궁과의 싸움에서 이길 자신이 있다는 뜻이기도 했다.

방 안의 열기가 한껏 고조된 가운데 사마중의 단호한 음성이 이어졌다.

"다음 달 보름에…… 우리는 양곡으로 갈 걸세! 그곳에서 진무궁과 승부를 가릴 것이야."

"오오, 양곡!"

사람들 사이에서 탄성이 흘러나왔다.

하남과 산동의 접경지대에 놓인 양곡, 그곳이 어디인가? 바로 50여 년 전에 천마협의 무리들이 사마세가의 오행금쇄진에 갇혀 최후를 맞은 곳이다. 진무궁과 싸울 장소로 이보다 더 어울리는 곳이 있을까?

게다가 공교롭게도 바로 사마광의 제삿날에 사마세가와 진무궁의 일전이 결정된 것이다.

그 흥분과 열기가 밤이 깊도록 사마세가를 떠나지 않았다. 사마중의 처소에서 흩어진 뒤에도 사마세가의 수뇌들은 삼삼오오 모여 앉아 앞으로의 일을 의논하며 뜬눈으로 밤을 세웠다.

한편, 모두가 물러난 사마중의 처소에 두 사람이 불려 들어왔다.

한 사람은 사마세가의 총관인 허정, 다른 사람은 별가의 총관인 옥두병(玉杜昺)이다.

"허허, 두 사람은 아주 오랜만이겠구먼."

사마세가(司馬勢家)의 선택 73

사마중이 웃으면서 두 사람을 바라봤다.

비슷한 또래인 허정과 옥두병이 서로를 향해 조용히 고개를 숙여 보였다.

옥두병은 전대 가주인 사마광을 보필했던 총관 옥신만(玉申萬)의 아들이다. 사마광이 죽은 뒤 옥신만이 세가를 떠나 낙향을 하면서 세가에서 사라졌던 인물인데, 수십 년 만에 뜻밖에도 별가의 총관이 되어 나타났다.

허정과 옥두병은 어린 시절을 사마세가에서 같이 보낸 추억을 공유하고 있기도 했다.

허정은 오늘에서야 옥신만의 낙향 또한 사마광의 안배 가운데 하나였음을 알고 속으로 혀를 내둘렀다.

"그렇습니다. 살아 있으니 이렇게 만나게 되는군요."

사마중의 말에 허정이 의례적인 답을 했다. 어린 시절을 같이 보냈다고는 하나, 옥두병과 친하게 지낸 기억은 없었다. 밖에서 굴러 들어온 뜨내기 고아와 총관의 아들이라는 거리감은 결코 작은 게 아니었다.

"허허, 그래 살아 있으면 다시 만나게 되는 게 인생이지. 그 말을 들으니 돌아가신 아버님이 더욱 그리워지는구먼."

"예, 저도 어르신을 생각하면 아직도 가슴이 아픕니다. 그렇게 갑자기 세상을 떠나실 줄을 몰랐는데……."

"흠, 그러고 보니 자네는 당시 멀리 출장을 가 있는 바람에 아버님의 장례도 지켜보지 못했었군. 그래, 그랬었어."

"예…… 그게 늘 마음에 걸렸습니다. 저를 자식처럼 거둬주신 분인데……."

"인명은 재천이라고 하질 않나. 자네나 나도 당장 내일 무슨 일을 당할지 누가 알겠는가?"

"무슨 말씀을요. 가주께서는 오래오래 사마세가를 지켜주셔야죠."

사마중과 허정이 나름대로 사마광을 추억하는 동안, 옥두병은 잠자코 앉아서 대화를 듣기만 했다.

잠시 뒤 사마중이 자세를 바로 했다. 두 명의 총관을 긴히 부른 용건이 있었다.

"내가 두 사람을 따로 부른 까닭은 한 달 뒤에 있을 진무궁과의 결전을 차질 없이 준비해 달라는 당부를 하기 위해서일세. 이번 싸움은 아무래도 양쪽에서 수천 명이 참가하는 대규모 전투가 될 터인즉, 무엇보다 후방 지원이 중요하네. 강호인들은 우르르 몰려가 싸우기만 하면 그만인 줄 아네만, 이 추운 겨울에 전력을 제대로 발휘하려면 군문에 버금하는 병참이 뒷받침되어야 하지. 그 일이 바로 두 사람의 어깨에 걸려 있다네."

반평생을 무림맹의 군사로 지내고, 또 군문에 필적하는 전투병을 길러낸 사마중다운 생각이었다. 어쩌면 혹한을 무릅쓰고 진무궁과의 결전을 서두르는 것 또한 그런 이점을 살려보려는 발상인지도 몰랐다.

"최선을 다하겠습니다만…… 제가 어디까지 준비를 해야 하는지……."

 허정이 말꼬리를 흐렸다.

 사마세가에서 동원할 수 있는 전력과 그에 소요되는 보급품에 대해서라면 환히 꿰고 있다. 하지만 별가와 소야장에 대해서는 아는 게 거의 없었다.

 자신의 역할이 사마세가의 뒷받침만 하면 되는 것인지, 아니면 사마세가의 재물을 밖으로도 퍼 날라야 하는지 궁금했다.

 허정이 슬쩍 옥두병의 기색을 살폈다.

 미리 지시를 받은 게 있는지 옥두병은 사마중의 처분만 기다리고 있었다.

 "허허, 그동안에는 비밀을 지키기 위해 자네에게 세세히 알리지 못한 게 많았지. 하지만 머지않아 사마세가의 전력을 만천하에 드러내야 하는 상황이네. 이제 와서 무엇을 더 숨기겠는가? 모든 것을 옥 총관과 상의해서 두 사람이 공동으로 관리하게나.

 솔직히 말하자면, 바깥에 꿍쳐둔 살림이 그리 넉넉지 않다네. 자네가 수십 년 동안 알뜰하게 보살펴온 세가의 곳간을 많이 털어야 할 것 같구먼. 험, 옥 총관은 필요한 물목(物目)을 알려주는 것은 물론, 이제부터는 모든 장부를 허 총관과 함께 관리하도록 하게. 당분간 사마세가에서 두 사람이 제일 바쁘게 뛰어다녀야 할 게야."

"예, 분부를 받들겠습니다."

허정과 옥두병이 나란히 고개를 숙여 보였다.

사마중의 처소에서 물러난 허정은 옥두병과 함께 자신의 집무실로 갔다. 필요한 물목을 확인하고, 자금을 조달할 계획을 세우다보니 묘시(卯時; 새벽 5시)가 다 돼서야 침소로 돌아갈 수 있었다.

꽤나 피곤할 텐데도 불구하고 허정은 여느 때처럼 이른 새벽부터 일과를 시작했다.

허정이 가장 먼저 찾아간 곳은 마구간이었다.

"어이쿠, 나오셨습니까?"

마구간 책임자가 뛰어나와 허정을 맞았다.

"그래, 말들은 건강한가? 먹이는 잘 먹고?"

허정이 먹이통에 손을 넣어 직접 건초 상태를 살폈다. 손가락 사이로 마른 풀이 흩날리며 떨어졌다.

"그러문입쇼. 아주 건강하고 먹이도 잘 먹습니다."

"건초는 여유가 있나? 조만간 크게 써야 할 일이 있는데 아무래도 새로 구입을 해야 할 것 같구먼."

"언제고 말씀만 하시면 최상급으로 들여오겠습니다."

"그렇지, 최상급이어야 할 게야. 하루 이틀 내로 정확한 수량을 알려줄 테니 자네가 신경을 좀 써주게."

허정이 흡족한 미소를 지어 보이고는 마구간을 떠났다.

허정이 떠난 뒤 마구간지기가 주변을 둘러보고는 말 먹이통에 손을 집어넣었다.

건초를 헤집은 그의 손끝에 새끼손가락 한 마디도 되지 않는 작은 물건이 잡혀 나왔다. 돌돌말린 가죽 쪼가리였다.

사내가 급히 가죽 쪼가리를 소매 속으로 갈무리했다. 그리고는 아무 일도 없다는 듯이 천천히 마구간 뒤편으로 돌아들어갔다.

* * *

세인들의 가슴 속에는 아직도 무림맹으로 기억되는 진무궁. 그 제일 뒤쪽 언덕에 망루를 겸한 10층짜리 목탑이 솟아 있다. 그 꼭대기 층에 오르면 여가허 일대가 손에 잡힐 듯 내려다보인다.

그곳에 진무궁 군사 허이량이 올라가 있다.

"흠, 대체 뭐가 있는 거지?"

허이량이 눈을 가늘게 뜬 채로 아래쪽을 내려다보며 중얼거렸다.

허이량은 진무궁의 건물 배치를 면밀하게 살피는 중이었다. 손으로 일일이 건물을 짚어보고 뭔가를 연신 계산하는 모습이 마치 진법을 파훼하려는 것처럼 보였다.

지금 허이량은 사마세가가 애초에 무림맹을 설계하면서 그 안에 깔아뒀다는 진식을 찾고 있었다. 사마세가가 아니면, 발동조차 시킬 수 없다는 그 진법은 이름조차 알려져 있지 않았다.

무림맹이 세워진 시기가 진무궁이 사마세가에 간자를 심어놓기 전인 탓에 진법에 대해서는 거의 정보가 없었다.

"보자, 만변천화진(萬變千化陣)에…… 태극이원진(太極二元陣)을 섞었고……, 청공전 주변에는 사면팔색진(四面八塞陣)이라……"

몇 가지 진법을 읽어낸 허이량이 연신 고개를 저었다. 끝내 만족스럽지 못한 표정이다.

허이량은 목탑 위에서 그렇게 아침나절을 보낸 뒤에 집무실로 돌아왔다.

서탁 앞에 앉기가 무섭게 허이량은 나무함에서 뭔가를 꺼내 펼쳤다. 정교한 무두질을 거친 얇은 가죽 쪼가리였다.

"대체 무엇 때문에 이곳을 노리는 거지?"

허이량이 고개를 갸웃거리면서 가죽 쪼가리에 적힌 내용을 다시 살폈다.

그 안에 담긴 것은 양곡의 싸움에서 사마세가의 병력을 지원할 보급대의 규모와 이동계획이었다.

그것으로부터 두 가지 사실을 확인한 뒤 허이량은 깊은 의문에 빠져들었다.

하나는 사마세가의 전력이 상상 이상으로 막강하다는 점이다.

그동안 두 차례의 격돌에서 드러난 사마세가의 병력은 1,000명을 겨우 넘는 정도였다.

헌데 보급대의 규모로 추산한 공격대의 규모는 무려 1,500명에 달했다. 사마세가를 지키기 위해서 남겨둘 병력이 수백 명이 될 것을 감안하면 사마세가의 병력이 알려진 것보다 배는 많고, 진무궁에도 별로 뒤지지 않는다는 이야기다.

그런데 1,500명의 공격대 가운데 정작 결전장인 양곡으로 가는 본대는 500명에 불과하고, 나머지 1,000명은 남북으로 크게 우회해 여가허를 공격할 계획이었다.

물론 1,000명을 뺀다고 해도 십대문파가 가세하면 여전히 압도적인 수적 우위를 보일 것이다.

그렇다고 해도 이번 싸움을 주도한 사마세가가 보유 전력 가운데 무려 3분의 2를 빼돌려 여가허를 공격해야 할 이유는 대체 뭐란 말인가? 어쩌면 양곡에서 싸우자고 도발을 해온 까닭이 진무궁의 주력을 밖으로 유인하기 위한 속임수가 아닌가 하는 의혹이 들었다.

진무궁에 빼앗긴 무림맹 건물을 되찾을 경우 여러 가지 이득을 볼 수 있으리라.

자고로 싸우러 나간 적의 배후를 쳐서 성을 떨어뜨리는 건 병법에서 상책에 드는 전략이다. 무엇보다 진무궁의 자존심에는 회복할 수 없는 상처가 될 터였다.

그러나 냉정하게 실익을 따진다면, 건물은 그저 건물일 뿐이다. 최후의 결전에서 무려 1,000명이나 되는 병력을 뒤로 빼돌릴 만한 가치가 있다고 보기는 어려웠다.

진무궁의 입장에서는 여가허가 본래 자신들의 터전도 아니다. 잠시 빼앗겨도 되찾으면 그만이다. 중요한 것은 역시 양곡에서 누가 승리를 거두냐였다.

허이량이 다시 계산에 들어갔다.

"십대문파에서 동원할 수 있는 병력은 많아도 2,000명을 넘을 수가 없지. 잘해야 1,500명 정도……. 남궁세가와 헌원세가에서 500명을 보낼 수 있을까?"

어지간한 문파에서 실전에 투입할 수 있는 제자를 추리면 대략 300명 정도가 나오는 게 보통이다. 십대문파가 전부 싸우러 나온다면 3,000명 정도를 투입할 수 있다는 이야기다.

하지만 현재 십대문파에는 소림사와 무당파, 화산파처럼 제자의 절반 이상을 잃은 문파가 태반인지라 그 정도의 병력이 남아 있지 않다.

더구나 역사를 자랑하는 명문 정파들은 본산을 끔찍하게 생각하기 때문에 집을 비우고 나설 수도 없다.

과거 천마협과의 싸움 때 청성파를 비롯한 몇 개 문파가 고수들을 전부 내보내고는 인근 사파의 협공을 받아 불바다가 된 경험이 있다.

물론 변방의 문파와 사파를 전부 규합해 쳐들어왔던 천마협과 달리, 진무궁은 사파의 도움을 받지 않고 싸움에 임할 생각이다.

하지만 사파가 알아서 십대문파의 본거지를 어지럽혀 줄 것이라는 정도는 계산에 넣고 있었다.

결국 방어에 필요한 숫자를 감안하면 십대문파에서 동원할 수 있는 병력은 사정이 나쁜 곳은 100명 이내, 여유가 있는 곳도 200명을 넘기 어려웠다.

허이량이 추산한 무림맹 측의 전력은 떨어져 나갔던 중소문파까지 포함해도 3,000명 남짓한 규모였다.

반면 악소천의 친위대 200명과 사방천군 휘하의 2,000의 병력으로 강호에 출도한 진무궁의 전력은 십대문파와의 싸움에서 1할 정도가 소모된 상태였다.

여가허를 비우고 싸우러 나간다면 진무궁과 무림맹의 전력은 2,000 대 3,000 정도로 보는 게 합리적이었다.

십대문파에 적대적인 사파를 동원한다면 진무궁의 전력이 배 이상 늘어나겠지만, 싸움을 정사대전으로 몰고 갈 생각은 추호도 없었다. 순전히 진무궁만의 힘으로 무림맹 전체를 격파해야 했다.

허이량은 2 대 3 정도의 차이라면 진무궁이 압도적인 승리를 거둘 것임을 믿어 의심치 않았다. 무공의 질에서는 진무궁이 한 수 위라는 자신감이 있기 때문이다.

더욱이 인간의 한계를 넘어선 악소천의 무위는 감당할 사람이 없다고 봐야 했다.

양곡에서의 싸움이 진무궁의 압승으로 끝난 뒤에야 사마세가의 기습대 1,000명이 뭐가 문제겠는가? 아무리 따져 봐도 여가허를 노리는 사마세가의 기습 병력은 일단 무시하는 게 낫다는 결론이 나왔다.

그럼에도 허이량의 마음은 좀처럼 가벼워지지 않았다.

"아니야. 저 음흉한 사마 씨들이 이유 없는 짓을 할 리가 없어."

사마세가의 숨은 의도를 생각하면 할수록 머릿속이 안개로 가득 차는 기분이었다.

한참 동안 머리를 싸매고 있던 허이량이 주먹을 불끈 쥐었다.

"적이 계략을 세운다면 그걸 역이용하면 그뿐이다. 앉아서 기다릴 수는 없지."

마침내 사마세가의 계략을 먼저 분쇄하기로 마음을 정한 허이량이 문제의 가죽 쪼가리를 함에 넣었다.

그리고는 얄팍한 책자를 꺼내들었다.

"후우, 산 넘어 산인가?"

허이량이 또다시 골치 아픈 기색을 감추지 못한 채 책자를 천천히 읽어 내려갔다.

책자는 누군가에 관한 기록이었다.

그 인물이 언제 어디서 누구와 어떻게 싸웠으며, 무공의 특징은 무엇인지가 마치 옆에서 싸움을 지켜본 것처럼 자세하게 적혀 있었다. 정말로 누군가가 계속 따라다니면서 기록한 게 아니라면, 엄청나게 방대한 조사를 거쳐야 완성될 수 있는 정보였다.

그 기록의 주인공은 놀랍게도 석도명이다.

천목산에서 거호대를 불 태워 죽인 것부터 시작해, 장강에서 벌어진 막간대채와의 혈투는 물론 멀리 동북방에서 진천보와 여진의 철전사와 싸운 것까지, 석도명이 강호에서 벌인 거의 모든 싸움이 책자에 담겨 있었다.

기록에 빠져 있는 내용은 청성파의 일과 가장 최근에 막창소를 죽인 것 정도였다.

"절정의 무공을 구사할 때조차도 이자의 근원은 소리인 게 분명해. 대체 식음가에 무슨 비법이 있어서 이런 자를 길러냈단 말인가?"

허이량은 다시 재기한 석도명을 상대하기 위해 지난 며칠 동안 같은 내용을 읽고 또 읽었다.

그때마다 질리는 기분만 심해졌을 따름이다.

그럴수록 반드시 석도명을 죽여야겠다는 결심이 더욱 굳어졌다. 무림맹과의 전면전을 앞두고서도 석도명의 처리는 소홀히 할 수 없었다.

"눈에는 눈, 이에는 이라고……, 역시 소리에는 소리인가? 하여튼 보통의 방법으로는 안 돼."

허이량이 한 부분을 다시 읽으며 낮게 중얼거렸다.

그곳에는 석도명이 만혼적이라는 기물로 혈봉을 부리던 백산고옹과의 싸움 끝에 의식을 잃었던 내용이 적혀 있었다.

허이량이 이번에는 지도를 펼쳐 들었다. 석도명이 최근에 모습을 드러냈던 장소가 지도에 표시돼 있었다.

"서북쪽으로 간다고 아예 내놓고 선전을 하는구먼. 그러면 정연이라는 계집이 간 곳은 동남향인가?"

허이량의 손이 황산에서 동남쪽으로 내려갔다. 정연이 몸을 숨긴 관음사 부근의 바다가 손가락 끝에 짚였다.

하지만 허이량이 이내 고개를 저었다.

"크흠, 이건 너무 빤한 수법이야. 그놈이 아무리 고지식하다고 해도 설마 그 정도로 단순하겠는가?"

허이량은 석도명의 행보가 너무 의도적이라는 사실이 마음에 걸렸다. 잠깐의 고민 끝에 허이량의 머릿속에서 정연이 동남쪽으로 피했을 것이라는 가설이 지워졌다.

허이량이 붓을 들어 백지 위에 뭔가를 썼다.

한운영
부도문
정연

석도명을 공략할 수 있는 약점이다.

허이량은 잠깐의 생각 끝에 한운영의 이름 위에 줄을 그었다. 악소천의 수중에 들어가 있는 한운영을 멋대로 끌어다 쓰기는 부담스러웠다.

이내 정연의 이름에도 줄이 그어졌다. 정연을 찾느라 허비할 시간이 아까운 탓이다.

마지막으로 부도문의 이름에 동그라미가 쳐졌다. 악소천 몰래 써먹을 수 있는, 그리고 결정적인 순간에는 죽여도 그만인 존재였다.

그에게서 얻어내고 싶은 게 있었지만, 석도명을 처리하기 위해서라면 그 정도는 포기할 수 있었다. 차라리 부도문과 함께 모든 걸 묻어버리는 방법도 나쁘지는 않다는 생각이 들었다.

"가질 수 없다면 차라리 부숴버린다……. 그게 내 방식이다."

허이량의 음울한 목소리가 방 안을 낮게 맴돌았다.

무림의 내일을 결정할 양곡의 싸움이 시작되기 40여 일 전의 일이었다.

* * *

한 해의 마지막 달이 시작될 무렵 석도명은 서쪽 변경을 코앞에 둔 장안에 다다랐다.

염장한과 단둘이었던 석도명의 일행은 그새 숫자가 늘었다.

사광의 소문을 듣고 찾아온 사람은 성목뿐이 아니었다. 무소진의 단짝이던 금강대 출신의 고수 송필용이 장안 어귀에서 석도명을 기다리고 있었다. 그를 따르던 무림지사 다섯 명이 같이 왔다.

송필용과는 여진족의 땅에 다녀오면서 여러 차례 죽을 고비를 같이 넘긴 사이다.

그럼에도 석도명은 송필용이 반갑지만은 않았다. 흩어진 제천대가 다시 자신을 중심으로 뭉치게 되지 않을까 우려가 됐기 때문이다.

송필용 또한 그런 부분이 마음에 걸렸던 모양이다.

"하하, 석 소협을 또 끌어들여서 싸움이나 벌이자고 온 게 아니라오. 내가 아직 강호에 욕심이 있었다면 당장 사마세가로 달려갔을 게요. 솔직히 지인들의 헛된 죽음을 목격하고 나니, 이제 십대문파니 오대세가니 하는 이름은 지긋지긋하오. 지난날 내가 석 소협에게 지은 죄나 반성할 기회를 주시구려. 같이 다닐 염치도 없소. 그저 먼발치에서 따라 다니게나 해주시오."

송필용의 청을 석도명은 더 이상 거절하지 못했다.

성목에게 그랬듯이 누구의 잘못을 따질 생각은 애초에 없었다. 강호의 일이 지긋지긋하다는 송필용의 심정도 어느 정도 이해가 갔다. 자신의 마음 또한 크게 다르지 않은 탓이다.

십대문파가 사마세가를 중심으로 다시 뭉쳐 진무궁에 도전장을 냈다는 소식을 듣고 석도명 자신도 잠시 고민을 했던 게 사실이다.

그러나 사마세가로 달려갈 생각은 들지 않았다. 겨우 자기 하나를 돌볼 수 있게 된 실력으로는 큰 도움이 될 수도 없다. 지금은 자신이 가야 할 길의 끝을 확인하는 게 먼저였다.

그리고 솔직히 십대문파가 전부 뭉친다고 해도 진무궁을 이길 것이라는 믿음도 별로 없었다.

'사마 군사는 승리를 자신하고 있는 것일까?'

사마중이 냉철하고 빈틈없는 성격이라는 사실을 알면서도 석도명은 마음이 놓이지 않았다. 자신이 직접 겪어본 악소천의 실력이 그만큼 놀라운 탓이다.

어쨌거나 석도명은 자신의 방식으로 악소천과 싸울 생각이었다.

악소천과의 싸움은 단순히 한운영을 구하고 말고의 문제가 아니다. 자신이 힘겹게 이뤄낸 관음의 경지를 쉽게 무너뜨린 악소천을 넘지 못하고서 어찌 소리의 끝을 봤다고 하겠는가?

석도명에게 악소천은 피 맺힌 원수라기보다는, 반드시 넘어야 할 숙적이었다.

장안성으로 들어간 석도명 일행은 노로관(露路館)이라는 객잔의 2층 식당 창가에 자리를 잡았다.

황산에서 정연과 헤어진 뒤로 확연히 달라진 게 숙식문제였다.

정연이 고향을 떠나면서 챙겨온 패물과 돈을 절반 넘게 나눠주고 간 덕분이다. 정작 정연은 단호경과 함께 산속을 전전하느라 쓸 기회가 없었던 재물이 염장한을 만난 뒤에야 비로소 제대로 쓰이기 시작했다.

"우히히, 그렇게 눈을 내리 깔고 있으니까 잘 모르겠다."

석도명이 죽립을 벗어 옆에 내려놓는 것을 보면서 염장한이 히죽거렸다.

염장한의 말마따나 고개를 아래쪽으로 약간 숙이고 앉은 석도명의 모습은 장님 같지 않았다. 악소천의 무형지력이 눈동자를 파고 들어가 안구 내부를 심하게 손상시켰지만, 외상은 크게 남기 않은 덕분이다.

피멍이 들어 시뻘겋게 변해 있던 흰자위는 이제 거의 정상으로 되돌아온 상태였다. 다만 검은자위에는 굵은 대바늘에 찔린 듯한 상처가 뚜렷하게 남아 있었다.

정면으로 응시하지 않는 한, 석도명의 눈에 이상이 있다는 것을 알기는 쉽지 않았다.

염장한이 먼저 죽립을 벗는 순간, 시커먼 얼굴 때문에 혹시 흑면옹이 아닐까 싶어 잠깐 관심을 보였던 주변 사람들이 이내 고개를 돌렸다. 석도명이 멀쩡해 보이는데다가 성목까지 앉아 있는 탓이다.

염장한이 서툴게 머리를 밀어놓은 성목의 모습은 한 번 보면 쉽게 잊히지 않을 정도로 눈에 띄었다. 더구나 삭발만 하고 승복을 입지 않아서 더욱 튀는 모습이다. 사광 현신 주변에 그런 인물이 있다는 소문은 없었다.

잠시 뒤 주문한 음식이 나오자 석도명 일행은 조용히 식사를 하기 시작했다. 한 치의 오차도 없이 음식을 집어 나르는 석도명의 젓가락질 또한 장님답지 않았다.

문득 석도명이 창문을 향해 고개를 돌렸다. 정확하게는 귀가 돌아갔다고 하는 게 옳았다.

석도명의 관심을 끈 것은 창밖에서 들려오는 여인의 노랫소리였다.

오래도록 그리운 그대는 장안에 계십니다.
우물가의 귀뚜라미는 가을을 노래하고
무서리는 대자리를 시리게 적시는데
외로운 등, 흐린 불빛에 그리운 마음을 참을 수 없습니다.

長相思 在長安
絡緯秋啼金井蘭
微霜淒淒簟色寒
孤燈不明思欲絕

이백이 지은 잡곡가(雜曲歌)에 들어 있는 '장상사(長想思)'라는 노래의 앞부분이었다.

"뭐냐?"

염장한이 호기심을 견디지 못하고 창문을 열었다.

창문 아래로 펼쳐진 거리에 사내 다섯이 옹색하게 쪼그리고 앉아 연주를 하고 있었다.

그 앞에는 가녀린 외모의 젊은 처녀가 애절한 음성으로 노래를 불렀다.

"쩝, 기로인(岐路人; 유랑악사)들이로구먼. 에고, 날도 추운데 연주가 제대로 되려나……."

사내들이 연주하는 악기는 필률(篳篥; 피리의 일종)과 죽적, 비파, 장고, 오현금으로 거리의 악사치고는 제법 구색을 갖추고 있었다.

그러나 연주는 그리 뛰어난 편이 아니었다. 염장한의 말마따나 이 추운 날씨에 손이 얼어붙어서 제대로 연주를 하기가 어려웠다. 그리고 그 점을 감안한다고 해도 칭찬을 해줄 수 없는 연주였다.

다만 석도명의 관심을 끈 것은 젊은 여인의 노래다.

여인의 음성이 얼마나 맑고 애절한지 듣는 이의 애간장을 녹일 것 같았다. 별다른 기교를 부리지 않은 담백한 음색이 창백하고 앳된 여인의 얼굴과 어우러져 묘한 호소력을 발휘했다.

실제로 신통치 않은 반주에도 불구하고 여인의 노래에 이끌려 거리의 행인들이 제대로 걸음을 옮기지 못하고 있었다.

'대단한 실력이다. 마음을 뒤흔드는 저런 노래는 들어본 적이 없어.'

여인의 노래 실력은 비범했다. 도무지 알 수 없는 신비로움이 노래에 실려 있었다. 석도명은 여인의 가슴에 짙은 뭔가가 가라앉아 있음을 느꼈다. 나이에 비해 가슴에 품고 사는 사연과 한이 남다른 모양이다.

석도명은 저런 실력을 갖춘 여인이 거리를 떠돌고 있는 게 서글펐다. 사실은 그게 황제가 예악을 떠받든다는 이 나라에서 벌어지고 있는 냉혹한 현실이었다.

이 시대의 여인들에게 음악적인 재능은 결코 축복이 아니었다.

사람들이 여인의 음악을 즐기는 자리는 술판이나 잔치뿐이다. 하지만 그런 자리에서도 사내들은 여인의 음악 자체에 귀를 기울이는 경우는 드물었다. 그저 풍류판의 꽃으로나 치부되는 처지였다.

사실 민간에서 여자 악사나 가수의 신세는 기녀보다 나을 게 별로 없었다. 세도가나 부호들이 자기 집에 여자 악사를 두는 경우는 대개 성적 노리개로 쓰기 위해서였다.

여자 악사나 가수들이 술자리에서 여흥을 돋운 뒤에는 손님의 잠자리 시중까지 들어야 하는 게 다반사였다.

아마도 저 여인 또한 그런 일이 싫어서 이렇게 거리를 전전하고 있을 터였다. 그것도 자신의 노래를 제대로 받쳐주지도 못하는 삼류 악사들과 함께.

석도명이 젓가락을 내려놓고 여인의 노래에 귀를 기울였다. 저 타고난 가수에게 해줄 수 있는 일이라고는 마음을 다해 노래를 들어주는 것, 그리고 나중에 동전 몇 푼이라도 보태주는 것뿐이리라.

한편, 그 순간에 귀빈들만 든다는 노로관 3층에서도 누군가가 창문을 열고 거리를 내려다보고 있었다. 훤한 용모에 귀티가 줄줄 흐르면서도 어딘가 모르게 음험한 느낌을 주는 중년의 사내였다.

장안 3대 부자로 꼽히는 장양재(張煬財)라는 거상이다.

장양재가 흥미로운 표정으로 여인을 살펴보더니 이내 손짓으로 누군가를 불렀다.

잠시 뒤 노로관 1층에서 중년의 사내 하나가 종종걸음으로 걸어 나왔다.

사내는 여인의 노래가 끝나기가 무섭게 사람들을 헤치고 앞으로 다가갔다.

"하하, 좋은 솜씨를 가졌구나. 내 주인께서 너희 연주를 아주 마음에 들어 하시는구나. 장안 제일의 부호인 용평상회(龍平商會)의 장 대인께서 너희를 내일 있을 연회 자리에 부르라고 하신다. 따르겠느냐?"

사내가 여인은 쳐다보지도 않고 악사들을 내려다봤다. 아주 고압적인 자세였다.

사실 주인이 관심을 보인 쪽은 노래를 부른 젊은 여인이지만, 아무래도 흥정은 남자들과 해야 할 것 같았다. 그리고 이런 떠돌이들은 약간 겁을 줘야 고분고분 말을 듣게 돼 있었다.

사내의 예상대로 악사들 가운데 오현금을 뜯던 청년이 넙죽 일어나 허리를 굽혔다.

"어이쿠, 명성이 자자한 용평상회에서 부르시는데 어찌 저희가 따르지 않겠습니까? 하온데……."

청년이 눈치를 보며 말꼬리를 흐리자 장양재의 심부름으로 나선 사내의 입가에 미소가 떠올랐다. 척하면 입맛이라고, 이제는 돈으로 상대의 정신을 후릴 차례였다.

사내가 품에서 주머니 하나를 꺼내 청년에게 던졌다.

"계약금이라고 생각해라. 연회가 끝난 뒤에 그 만큼을 더 주마."

주머니를 열어본 청년의 눈이 휘둥그레졌다.

주머니에는 무려 은자 열 냥이 들어 있었다. 거리에서 빌어먹는 처지로는 구경도 할 수 없는 거금이다.

"이, 이렇게나 많이 주시다니…… 최선을 다해서 연주를 하겠습니다."

"암, 최선을 다해야지. 혹시라도 계약금만 받아먹고 달아날 생각은 꿈에도 하지 말거라. 내 주인께서는 거래가 철저하신 분이다. 제 몫을 하지 못하면 계약금의 3배를 물어내야 할 게다."

"헉, 3배를……."

"뭘 그리 놀라느냐? 오늘은 이곳 노로관에 방을 잡아줄 테니 푹 쉬고, 내일 차질 없이 연회에 나타나기만 하면 되는 것을."

"예, 예 그리합지요."

사내가 청년에게서 고개를 돌려 젊은 여인을 위아래로 훑어 봤다.

"크흠, 이 아이는 가진 재주와 미색에 비해 차림이 영 초라하구나. 용평상회의 체면이 있으니 내가 따로 옷을 보내도록 하마."

말을 마친 사내가 다섯 명의 악사와 여인에게 따라오라는 손짓과 함께 돌아섰다. 유랑악사들이 급히 짐을 챙겨 사내의 뒤를 따랐다.

그 모습을 지켜본 염장한이 입맛을 다시면서 창문을 닫았다.

"쩝, 이따 내려가서 동전이나 몇 푼 건네주고 생색을 좀 내려고 했더니만……. 하여간 좀 쓸 만하다 싶으면 돈 있는 놈들이 내버려두질 않는다니까……."

"쓰기는 어디다 쓰시려고요?"

"험, 노 시주께서 많이 외로우신가 봅니다."

석도명의 짓궂은 질문에 성목까지 슬쩍 한 마디를 거들었다.

여전히 과묵한 성목이지만, 요즘 들어 농담에 조금씩 재미를 들이는 기미였다. 염장한에게 슬슬 물이 들고 있다는 증거였다.

"어허, 머리를 미신 분이 그런 말씀을 하면 안 되지. 나는 그냥 아까운 젊은이들이 고생을 하는 게 보기 딱했을 뿐인데……. 게다가 걱정스럽기도 하고……."

"걱정스럽다니요?"

가벼운 농담이 오가는 자리였지만 석도명은 염장한의 말을 흘려듣지 않았다.

"생각해 보라고, 자고로 미녀와 돈이 있는 곳에는 항상 사단이 나는 법이다 이 말이야. 아, 너는 물론 못 봤겠지만 노래하던 아가씨가 한 미모를 하더라고. 보아하니 계약금으로 건너간 돈이 은자깨나 나가겠던데, 사내가 사내놈한테 그런 거금을 들이는 경우를 봤냐고? 저저 무시무시한 떡밥이 틀림없어. 모르긴 몰라도 같이 있던 사내놈들도 아무 눈치 없이 돈을 받은 건 아닐 게야. 에고, 징그러운 것들……. 팔 게 없어서 계집을 팔아먹나?"

"어허……."

염장한의 이야기에 성목이 나지막이 탄식을 내뱉었.

누군가는 젊은 여인의 미색을 탐하고, 여인의 동료들은 잿밥에 눈이 먼 상황이 훤히 그려진 탓이다.

성목이 조심스레 석도명의 기색을 살폈다. 생각 같아서는 당장 달려 나가 여인을 수렁으로 끌어들이려는 자들을 손봐주고 싶지만, 석도명 때문에 몸을 사리고 있는 처지였다.

석도명이 그걸 모를 리 없다.
"일단 지켜보지요. 당장 무슨 일이 생긴 것도 아니고……. 어차피 오늘 밤은 이곳에서 묵을 생각이었으니까요."
성목이 조용히 고개를 끄덕였고 염장한은 의미심장하게 웃었다. 뭔가 흥미로운 구경거리가 생길 것이라는 기대감이 가득 찬 미소였다.

제4장
목탁깨나 두드려본 솜씨

 염장한의 우려는 다음날 바로 현실로 나타났다.

 식당에서 조용히 식사를 하고 있던 석도명 일행의 눈에 어제 거리에서 오현금을 타던 사내가 황급하게 뛰어 나가는 모습이 포착됐다.

 사내는 잠시 뒤 누군가를 들쳐 업고 돌아왔다. 비파를 연주하던 사내였는데 어디서 심하게 두드려 맞았는지 얼굴이 아주 곤죽이 된 상태였다. 장고를 치던 사내가 팔을 부여잡은 채 따라왔다. 그 역시 얼굴에 멍 자국이 가득했다.

 여인을 포함한 다른 일행이 달려 나가 사내들을 맞았다.

 "오라버니, 어찌 된 거예요?"

오현금을 다루는, 그리고 일행의 우두머리격인 청년이 노래를 부르던 여인의 오빠인 모양이다.

"모처럼 거금이 생겼기에 어젯밤에 술이나 한 잔 하라고 돈을 줘서 내보냈다. 그런데 기루에서 시비가 붙었다는구나. 싸움도 못하는 사람들이 객기는 왜 부려가지고……. 홍칠이는 아예 몸도 못 가누고, 만수는 팔이 부러졌단다."

"아이고, 모처럼 팔자기 피나 했더니……. 그러면 오늘 밤은 어떻게 하라고?"

필률을 불던 사내가 호들갑을 떨었고, 다른 일행의 얼굴도 순식간에 어두워졌다.

악사 다섯 가운데 두 명이 다쳤으니 무슨 낯으로 용평상회에 가겠는가?

"어떻게 하긴, 우리끼리라도 해 봐야지."

젊은 여인의 오라비가 애써 담담한 표정을 지으며 일행을 다독였다.

"어허, 우리 계약은 그런 게 아닐 텐데? 여섯이 돈을 받았으면 여섯 명 분을 해야지!"

어느 틈에 나타났는지 어제 돈을 주고 간 중년의 사내가 뒷짐을 진 채로 느긋하게 걸어오고 있었다.

객잔 안으로 막 들어서려던 악사 일행이 문간에 그대로 얼어붙고 말았다.

"대, 대인."

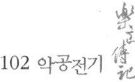

"쯧쯧, 내 어째 꿈자리가 뒤숭숭해서 일찍 달려왔더니만 그예 사고를 단단히 쳤구먼. 이래서 떠돌이들은 믿으면 아니 되는 게야. 오호라, 이 일을 어쩔꼬? 대체 주인어른께는 뭐라고 말씀을 드린단 말인가?"

"아, 아닙니다. 저희끼리라도 잘할 수 있습니다. 연주만, 연주만 하게 해주십시오."

"어허, 젊은 사람이 염치가 없구먼. 은자 열 냥이 오간 거래를 대충 말로 때우려고 들다니. 말은 필요 없네. 오늘 저녁에 여섯 사람이 연주를 하든지, 아니면 위약금으로 은자 서른 냥을 내놓던지 하게."

"쿠엑, 무슨 말씀을……."

"서른 냥이라니요? 저희에게 그런 돈이……."

악사들의 숨이 넘어가는 것에 아랑곳하지 않고 용평상회에서 온 사내가 싸늘하게 외쳤다.

"이것들이 객잔에서 달아나지 못하게 잘 감시해라. 한 놈도 노로관을 벗어나서는 안 될 게다."

"예, 어르신!"

중년 사내를 따라온 10여 명의 건장한 사내들이 악사 일행을 에워싸고는 객잔 안으로 밀어 넣었다.

"대인, 너무하십니다. 어떻게든 숫자를 채우면 되지 않겠습니까? 제가 나가서 구해오겠습니다."

우두머리격인 청년이 다급하게 소리쳤지만 상대는 애초에

들어줄 생각이 없어 보였다.

"다른 놈을 구하든, 말든 그건 너희들 사정이지 내 알 바 아니다. 이따 저녁에 데리러 올 테니 마음의 준비나 단단히 해둬라."

여인과 악사들이 아우성을 해댔지만 결국에는 사내들에게 붙잡혀 안으로 끌려 들어갔다. 어수선했던 노로관 입구가 금세 조용해졌다.

잠자코 사태를 구경하고 있던 염장한이 그제야 입을 열었다.

"크험, 어느 놈이 각본을 짰는지 졸렬하기 짝이 없구먼. 다음 수가 훤히 보인다, 보여. 대충 은자 서른 냥 값으로 계집을 꿰차겠다 그거겠지."

"악사들이 다친 것도 우연은 아니겠죠?"

석도명의 물음에 염장한이 날름 혀를 내밀었다. 당연한 걸 왜 묻느냐는 뜻이다.

"우히히, 내가 누구냐? 엊저녁에 잠깐 바람을 쐬고 왔지. 알고 보니까 우리가 묵고 있는 이 객잔은 물론 이 골목에 들어선 식당이며 술집이 전부 용평상회 거란다. 떠돌이들이 근방에 좋은 술집 없냐고 물으면 이곳 점소이들이 어디로 안내를 하겠냐? 모르긴 몰라도 쟤들 팔다리 꺾어놓은 놈들도 전부 용평상회에 붙어먹는 놈들일 게야. 크흠, 내 목청이 너무 컸나?"

지나가던 점소이들이 자신을 바라보자 염장한이 슬그머니

음성을 낮췄다. 물론 할 말은 이미 다 한 뒤였다.
"결국 그렇게 된 거군요."
"우헤헤, 이번에도 사고를 칠 때가 된 겨? 그런 겨?"
염장한이 석도명에게 얼굴을 바짝 들이대며 물었다.
"험험, 그런 사고라면 반드시 쳐야 하지 않겠소?"
조용히 듣고만 있던 성목까지 슬그머니 고개를 들이댔다.
그 순간 석도명의 머릿속으로 엉뚱한 생각이 스쳐갔다.
"그리고 보니 명색이 스님이신데, 목탁은 두드릴 줄 아시죠?"
"글쎄올시다. 목탁 놓은 지가 하도 오래 돼서…… 험험."
성목이 알 수 없는 불안감을 느끼면서 석도명을 바라봤다.

잠시 뒤 석도명은 성목과 함께 유랑악사 일행이 머물고 있는 방문을 두드리고 있었다.
"무슨 일이신가요?"
문을 열어준 사람은 뛰어난 노래 실력을 보여준 젊은 여인이다. 여인은 갑자기 찾아온 낯선 사람을 잔뜩 경계하는 기색이었다.
아침부터 좋지 않은 꼴을 당했으니 경계심이 들만도 했다. 더구나 한 사람은 실내에서도 죽립을 눌러쓰고 있고, 다른 사람은 서툴게 머리를 밀어 놓은 꼬락서니가 심란했다.
석도명이 서둘러 용건을 꺼냈다. 방 안에는 한 걸음도 들이지 못한 상태였다.

"초면에 실례가 많습니다만, 보아하니 악사가 필요하신 듯한데, 저희가 도움이 되지 않을까 해서 왔습니다. 비파하고, 장고를 연주할 사람이 필요하지 않습니까?"

여인의 오빠라는 청년이 그 말을 듣고 황급히 문간으로 다가왔다.

"연주는 어느 정도나 하시오?"

"험, 저는 15년 정도 악기를 다뤘고 제 형님도 나름대로 경력이 있으시죠."

마음이 급했는지 청년은 석도명에게 곧장 비파를 들이댔다.

석도명이 주저하지 않고 비파를 받아들었다. 그리고 간단하게 줄을 뜯었다. 손가락이 보이지 않을 정도로 빠른 솜씨였다.

오직 한 소절을 연주했을 뿐인데 여인과 청년의 표정에는 감탄의 빛이 떠올랐다. 신기에 가까운 석도명의 연주를 보고 나니 성목의 솜씨를 시험해 보고 싶은 마음은 조금도 들지 않았다.

"하아, 실력이 대단하십니다. 아, 그러고 보니 통성명이 늦었군요. 저는 초량(楚兩)이라고 합니다."

스스로를 초량이라고 소개한 청년의 말투는 어느새 깍듯하게 변해 있었다.

초량은 자기 이름을 밝히는 것과 동시에 두 사람을 방 안으로 안내했다.

석도명은 자리에 앉은 다음에야 자신을 소개할 수 있었다. 물론 본명을 밝히지는 못했다.
 "제 이름은 성금이고, 제 형님의 함자는 성목입니다."
 "반갑습니다. 저는 초희(楚禧)예요."
 여인에 이어 나머지 사람들이 분분히 인사를 했다. 너무 우르르 자기 이름을 주워대는 바람에 석도명은 제대로 기억할 수가 없었지만 말이다.
 서로 소개가 끝나자 초량이 조심스레 물었다.
 "어떻게 저희 사정을 아시고……."
 "하하, 어제부터 이곳에 머물고 있었습니다. 마침 2층 창가에서 저녁 식사를 하다가 소저의 미성에 이끌려 잠시 넋을 잃고 있었지요. 그 다음에 벌어진 일들은 우연히 보게 됐을 뿐입니다."
 "그러셨군요. 저, 그런데…… 사례는 어떻게 해드려야 할지……."
 초량이 난처한 기색을 감추지 못했다.
 정상적인 경우라면 무조건 여섯 등분을 해서 고르게 나눠 갖는 게 가장 무탈한 방법일 것이다.
 하지만 이번에는 용평상회에서 받기로 한 금액이 너무 컸다. 막말로 일을 따낸 건 자신들의 공인데 모르는 사람에게 똑같이 나눠주려니 조금은 아까운 모양이다.
 석도명이 자신들의 어려운 사정을 이용해 오히려 그것보다 더 많은 돈을 요구할지도 모른다는 걱정도 있는 눈치였다.

"두 사람 몫으로 은자 한 냥만 주십시오."

흥정에는 서툴기 짝이 없는 석도명과 그보다 더한 성목이다.

석도명이 깊이 생각하지 않고 은자 한 냥을 요구하자 초량의 얼굴이 환하게 밝아졌다.

공평하게 여섯 등분을 할 경우 두 사람이 은자 스무 냥 가운데 3분의 1을 가져간다. 헌데 그 반에 반도 안 되는 금액을 달라니 왠지 미안한 마음까지 들었다.

"하하, 저희가 다급한 처지라서 많이는 못 드립니다만, 두 분께 각기 은자 한 냥씩을 드리겠습니다."

"아, 예…… 뭐 그렇게 하시죠."

석도명이 대충 얼버무리는 것으로 흥정은 끝이 났다.

석도명에게는 이제부터 해야 할 정말로 바쁜 일이 남아 있었다.

*   *   *

쿵, 따닥, 쿵 딱.

서툰 장고 소리가 방 안에 울렸다.

"에효, 그런 게 아닙니다. 박자를 잘 맞추셔야죠."

석도명이 머리를 흔들었다.

그 앞에는 성목이 어설프게 북채를 움켜쥔 채로 머리를 벅벅 긁고 앉아 있다.

초량과 초희 남매에게서 돌아오자마자 석도명은 성목을 상대로 장고 치는 법을 가르치기 시작했다. 점심까지 걸러 가며 3시진이 넘도록 매달렸건만, 성목의 솜씨에는 별로 진전이 없었다.

"미안하오. 목탁이란 게 본시 세속의 음악을 위한 악기는 아닌지라……."

성목의 말에 석도명도 난처한 얼굴이 됐다.

성목의 말마따나 독경을 위해 두드리는 목탁과 변화무쌍한 박자를 구사해야 하는 장고를 비교하는 건 확실히 무리였다. 하물며 학승도 아니고 맨날 권장이나 휘둘러대던 무승에게 음악 연주를 기대하다니.

특히나 장고는 쉬운 악기가 아니다. 기본적으로 두 손을 써야 하고, 좌우의 손으로 동시에 각기 다른 박자를 엇갈려 치는 기술이 필수적이기 때문이다. 검법에 비유하자면, 두 자루의 검을 쓰는 양수검(兩手劍) 같은 것이라고나 할까.

드르륵.

문이 열리면서 염장한이 들어왔다. 똥땅거리는 소리가 시끄럽다며 귀를 싸매고 나가더니 혼자 노는 데 싫증이 난 모양이다. 이 추운 날 밖으로 쏘다니는 데도 한계가 있을 테니까.

"우히히, 사람이나 때려잡던 손으로 악기가 되겠냐? 차라리 장고 대신에 사람을 세워 놓고 치라고 하면 제대로 된 소리가 나올 게다."

"크흠, 소승은 이유 없이 사람을 치지는 않습니다만…… 혹여 노시주께서 도와주신다면야."

하루 종일 주눅이 들어 있던 성목이 반가운 표정을 지으며 소매를 걷어붙였다.

"으헛, 본좌는 뼈가 물러서 좋은 소리가 안 난다오."

염장한이 후다닥 돌아서서는 문 밖으로 달아났다.

염장한의 발소리가 멀리 사라질 즈음 석도명이 빙긋이 미소를 지었다. 문득 떠오른 생각이 있었다.

"스님, 이건 어떨까요? 사람을 악기 대신에 연주할 수는 없으나…… 악기에 무공을 휘두르는 방법은 있을 것 같은데……."

성목이 그 말을 바로 알아들었다. 어차피 들고 치는 이치가 같다면 북을 두드리는데 무공 초식을 응용해 보자는 이야기였다.

"상황이 절박하니 뭐라도 해봐야지요."

성목이 두 손을 털며 자리에서 일어났다.

"하하, 그것도 쉽지는 않을 겁니다. 한 손으로는 권법을, 다른 손으로는 검법을 휘두르는 셈이 될 테니까요."

성목이 담담하게 웃으면서 자신의 절기 가운데 하나인 금강복마권을 펼쳤다. 물론 내공은 실리지 않은 초식뿐인 권법이다.

석도명이 손으로 박자를 맞춰가면서 성목의 움직임을 살폈다. 자세한 동작이야 볼 수 없지만, 보법과 권장의 흐름이 고스란히 잡혔다.

 이어 성목이 북채를 들고 달마육검을 펼쳐 보였고 석도명이 같은 요령으로 박자를 읽어냈다.

 두 개의 무공을 잇달아 끝낸 성목이 호흡을 가다듬으며 자리에 앉았다. 자신이 보여줄 것은 다 보여줬으니, 이제는 석도명에게서 뭔가를 들을 때였다.

 '의제가 이런 식으로 무공을 배웠다고 했던가?'

 성목은 가슴이 두근거렸다.

 석도명과 제법 오랫동안 같이 지내면서도 무공에 대한 이야기는 주고받은 적이 없다. 석도명과 가까워진 건 천리산과 의형제를 맺으면서부터였지만, 그렇다고 서로 허물없이 지낸 건 아니었다.

 다만 자신의 의형제인 천리산이 석도명에게서 어떤 식으로 무공을 지도 받았는지는 잘 알고 있었다.

 비록 음악을 배우기 위해서였지만, 처음으로 자신의 무공을 석도명에게 보여주었다는 아니, 들려줬다는 설렘이 일었다.

 타다다닥, 타닥, 타다다, 타다닥.

 석도명이 손바닥으로 자신의 무릎을 가볍게 쳤다.

 "이것이 금강사자입니다."

 성목이 서둘러 그 박자를 따라했다.

 과연 머릿속으로 금강복마권의 제일식인 금강사자가 펼쳐졌다. 그런데 뭔가 조금 달랐다. 손발을 전혀 쓰지 않고 오직 박자만을 새긴 탓일까? 초식 전체를 뭔가가 끌고 가는 듯한 느낌이 들었다.

석도명과 성목은 그런 식으로 금강복마권 여섯 초식을 잇달아 반복했다.

성목은 어느새 초식을 잊고 그 변화무쌍한 박자에 빠져들기 시작했다. 본인은 전혀 의식하지 못했지만, 천리산 등이 석도명이 가르쳐준 음률에 맞춰 제마환검을 펼칠 때와 비슷한 상황이 전개되고 있었다.

석도명은 다시 달마육검의 여섯 초식을 같은 방법으로 성목에게 전해줬다.

이번에도 성목의 머릿속에서 박자로 풀이된 달마육검이 잇달아 펼쳐졌고, 그리고는 마침내 모든 초식이 사라졌다.

그렇게 시간이 얼마나 흘렀을까? 성목은 형언할 수 없는 충만감을 느끼면서 눈을 떴다. 언제부턴가 자신도 모르게 눈을 감고 있었던 모양이다. 박자를 두들겨 대던 두 손은 얌전히 무릎 위에 올려놓은 상태였다.

뭔가가 이상했다.

'헉, 어둡다.'

방 안이 어둑어둑했다. 어느새 해가 져버린 것이다.

"시간이…… 언제 이렇게……. 너무 늦은 건 아닌가요?"

"하하, 아직 부르러 온 사람이 없으니 늦지는 않았을 겁니다."

"후우……."

성목이 안도감을 느끼며 긴 숨을 내뱉었다.

그 순간 석도명의 말이 이어졌다.

"무공의 고수이시니 긴 말씀은 드리지 않겠습니다. 본래는 양손으로 다른 박자를 연주해야 하지만, 그것까지 연습할 시간은 없습니다. 이따가 연회장에서 연주가 시작되면 제가 필요한 초식을 불러드리겠습니다. 아마도 오른손을 기본으로 간간이 왼손을 섞어 넣는 형태가 될 겁니다. 그냥 따라오시지만 말고, 가슴으로 몸으로 박자를 느껴보십시오. 음률과 박자가 스님의 몸에 녹아드는 순간, 두 손이 저절로 알아서 움직일 겁니다. 음악도, 무공도 우선은 마음이 가는 곳에 있으니까요."

"예."

성목이 조용히 합장을 해 보였다.

그게 뭔지는 알 수 없지만, 석도명에게서 적지 않은 것을 배운 것만은 분명하게 느낄 수 있었다.

잠시 뒤 두 사람은 초량 남매와 함께 노로관을 나섰다.

* * *

미리 예정돼 있던 것인지, 초량 남매의 기를 죽이기 위해서 급조된 것인지 알 수 없지만 용평상회의 연회는 생각보다 성대했다.

실내에 마련된 연회장에 초대된 손님이 80여 명, 따로 동원된 악사가 100명을 헤아렸다. 손님보다 악사가 많다는 건 그만큼 손님의 수준이 높다는 반증이었다.

초량 남매와 그 일행은 미리 와서 자리를 잡고 있던 악단의 규모를 보는 순간 완전히 주눅이 든 표정이었다. 긴장을 하기는 천하의 성목도 마찬가지였다.

소림사의 팔대호원이 아니라, 악공의 신분으로 사람들 앞에 서기는 처음이기 때문이다.

"자, 신나게 놀다 가자구요. 잔치가 성대하니 맛있는 것도 잔뜩 나오겠네요. 크으, 오늘 밤에는 손님들이 연주는 조금 시키고 상이나 자주 내렸으면 좋겠구나."

석도명이 염장한의 말투로 너스레를 떨었다. 일행들의 긴장을 풀어주기 위해서다. 물론 그 한 마디에 힘을 얻는 사람은 없는 것 같았지만.

"성 악사님은 이런 자리가 익숙하신가 봐요."

석도명의 이름을 성금으로 알고 있는 초희가 말을 걸어왔다.

"뭐, 어느 정도는 그렇달까…… 하여간 그렇지요."

초희가 너무 가까이 다가서는 바람에 석도명이 당황하며 고개를 돌렸다.

방금 초립을 벗은 상태에서 다른 사람과 눈을 마주치고 싶지 않았다. 등불이 은은히 흔들리고 있는 탓에 누구라도 석도명의 망가진 눈동자를 제대로 볼 수는 없었지만.

고개는 돌렸건만 초희의 몸에서 풍기는 향기가 석도명의 코를 간질였다. 부용궁주 조경에게서 느낀 것과 비슷하지만 훨씬 더 은은하면서도 쉽게 떨쳐지지 않는 방향이었다.

석도명이 자신을 외면했다고 생각한 탓인지, 초희가 거리를 두고 물러났다. 그녀 또한 석도명 만큼이나 사람을 대하는 데 서툰 모습이었다.

초희의 외모는 어제 길거리에서 애처롭게 노래를 부를 때와는 판이하게 달랐다. 용평상회에서 보내준 화사한 복장으로 갈아입고, 정성들여 단장을 한 탓이다.

온몸에 착 달라붙는 붉은 비단 옷은 초희의 가냘프면서도 굴곡진 몸매를 제대로 살려줬다. 병색이 느껴질 정도로 파리한 얼굴도 붉은 색조가 더해진 탓에 백설 위에 피어난 동백꽃처럼 고고하면서도 유혹적이었다.

먼저 와 있던 악사들이 초희의 등장에 일제히 숨을 죽였고, 이어 자리를 차곡차곡 채워나가기 시작한 손님들도 초희에게서 좀처럼 눈을 떼지 못했다.

술시중을 위해 한편에 대기하고 있던 기녀들의 미색이 초희 때문에 빛이 바래는 느낌이었다.

다만 이 자리에서 오직 한 사람, 석도명만이 초희의 미모에 초연할 따름이었다. 사실은 초희가 지금 붉은 옷을 입었는지, 푸른 옷을 입었는지 전혀 알지 못하는 유일한 사람이기도 했지만.

언제나 그렇듯이 잔치는 흥겹게 시작해서 점점 분위기가 질펀하게 농익어갔다. 용평상회의 주인 장양재는 석도명 일행을 쉽사리 부르지 않았다.

용평상회의 악사들이 나서서 갖은 음악을 연주하는 동안 석도명과 초 씨 남매 등은 하릴 없이 사리를 시키고 있어야 했다.

석도명은 지그시 눈을 감고 앉아 분위기를 살폈다.

손님과 시중꾼까지 포함해 200명이 넘는 사람들이 한자리에 모여 있으니 온갖 기운이 뒤섞여 떠다녔다.

석도명의 눈매가 보일 듯 말 듯 살짝 찌푸려졌다.

'역시 좋지 않다.'

지독한 살기 같은 것은 느껴지지 않았지만, 대신 연회장을 가득 채운 것은 악의적인 관심과 열기였다. 끈적끈적한 사내들의 시선이 초희의 몸을 구석구석 훑어보는 것이 고스란히 느껴졌다. 단순한 욕정과 본능을 넘어선 집요함이 그 안에 담겨 있었다.

손님으로 왔다는 자들이 이처럼 똑같은 짓거리를 해대기도 쉽지 않았다. 분명 음탕하고 잔인한 희롱질에 이력이 난 자들일 터였다.

석도명이 가늘게 한숨을 내쉬었다.

초희를 둘러싼 사내들의 욕망과 그로 인해 벌어질 불상사가 두려운 것은 아니었다.

 힘으로 해결하고자 한다면 무엇이 두렵겠는가? 소림사의 고수 성목이 바로 옆에 있고, 필요하면 송필용 일행도 불러올 수 있다.

 더구나 이곳 섬서 땅에서 '사광 현신'이라는 네 글자는 전설을 넘어 거의 신앙에 가까울 정도로 맹목적인 믿음과 존경의 대상이다. 한 번의 피리 연주로 연회장의 모든 사람을 무릎 꿇리는 것도 불가능하지 않았다.

 그러나 석도명은 기다리기로 했다. 짓지 않은 죄를 벌할 수 없듯이, 아직 벌어지지도 않은 사태를 미리 해결하겠다고 나서는 것은 이상했다.

 우려했던 사단은 술시(戌時; 오후 7~9시)가 절반 정도 흐른 다음에 벌어졌다. 석도명이 수도 없이 겪었던 빤한 수법, 일단 추켜세우고 그 다음에 흔들어대는 수순이었다.

 "자, 오늘 귀한 손님들을 위해 특별히 초빙한 사람들이 있소이다. 분위기가 무르익었으니 그 재주를 즐겨봅시다."

 장양재가 손짓으로 초희를 일으켜 세웠다.

 초희가 담담하게 일어나 연회장 가운데로 걸어 나갔다. 석도명을 비롯한 다섯 사내가 악기를 챙겨들고 그 뒤를 따랐다.

 의례적인 소개와 인사치레가 오간 뒤에 장양재는 초희에게 '장상사'를 청했다. 어제 들었던 노래 가락이 장양재에게는 그만큼 감명 깊은 것도 사실이었다.

게다가 '오래도록 그리워 한 그대가 장안에 있다'는 가사 또한 의미심장하지 않은가? 여기가 바로 장안이니까.

초희가 애잔한 음성으로 장상사를 부르는 동안 주인과 손님, 일꾼과 악사를 가리지 않고 모든 사내들의 시선이 초희에게 집중됐다. 아예 대놓고 침을 삼켜대는 자들도 적지 않았다.

그 순간 석도명은 나름의 고충을 겪고 있었다.

'쯧, 피리가 문제로구나.'

연주가 생각보다 엉망이었다.

2개의 관악기, 2개의 현악기 그리고 하나의 타악기로 이뤄진 구색 자체는 나쁘지 않았다. 연주의 중심을 잡아줘야 할 초량의 오현금도 나무랄 데 없는 솜씨였다. 걱정했던 성목은 석도명이 보내주는 신호에 맞춰 한 손을 번갈아 쓰는 방법으로 기본은 했다.

문제는 필률과 죽적이다.

객잔을 떠나기 전에 한 번 손을 맞췄을 때만 해도 겨우 망신은 면할 수 있겠다 싶었는데 막상 연회장에서는 전혀 다른 소리가 흘러나왔다.

필률은 혼자 미쳐서 날뛰고, 죽적은 비칠거리며 자꾸만 죽어 들어갔다.

석도명은 그 원인이 사람에 있음을 깨달았다.

필률을 잡은 사내는 모처럼 귀한 자리에서 부자들의 눈에 들어볼 요량으로 제 솜씨를 뽐내느라 정신이 없었다. 불필요한 기교를 동원해가며 혼자서 내달리기만 했다.

반면, 죽적을 맡은 사내는 이렇게 큰 자리가 처음인지 잔뜩 주눅이 든 기색이다. 긴장이 지나쳐서 호흡은 물론 손까지 부들부들 떨고 있었다.

차라리 둘이 동시에 날뛰던가, 동시에 주눅이 들면 다른 악기를 따라가면 될 텐데. 상황은 최악이었다.

그 들쑥날쑥한 반주에도 불구하고 초희의 노래는 오늘도 발군이었다. 자신에게 쏟아지는 음탕한 시선을 견뎌내며 초희는 꿋꿋하게 노래를 불렀다.

그 맑은, 그러면서도 서글픈 가락이 듣는 이의 가슴을 서서히 파고들었다.

장상사는 짧은 곡이 아니었다. 시간이 흐르면서 초희의 몸에 얽혀든 사내들의 시선이 하나둘씩 떨어져 나갔다. 사람들이 비로소 여인의 몸 대신 음악에 빠져든 것이다.

초희의 노래가 끝나자 연회장에 잠시 침묵이 감돌았다. 그리고 천천히 박수가 터져 나왔다.

그 박수 소리가 점점 커져가기 시작할 무렵, 갑자기 누군가가 앙소를 터뜨렸다.

"아하하! 아깝구나, 아까워! 건질 건 계집뿐이로다."

상석에 장양재와 나란히 앉아 있던 중년의 사내가 고개를 젖힌 채 웃고 있었다.

장양재의 막역지우이자, 장안의 풍류인으로 이름 높은 위기출(韋基础)이라는 자다. 부모에게 물려받은 재산과 전답이 너무 많아서 주체를 하지 못하는 팔자이기도 했다.

"어허, 이 사람. 느닷없이 무슨 소리인가?"

장양재가 놀란 표정을 지어 보이며 위기출에게 물었다. 연기를 하는 티가 슬쩍 엿보였다.

"자네가 어디서 저렇게 뛰어난 아이를 찾았는지 모르겠네만, 가진 재주에 비해 인복이 없는 아이로군. 어째 저것도 악사라고, 거지발싸개만도 못한 자들과 함께 다니느냔 말일세. 내가 발바닥으로 해도 저 정도 연주는 하겠구먼."

"허허, 이 사람. 그 점은 나도 동감이라네. 저런 실력으로 악사노릇을 하다니……. 쯧, 개가 웃을 일이지. 염치가 있다면 저따위 쓰레기 연주를 들려주고 돈을 구걸해서는 안 되는 법인데 말이야."

두 사람이 주거니 받거니 하는 모습을 보면서 곳곳에서 웃음이 터져 나왔다.

어떤 것이 인기를 끌게 되면 좋은 점과 함께 반드시 폐단이 나타나기 마련이다.

음악이 크게 유행하는 바람에 생긴 병폐 가운데 하나가 실력 있는 악사를 우대해 주는 반면, 그렇지 못한 사람에게는 지독한 괄시와 구박을 퍼붓게 된 것이다.

술자리나 잔치판에서 솜씨 없는 악사가 봉변을 당하고, 심지어는 두드려 맞는 일이 비일비재했다.

오늘도 바로 그런 일이 벌어지려는 모양이었다.

그때 좌중의 떠들썩한 분위기를 삽시간에 가라앉히는 날카로운 음성이 들렸다.

"말씀이 지나치십니다. 저와는 같이 고생을 나눴고, 음악에 대해서는 열정을 가진 사람들입니다. 상황이 여의치 못해 잠시 손발이 맞지 않았을 뿐이니 모욕은 삼가주세요."

초희가 참다못해 장양재와 위기출의 말을 끊고 나선 것이다.

장양재가 냉소를 머금었다.

"흥, 재주가 부족한 것들이 열정만 넘치는 것도 죄다. 너 하나가 아까워 어떻게든 보살펴 줄까 했거늘, 죄다 곤장 맛을 봐야 되겠구나."

"허허, 드센 계집일세. 흥을 돋우라고 불렀더니 감히 주인을 훈계하려고 들다니. 여보게, 이래서야 천하의 용평상회가 어찌 고개를 들고 다니겠는가?"

위기출이 기다렸다는 듯이 장양재를 부추겼다.

장양재의 얼굴에 노기가 서렸다.

그러나 초희는 주눅 들지 않았다. 가녀린 외모 어느 구석에 그런 강단이 숨어 있었던 것인지, 의연하게 소리쳤다.

"저희의 연주가 마음에 들지 않으시다면 그만 두겠습니다. 천한 악사라 하여 희롱하는 일은 그만 두십시오."

"고얀 년 같으니라고! 너야말로 나를 희롱하는 것으로도 모자라 감히 가르치려 드는구나. 여봐라, 저것들을 당장 무릎 꿇려라!"

장양재의 외침에 건장한 사내 10여 명이 달려 들어왔다. 이내 석도명과 초희를 비롯한 여섯 사람이 상석 아래로 끌려 나갔다.

성목이 석도명에게 전음을 보내왔다.

『계속 보고만 있을 겁니까?』

『평소 하던 대로 해야죠.』

성목이 의아한 얼굴로 석도명을 바라봤다. 평소 하던 대로 한다는 게 대체 무슨 뜻일까?

석도명이 조용히 자리에서 일어났다.

장양재의 수하들이 다시 달려들려고 했지만 석도명이 단호하게 오른손을 쳐들었다.

손을 들어올리는 단순한 동작이었지만 그 기세가 심상치 않은 탓에 사내들이 일순 주춤거렸다.

그 틈을 이용해 석도명이 장양재에게 말했다.

"하하, 노여움을 푸십시오. 애초에 즐거운 잔치로 시작된 자리이니 마땅히 즐거운 잔치로 끝내야 하지 않겠습니까?"

"무슨 허튼 수작이냐?"

"수작이 아니고, 음악이 문제라면 해결도 음악으로 끝내는 게 옳다는 말이지요."

장양재의 입꼬리가 말려 올라갔다.

"은자 스무 냥이나 들여서 부른 것들이 돈 값은 못하고 꼴값만 떨었으니 벌을 받아 마땅하다. 내 어지간하면 참고 들어주려 했다만, 너희들이 먼저 나서서 설쳐댔으니 셈을 다시 해야겠구나. 말장난 따위는 집어치우고, 돈이나 물어내라. 관례대로 3배만 물면 되느니."

장양재가 드디어 시커먼 속을 드러냈다.

처음부터 어떻게든 꼬투리를 잡아 은자 20냥의 3배를 뒤집어씌울 생각이었다. 떠돌이 악사들이 은자 60냥을 물어낼 재간이 없을 테니, 몸값 삼아 계집을 잡아들이는 게 다음 순서다.

마침 계집이 예상 외로 자존심을 부리는 바람에 일이 술술 풀려나가고 있었다.

"뭐요?"

"무슨 말도 안 되는……."

초량을 비롯한 악사들이 흥분을 감추지 못했지만, 성목이 뒤에서 그들을 슬그머니 잡아 눌렀다.

정확하게는 악사들을 만류하는 척하면서 옴짝달싹 못하게 점혈을 해버린 것이다. 번개보다 빠른 성목의 손속을 눈치챈 사람은 없었다.

성목은 끝까지 석도명이 하자는 대로 따라갈 생각이었다.

석도명이 태연하게 장양재의 말을 받았다.

"3배를 물어내라……. 혹시 '돈이 없으면 계집을 바쳐라.'

그런 대사도 준비하고 있지 않습니까? 다른 동네에서는 참한 규수를 갈취할 때 대개 그런 수법을 쓴다고 합니다. 크흠, 아무래도 처음부터 이걸 바라신 모양인데……. 좋게, 좋게 말로 해도 될 걸 너무 힘을 쓰신 듯하군요."

"이, 이놈……."

허를 찔린 장양재가 한동안 말을 잇지 못했다.

여기저기서 웃음을 참느라 킥킥대는 소리가 들려왔다.

장양재의 얼굴이 벌겋게 달아올랐다. '눈 가리고 아웅'이라는 말도 있지만, 그 뻔한 수작도 많은 사람들 앞에서 적나라하게 까발리면 크게 망신스러운 법이다.

"오냐, 말 잘했다. 당장 3배를 물어내든지, 아니면 계집을 바쳐야 할 게다. 어찌할 테냐?"

"어쩌기는요? 연주를 해야죠."

"연주라니? 연주는 무슨……."

"이제라도 은자 20냥짜리 연주만 해주면 끝나는 상황인데, 뭘 물어주고 말고 하냐는 말이올시다. 그냥 연주나 마저 들으라는 겁니다."

두 사람의 대화를 지켜보고 있던 위기출이 웃음을 터뜨리며 끼어들었다.

"푸하하, 네놈이 은자 20냥을 너무 가벼이 여기는구나. 오냐, 그 값을 못하면 계집을 바치는 것으로도 해결이 안 될 게다."

"좋다, 어디 한 번 해봐라. 은자 20냥짜리 연주."

장양재가 질세라 으름장을 놓았다.

"그런데 그 값은 누가 매기는 겁니까?"

"멀리서 찾을 필요가 있겠냐? 이 자리의 손님들께 묻기로 하자."

석도명이 가볍게 고개를 끄덕이자 장양재가 좌중을 둘러보며 크게 외쳤다.

"허허, 보셨습니까? 제가 오늘 좋은 뜻으로 여러분들을 모셨다가 우스운 꼴을 당하게 됐습니다. 부디 이자들의 연주를 듣고 공정하게, 아—주 공정하게 판정을 해주십시오. 연주가 은자 20냥 값을 했다고 생각되면 기꺼이 박수를 쳐주시고, 아니다 싶으면 가만히 계시기 바랍니다."

말을 마친 장양재가 의미심장한 표정으로 손님들과 일일이 눈을 맞췄다.

자고로 팔은 안으로 굽는 법이다. 이 자리에 모인 사람들이 하나같이 자신의 친우들이다. 결코 자기 얼굴에 먹칠을 하지는 않으리라.

장양재와 위기출이 득의의 미소를 지으며 등받이에 편히 몸을 기댔다. 초희를 이미 손에 넣기라도 한 듯 만족스런 표정이었다.

석도명이 넋을 놓고 앉아 있는 떠돌이 악사들을 향해 돌아섰다.

"수선을 피울 것도, 긴장을 할 것도 없습니다. 저만 믿고 따라오세요. 제 연주를 밀어내려고도 하지 말고, 달아나려고도 하지 말고 같이 가는 겁니다. 다른 것은 아무것도 듣지 마세요. 본인이 내는 소리조차도."

석도명의 말이 끝나자 성목이 순식간에 점혈을 풀었다. 초량, 초희 남매와 나머지 두 사내가 놀란 얼굴로 입을 다물지 못했다.

얼치기 악사인 줄 알았던 성목의 귀신같은 손놀림은 물론이요, 석도명의 음성에서 풍기는 알 수 없는 호소력에 압도당한 모습이었다.

석도명이 연회장 한가운데 자리를 잡고 비파를 끌어안았다. 성목을 비롯한 네 사람이 각자의 악기를 들고 그 옆으로 늘어앉았다.

오늘 사단의 원인인 초희가 석도명의 손짓을 받고는 조용히 뒤로 물러났다.

디링, 디링, 디링.

석도명이 가볍게 줄을 퉁기자 연회장이 삽시간에 비파 소리로 가득 찼다. 바닥에서도, 벽에서도, 천정에서도 비파 소리가 둥글게 울려나왔다.

사람들이 신기한 표정을 지으며 좌우를 둘러봤다.

그 순간 초량과 성목 등은 전혀 다른 소리를 듣고 있었다.

초량의 귀에는 기이하게도 저음이 듬뿍 보강된 오현금 소리가 들렸고, 성목은 지극히 단조로운 북소리를 들었다. 필률을 맡은 자에게는 절제된 필률 소리가, 죽적을 입에 문 사내에게는 단단한 죽적 소리가 울렸다.

사내들은 그저 따라오기만 하면 된다는 석도명의 말이 무슨 뜻인지를 그제야 알아들었다.

신기해 할 겨를도 없이 석도명이 곡을 시작했다. 음률을 고민할 필요는 없었다. 조금 전에 초희가 불렀고, 자신들이 서투르게 반주를 했던 장상사다.

네 사내가 서둘러 석도명의 뒤를 쫓았다.

따당, 따당, 휠리리이. 따르랑.

다섯 개의 악기가 마치 톱니바퀴가 맞물리는 것처럼 한 치의 오차도 없는 완벽한 화음을 연출해냈다.

상하로 치우침 없이 조화로운 연주를 들려주던 초량의 오현금은 저음역대를 지배했고, 미쳐 날뛰던 필률은 주인에게 고삐를 잡힌 말처럼 섬세하고 예민하게 고음역대를 넘나들었다. 소심하기 짝이 없던 죽적은 흐르는 바람이 되어 오현금과 필률 사이를 가득 채웠다.

석도명이 연주하는 비파 소리는 안개를 어루만지는 옅은 햇살처럼 홀연히 나타났다가, 아련하게 사라졌다.

가장 극적인 변화는 성목이 두드리는 장고에서 나타났다.

성목은 이마에서 굵은 땀방울을 뚝뚝 떨어뜨리면서 있는 힘을 다해 장고를 두드리고 있었다.

장고를 세게 두드렸다는 의미가 아니라, 자꾸만 달아나는 석도명의 비파 소리를 따라잡느라 전력을 다했다는 의미다.

양손을 번갈아 두드려대던 성목이 이내 왼손을 포기하고 오른손만으로 장고를 쳤다. 석도명은 계속해서 달마육검의 신호를 불러줬다.

그렇게 미친 듯이 두드려대다 보니 석도명의 말도 음악도 전혀 들리지 않았다. 성목의 오른손은 저절로 음률을 타고, 박자를 따라다니며 혼자서 달마육검의 사위를 울려댔다. 성목은 자신이 검을 휘두르고 있는지, 북채를 휘두르고 있는지 분간할 수 없었다.

따당, 따당, 따다다당.

그리 크지도 않은 장고 소리가 성목의 귓가에 가득 찼다.

디링, 디리링, 디링.

그 황홀한 희열을 뭔가가 조용히 비집고 들어왔다. 줄곧 장고 소리와 함께 노닐던 비파 소리가 먼 곳에서 전혀 다른 박자를 밟아 가고 있었다.

꼼짝도 하지 않던 성목의 왼손이 스르르 올라가더니 손바닥이 장고의 남은 한쪽 면을 툭툭 치기 시작했다. 왼손이 쥐어졌다 펴졌다 하면서 홀린 듯이 금강복마권의 초식을 그려나갔다.

성목은 자신이 한 손으로 금강복마권을, 다른 손으로는 달마육검의 박자를 타고 있음을 몰랐다.

그저 꿈을 꾸듯 아련한 가운데 가슴에서 뭔가가 뜨겁게 치밀어 올라 어깨를 들썩이게 만들었다. 두 팔이 마치 날개라도 된 것처럼 허공에 휘저을 때마다 몸을 띄워 올리는 것만 같았다.

마침내 성목의 머릿속에서 뭔가가 거세게 충돌을 하며 번쩍 터져 버렸다.

성목은 그 순간 진무궁주 악소천의 손에 목숨을 잃은 자신의 사부, 정각선사의 음성을 들었다. 그것은 30년도 더 지난 아주 오래전의 일이었다.

"허허, 네 무공 욕심이 끝이 없구나. 권법에, 장법, 각법, 봉술, 검법, 도법까지 뭐 하나 그냥 넘어가질 않으니. 소림사의 무공을 전부 네 것으로 만들고 싶은 게냐? 네 사형들은 한 가지를 익히는 것도 버거워하는데 말이다."

"제자들이 좋아하는 것 한두 가지만 익힌다면 소림사에 이렇게 많은 무공이 있을 필요가 있겠습니까? 중요한 의미가 있고, 소용이 있으니까 역대 사조님들께서 그렇게 많은 무공을 창안하신 거겠죠. 하나라도 더 배워야 강해지는 것 아닌가요?"

"허허, 어린 녀석이 기개는 가상하다만 틀려도 크게 틀렸구나."

"사부님, 제가 무엇을 틀린 겁니까? 가르쳐주십시오."

"무공이란 게 본시 하나를 배워도 그만이요, 열을 배워도 그만이다만…… 이것만은 명심하여라. 전부를 아는 게 중요한 게 아니라, 모든 것을 관통하는 한 가지. 그 한 가지를 아는 게 정말로 중요하다는 사실을 말이다. 그것만 깨우치면 소림사의 모든 무공을 대성할 수 있을 게야. 허허허……."

 성목은 어렴풋이 느낄 수 있었다.
 자신의 의지와 무관하게 움직이는 양쪽 손동작이 크게 다르면서도, 전혀 다르지 않다는 것을. 초식과 보법을 넘나드는 그 무엇이 자신의 손 안에 있음을.
 따다다다다다다다다다당.
 성목이 미친 듯이 장고를 두드렸다. 고요한 수면에 세찬 소나기가 떨어지듯 요란한 소리가 힘차게 울려 퍼졌다.
 성목의 귀에는 그 소리가 천둥소리보다 컸지만, 좌중의 사람들에게는 그렇게 들리지 않았다.
 석도명이 소리의 기운을 조절해 장고 소리를 부드럽게 감쌌기 때문이다.
 음량은 커지지 않았지만, 성목의 중후한 내공이 실린 장중함은 사라지지 않았다.
 비파와 오현금과 필률과 죽적의 절묘한 조화에 숨을 죽이고 있던 청중들의 가슴을 그 장엄한 울림이 세차게 두드렸다.
 사람들은 가슴이 묘하게 고동치는 것을 느꼈다. 기이하고 황홀한 경험이었다.
 이 섬세한 선율 어디에 이렇게 심장을 두근거리게 만드는 격동이 숨어 있었더란 말인가? 그리고 태어나서 한 번도 맛보지 못한 전율이 모든 사람들을 사로잡았다.

머지않아 소나기가 그치는 것처럼 장고 소리가 잦아들면서 연주가 끝났다.

정적.

200여 명의 사람들이 넋이 나간 얼굴로 멍하니 앞만 바라봤다. 방금 맛본 벅찬 감흥이 달아날까봐 숨을 쉬는 것조차도 두려웠다.

그 침묵이 얼마나 갔을까?

짝, 짝, 짝, 짝.

마침내 누군가가 천천히 박수를 쳤다.

놀랍게도 그 주인공은 장양재였다. 장양재는 반쯤 혼이 나간 모습으로 두 손을 연신 부딪쳐댔다.

'헉, 내가 뭘 하고 있는 거지?'

장양재는 자신이 박수를 치고 있다는 사실을 뒤늦게 깨닫고는 경악을 금치 못했다. 한순간이나마 떠돌이 악사들의 연주가 자신의 몸과 마음을 지배했다는 사실에 알 수 없는 공포가 밀려들었다.

본인은 전혀 눈치채지 못했지만, 성목이 펼친 달마육검과 금강복마권의 기세를 석도명이 고스란히 음악에 실어 장양재에게만 집중적으로 쏘아 보낸 탓이다.

아름다운 음악에 취했다고 믿고 있던 그 순간, 사실은 소림사의 절예에 무방비로 노출돼 있었다는 사실을 장양재는 죽을 때까지도 알 수 없을 터였다.

어쨌거나 주인인 장양재가 박수를 치는 바람에 다른 사람들도 그냥 앉아 있을 수는 없었다. 우레와 같은 박수와 환호가 사방에서 쏟아졌다.

"우와!"

석도명이 일어나 상석을 향해 가볍게 고개를 숙였다.

"박수를 이 만큼 받았으면 돈값은 한 것 같군요. 아직도 뭔가를 바라십니까?"

석도명의 음성도 아까와는 판이하게 달랐다. 말투는 담담하기 짝이 없는데 그 바닥에는 듣는 이의 간담을 서늘하게 만드는 신비한 울림이 느껴졌다.

장양재가 생각할 겨를도 없이 반사적으로 고개를 저었다.

이런 기분으로 뭘 더 바라겠는가? 오늘 밤 초희를 끼고 잠들겠다던 욕정도 깨끗이 달아난 뒤였다.

상황이 정리됐다고 판단한 석도명이 몸을 돌려 밖으로 걸어 나갔다. 성목이 지체 없이 그 뒤를 따랐고 초 씨 남매와 다른 악사들도 망설이지 않고 연회장을 떠났다.

그 모습을 보면서 장양재가 슬그머니 고개를 숙였다.

"하아, 내가 감히 고인(高人)을 희롱했구나……."

위기철이 머리를 절레절레 흔들었다.

"이보게, 자네나 나나 앞으로는 얌전히 살아야겠네. 사광 현신도 그렇고, 저 젊은이도 그렇고…… 섬서 땅에 기인들이 자꾸 나타나는 것을 보니…… 후우, 이제는 죄를 짓는 게 두렵

구면."

장양재가 말없이 고개를 끄덕였다.

장안에서 제법 분탕질을 해대던 호색한 두 명이 개과천선을 하는 순간이었다.

제5장
거일량(擧一梁)이면
동태산(動泰山)이라

 노로관으로 돌아온 초 씨 남매와 다른 악사들은 석도명에게 연신 허리를 굽혀 고마움을 표했다. 특히 누이를 빼앗길 뻔했던 초량은 기쁨을 감추지 못했다.

 초량이 감사의 뜻으로 저녁을 대접하겠다며 제법 으리으리한 식당으로 석도명 일행을 안내했다. 식사는 자연스럽게 술판으로 이어졌다.

 염장한이 초량 일행을 붙잡고 해운관의 역사에 대해서 열변을 토하는 것을 보면서 석도명은 슬그머니 자리에서 일어났다. 성목이 슬그머니 석도명을 따라나섰다.

 "제게 들려준 것이 음악이었습니까, 무학이었습니까?"

성목이 상기된 표정으로 물었다.

석도명이 미소를 지었다.

"그걸 제가 어찌 알겠습니까? 스스로에게 좀 더 자신감을 가지십시오. 성목스님은 누구보다 깊은 심지를 가지신 분입니다."

"예……."

성목이 조용히 고개를 숙였다.

생각해 보니 자신을 물에서 건져준 사람에게 옷까지 말려달라고 한 격이다. 뭔가를 얻었으면 스스로 품고 헤아려야 하는 건데 말이다.

성목이 골똘히 생각에 잠겨 걷기 시작했다. 그 걸음은 객잔 앞을 지나쳐 어딘가로 계속 이어졌지만, 석도명은 잡지 않았다. 지금 성목에게 필요한 것은 자신과의 대화 혹은 자성이었다.

혼자 방으로 돌아온 석도명은 곧장 잠자리에 들지 못했다. 황산에서 무조건 서북쪽으로 달아나다 보니 어느덧 변경에 이르고 있었다. 이제는 어디로, 왜 가야 할지를 분명하게 정해야 했다.

침상에 걸터앉아 이런저런 생각에 잠겨 있던 석도명의 고개가 문 쪽으로 돌아갔다. 누군가가 발걸음 소리를 죽이고 조심스럽게 다가오고 있었다.

석도명의 얼굴에 난처한 기색이 떠올랐다. 곧이어 들려올 음성의 주인이 누구인지를 알았기 때문이다.

"악사님, 주무십니까?"

초희였다.

석도명이 잠시 주저하다 방문을 열었다.

"술자리가 벌써 끝난 모양이군요."

"아니에요. 다른 분들은 한 잔 더해야겠다며 기루를 찾아 나섰답니다. 쉬려고 들어왔는데 오늘 너무 긴장을 했던 탓인지 영 잠이 오질 않네요. 악사님께 감사 인사도 제대로 못 드린 것 같고……."

초희가 수줍게 고개를 숙이며 말꼬리를 흐렸다.

석도명은 가볍게 떨고 있는 초희의 손에 작은 술상이 들려 있음을 알았다. 고마움의 뜻을 이런 식으로라도 표현하고 싶었던 모양이다.

"험험, 감사는요……. 다 같이 위기를 넘기려고 한 일인데요……. 밤이 너무 늦었습니다. 내일 떠나신다니 쉬셔야지요."

석도명이 애써 말을 돌리는 것으로 초희의 정성을 완곡히 사양했다. 이 야심한 시각에 젊은 여인과 단둘이 마주 앉아 술잔을 기울이는 장면은 생각만 해도 어색했다.

"큰 은혜를 입어 놓고도 달리 갚을 방법이 없습니다. 이 밤이 지나면 다시는 뵐 수도 없는 분인데…… 마지막으로 술 한 잔만 올리게 해주십시오. 부탁입니다."

금방이라도 울음을 터뜨릴 것 같은 간절한 음성이었다.

석도명이 잠시 곤혹스러워 하다가 결국 뒤로 물러섰다. 단지 술 한 잔을 올리겠다는 정성을 뿌리칠 만큼 성정이 모질지 못한 탓이다.

　석도명이 물러나면서 생긴 공간을 통해 초희가 조심스럽게 방 안으로 들어섰다. 그리고는 가져온 술상을 탁자 위로 옮겼다.

　쪼르륵.

　초희의 희고 가느다란 손끝에서 맑은 술이 흘러내려 술잔을 가득 채웠다.

　"은공을 평생 잊지 않겠습니다."

　"아닙니다. 서로 돕고 사는 게지, 누가 누구의 은인이 되겠습니까?"

　거듭되는 치사(致謝)에 민망해진 석도명이 서둘러 술잔을 입에 털어 넣었다.

　술 한 잔을 빨리 마시는 게 이 난감한 상황을 빨리 모면하는 길이라고 믿었기 때문이다.

　"험험, 분명히 술 한 잔을 받았군요……."

　석도명이 넌지시 축객령을 내렸다.

　"은공께서는 소녀에게 술 한 잔도 안 주시고 쫓아내실 건가요?"

　초희는 자신을 서둘러 돌려보내려는 석도명의 태도에 서운함을 감추지 못했다.

　석도명이 어쩔 수 없이 술병을 들어 술 한 잔을 따랐다. 술

한 잔을 받았으니, 상대에게도 한 잔은 권하는 게 최소한의 예의이기는 했다.

석도명과는 정반대로 초희는 아주 느리게 술잔을 비웠다.

석도명은 고개를 돌린 채 아무 말도 하지 않았다. 그 침묵 또한 축객령에 다름 아니었다.

그 침묵의 의미를 읽었는지 초희가 조용히 자리에서 일어나더니 석도명을 향해 깊이 허리를 숙였다.

하지만 그 다음 순간 석도명을 펄쩍 뛰게 만들 일이 벌어졌다.

스르륵.

옷감이 스치는 소리가 들려왔다.

"나, 낭자……."

그것이 여인이 옷을 벗는 소리임을 알아챈 석도명이 다급하게 초희를 불렀다.

하지만 초희가 석도명의 말을 잘랐다.

"거리의 악사로 살아가는 이년의 신세는 들에 핀 꽃이나 마찬가지입니다. 보셨듯이 여러 사내들이 틈만 나면 저를 꺾으려고 듭니다. 언제, 어디서 누구의 계집이 될지 알 수 없는 몸……. 차라리 제가 마음을 드릴 수 있는 분께 안기고 싶은 것이 저의 작은 소망입니다. 부끄러운 용모와 재주이오나…… 은공을 향한 제 간절한 마음을 부디…… 거두어 주십시오."

그 음성에 담긴 애잔함, 힘없는 여인의 서러움이 석도명의 마음을 흔들었다.

그러나 그것은 연민이었지, 그 이상의 마음은 될 수 없었다.

"그럴 수 없습니다. 제게는 마음에 담아둔 여인이 있습니다. 낭자에게도 진심을 다해 줄 좋은 사람이 나타날 겝니다."

"하아, 너무 야속하시군요. 감히 저를 정인이나 아내로 거두어 달라는 부탁이 아닙니다. 평생에 단 하루, 오늘밤만 같이 있어 달라는 부탁인걸요."

석도명의 만류에도 불구하고 초희는 손길을 멈추지 않았다. 초희가 순식간에 알몸이 됐다.

석도명으로서는 뜯어 말릴 겨를도 없었다. 그나마 앞을 보지 못하는 게 천만다행이었다.

석도명이 황급히 자리에서 일어났다.

알몸이 된 여자를 억지로 끌어낼 수 없으니 자신이 나갈 생각이었다.

헌데 바로 그 순간에 낯선 느낌이 석도명의 몸을 휘감았다. 석도명은 뭔가가 잘못 됐음을 직감하고는 우뚝 멈춰 섰다.

초희가 그 모습을 보고는 웃음을 터뜨렸다.

"호호호, 그 몸으로 어딜 가시려고?"

지금껏 알고 있던 가녀린 여인의 것이라고는 상상조차 할 수 없는 요염하고 오싹한 음성이었다.

석도명은 순간 초희의 몸이 갈라지면서 그 안에서 전혀 다른 사람이 걸어 나오는 듯한 느낌을 받았다. 단단한 껍질 속에 감춰져 있던 초희의 실체가 드러난 것이다.

 무공으로 자신의 기운을 갈무리하는 고수들은 여럿 만났지만, 이런 식으로 정체를 감춘 사람은 처음이었다. 아마도 이런 방면으로는 상당한 고수일 게 분명했다.

 초희의 음성에서 어렴풋이 느껴지던 알 수 없는 그 무엇이 바로 이것이었던 모양이다.

 석도명은 '그 몸으로'라는 말에 가슴이 철렁 내려앉았다. 심상치 않은 말이었다.

 과연 온몸이 알 수 없는 흥분과 열기로 달아오르고 있었다.

 "내게…… 무슨 짓을 한 거냐?"

 "호호, 너무 걱정할 것 없어. 이 환상요희(幻像謠嬉)께서는 평소 독을 즐겨 쓰시지만 그대는 특별히 대우해 주기로 했지. 어때, 몸이 슬슬 달아오르지 않아? 싸구려 춘약(春藥)이지만 효과는 아주 좋을 거야. 어떤 약물이든 효과를 몇 배나 높여준다는 보효주(補效酒)에 타서 드셨으니까."

 "이익, 부끄럽지도 않은가? 어찌 여인의 몸으로……."

 "순진하시긴. 삶의 깊은 맛을 제대로 알고 사는 게 뭐 그리 나쁜 거라고……. 혼자 고고하고 순진한 척하지만, 일각만 버텨봐. 내 팔에 매달려 제발 안아달라고 애원을 하게 될걸. 남자라는 것들, 원래 그런 짐승이잖아."

 "어, 어림없다."

 말과 달리, 석도명은 죽을 지경이었다. 끓어오르는 욕정을 참느라 숨조차 제대로 쉴 수가 없었다. 몸을 움직이는 것 자체가 두려웠다. 맥박이 빨라질수록 춘약의 효과가 더욱 기승을 부릴 테니 말이다.

"호호호, 얼굴이 발그레해지니까 더 귀엽네. 이 누님께서 잘 보듬어 줄 테니까 그만 버티지 그래. 괜찮아, 괜찮아. 처음엔 다 부끄럽고 그렇지만, 그것도 그때뿐이야. 이것도 하늘이 선물하신 즐거움인데 사양치 말고 즐기라고."

초희 아니, 환상요희가 석도명에게 다가서며 손을 뻗었다.

환상요희의 손이 자신의 뺨을 향해 가까워지자 석도명은 다급해졌다. 환상요희의 손에서 심상치 않은 요기가 풀풀 날리고 있었다.

그 손에 닿는 순간, 춘약에 중독된 몸이 이성을 잃게 될 것임을 직감했다. 그 다음에 벌어질 일은 상상하기도 싫었다. 그러나 몸이 말을 듣지 않았다.

환상요희가 거침없이 석도명의 볼을 쓰다듬었다.

그렇지 않아도 숨이 가쁜 판에 정염이 물씬 풍기는 요녀의 손길이 닿으니 석도명은 정신이 혼미해졌다.

"호호, 이 누님께서 많은 걸 가르쳐 줄 거야. 우선은 접문(接吻; 입맞춤)의 기술부터."

환상요희가 석도명의 턱을 잡아 세우고는 자신의 얼굴을 가까이 가져갔다. 그예 두 사람의 입술이 맞닿았다.

석도명은 아득한 기분에 정신을 차릴 수가 없었다.

환상요희가 석도명을 덥석 끌어안아 침상에 눕히고는 연신 깊은 입맞춤을 해댔다.

'안 돼…… 안 된다고…….'

석도명이 오른손에 정신을 모았다. 일만격의 오의가 실리면서 손이 묵직해졌다. 무방비 상태로 노출된 환상요희의 등을 향해 내리쳐야 한다는 생각뿐이었다.

헌데 손이 들리지 않았다. 일만격으로 무거워진 탓이 아니었다. 석도명의 몸이 환상요희를 탐하고 있었다.

정신을 멀쩡한데, 자신을 희롱하는 환상요희의 뜨거운 숨결이 증오스러운데, 몸은 뜨겁게 그녀의 손길을 원했다.

석도명은 움쩍도 하지 않는 자신의 손이 원망스러웠다. 의지를 배반하는 뜨거운 몸뚱어리가 저주스러웠다. 그 굴욕감이 돌이키고 싶지 않은 끔찍한 기억 하나를 불러냈다.

"이르기를 거일량(擧一梁)이면 동태산(動泰山)이라, 기장 쌀 한 알을 들어올릴 마음이 있으면 태산을 움직인다고 했지. 어디 한 번 검을 들어 보아라."

진무궁에서 악소천이 자신의 검을 찍어 누르던 장면이 떠올랐다. 자신을 붙잡고 놓아주지 않는 환상요희의 집요한 손길이 마치 악소천의 검처럼 여겨졌다.

자신은 여태 기장 쌀 한 알을 들어올릴 마음조차 갖지 못한 것일까? 이런 나약한 마음으로 사부의 유지를 잇고, 한운영을 구하고, 정연의 남자가 되려고 했단 말인가?

석도명이 눈을 질끈 감았다. 보이지 않는 육신의 눈이 아니라, 나약한 마음의 눈을. 고작 춘약 따위에 무너져 몸을 내줄 수는 없었다.

다음 순간 석도명의 몸에서 스르르 기운이 풀렸다. 환상요희의 품 안에서 석도명의 버둥거림이 멈췄다. 마치 모든 것을 체념한 듯한 몸짓이었다.

"호호, 그래 그렇게 하는 거야."

환상요희가 만족스런 웃음을 지으며 석도명의 옷을 벗기기 시작했다.

먼저 윗도리를 벗겨낸 환상요희가 석도명의 가슴을 손바닥으로 쓰다듬었다. 그리고는 석도명의 귀에 뜨거운 바람을 불어넣었다.

그때였다.

시체처럼 늘어져 있던 석도명의 손이 스르르 올라갔다.

퍽.

다음 순간 석도명이 환상요희의 등을 주먹으로 후려쳤다. 일만격이 고스란히 실린 상태였다.

환상요희도 보통은 아니었다. 뭔가가 이상하다고 느낀 찰나 몸을 비틀어 석도명의 주먹을 피했다. 결과적으로 겨드랑이 아래쪽을 비껴 맞은 환상요희의 몸이 방바닥을 굴렀다.

"호호호…… 동생 취향이 까다롭네."

환상요희가 자세를 바로 하고 석도명을 노려봤다.

그사이에 석도명의 손에는 피리가 들려 있었다.

"다가오지 마시오!"

"흥, 피리 따위로는 나를 어쩌지 못 할걸!"

환상요희가 교묘하게 손을 뻗어왔다. 단순한 손짓이 아니라, 금나수를 연상케 하는 무공 초식이었다.

하지만 석도명이 그보다 먼저 피리를 불었다.

우웅.

막창소를 저승으로 보낸 괴이한 소음, 석도명이 무극음(無極音)으로 이름붙인 소리가 뿜어졌다.

뭔가가 이상함을 직감한 환상요희가 급히 손을 빼더니 손끝에 공력을 모았다. 손가락이 하얗게 변했다.

환상요희가 손가락을 곧게 펼쳐 석도명의 가슴을 찔렀다.

그르륵.

돌이 갈리는 소리가 들리면서 환상요희의 손끝에서 피가 튀었다. 막창소의 검강도 파고들지 못한 무극음을 어찌 손으로 깨겠는가?

"흑, 빙옥수(氷玉手)가 깨지다니······."

환상요희가 경악에 찬 얼굴로 석도명을 바라봤다.

환상요희는 석도명이 요행으로 수라사자를 죽인 게 아님을 깨달았다. 피리 소리로 몸을 보호하는 수법은 들어 본 적도 없지만, 수라사자가 저 수법에 당했다는 것은 짐작이 갔다.

분하지만 물러나는 수밖에 없었다.

"흥, 벗겨 놓고 보니까 별로 볼 것도 없는 주제에 감히 나를 거부하다니. 너도 그렇고, 부도문이라는 놈도 그렇고 성적 취향이 독특한 모양이야."

공들여 피리를 불고 있던 석도명이 흠칫 놀란 표정을 지었다. 어느 깊은 산속에 칩거하고 있으리라고 생각했던 부도문의 이름을 환상요희의 입에서 듣게 될 줄은 상상도 하지 못했다.

그리고 불안했다. 부도문의 신상에 무슨 일이 생긴 게 분명했다.

석도명의 불안을 눈치챈 환상요희의 입꼬리가 말려 올라갔다.

"호호, 그놈도 대단한 줄 알고 접근을 했는데 의외로 독에 맥을 못 추더구나. 혈제의 전인께서 단전이 텅 비어 있을 줄 누가 알았겠어? 아직 목숨은 붙어 있는데 언제까지 살아 있을지는 모르겠네."

석도명의 얼굴이 일그러지는 것을 보면서 환상요희가 주섬주섬 옷을 챙겨 입었다. 그리고는 여유롭게 한 마디를 던졌다.

"혹시라도 내가 그리우면 기련산으로 오셔. 거기서 뜨거운 해후를 한 번 해보자고. 기한은 보름이야. 호호호."

환상요희가 그 한 마디를 남기고 밖으로 나갔다.

석도명은 환상요희의 기척이 완전히 사라진 것을 확인한 뒤에야 피리를 내려놓았다.

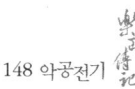

아무것도 모르고 초량과 어울리고 있을 염장한이 걱정되기는 했지만 한 걸음도 움직일 수 없었다. 정신력으로 겨우 이겨냈다고는 하나, 춘약의 약효가 아직 남아 있었다.

석도명은 이를 악물고 밤새 약기운과 싸워야 했다. 날이 어슴푸레 밝아올 무렵에야 뜨겁던 몸이 서서히 식기 시작했다.

다행히도 염장한은 술에 떡이 된 몸으로 비틀거리며 객잔으로 돌아왔다. 성목도 숲에서 밤을 새우고 별 탈 없이 나타났다.

*   *   *

석도명이 환상요희의 기묘한 초대를 받은 그 무렵, 서쪽 변경의 상황은 급변하고 있었다.

석 달 전만 해도 함양성 부근까지 치고 들어왔던 대하의 군대가 감숙으로 쫓겨나면서 송나라의 본격적인 반격이 시작되려는 찰나였다.

섬서 서쪽의 감숙 땅은 불과 몇 년 전만 해도 송나라군이 연전연승을 거두던 곳이다. 그것을 가능케 한 인물은 군문의 장수도, 명문가의 후예도 아닌 환관 동관이었다.

감군의 신분으로 서북 전선에 나간 동관은 환관답지 않은 놀라운 실력으로 대하군을 연파하면서 서북 지역으로 깊이 치고 들어갔다. 외적을 상대로 변변찮은 승리를 거두지 못했던 송나라군으로서는 보기 드문 연승이었다.

문제는 동관이 황궁으로 돌아와 황제의 오른팔 노릇을 하면서부터였다. 애써 일궈 놓은 감숙 일대가 고스란히 대하군의 수중에 떨어지고, 심지어는 함양성 외곽까지 적군이 몰려드는 사태가 벌어진 것이다.

무소불위의 권력을 휘두르고 있던 동관이 그 사태를 좌시할 수는 없었다.

마음 같아서야 본인이 다시 전선으로 나서고 싶었지만, 이 무렵 동관에게는 검교태위(檢校太尉)라는 군문 최고의 관직과 함께 강남 일대에서 벌어진 방랍의 난을 진압하는 소임이 떨어져 있었다.

동관은 고민 끝에 서북령관 이엄에게 5만 명의 증원군을 보내는 결단을 내렸다. 수세에 몰려 있던 이엄은 증원군을 손에 넣자마자 적극적인 공세로 나서 함양성 서쪽 지역을 착실히 수복해 나갔다.

거기에 새로 편성된 1만 기의 철기마대가 황도에서 급파됐다는 소식이 전해지면서 불리함을 느낀 대하의 주력군은 아예 뒤로 크게 물러나 감숙의 중심 도시인 난주에 진을 치고 송나라의 대군을 기다리고 있었다.

이제 송나라와 대하의 싸움터는 난주 일대가 될 터였다.

과거 작두령에서 어쩔 수 없이 되돌아서야 했던 석도명으로서는 나쁘지 않은 상황이었다. 난주에서 감숙의 천산이라는 기련산까지는 그리 멀지 않은 거리였다.

그러나 기대와 달리, 석도명은 쉽게 난주에 접근할 수가 없었다. 서쪽으로의 통행이 엄격하게 제한된 탓에 정상적인 방법으로는 서쪽으로 가기가 어려웠다.

무림맹이 정상적으로 기능을 발휘하고 있다면 송필용이 나서서 군문에 정식으로 통행증 발급을 요구할 수도 있었을 테지만, 지금은 기대할 수 없는 방법이었다. 그게 가능하다고 해도 석도명으로서는 무림맹의 이름을 앞세우고 싶은 마음이 없었지만.

결국 석도명 일행은 군과의 마찰을 피하기 위해서 먼 길을 돌아갈 수밖에 없었다.

문제는 지형이었다.

난주 일대는 거대한 두 개의 산맥이 남쪽과 북쪽을 비스듬히 가로지르며 주변을 성벽처럼 에워싸고 있다. 그 틈으로 열려 있는 분지 형태의 기다란 계곡이 거의 유일한 주거공간이자 통행로였다.

산과 산 사이가 100여 리 이상 벌어지는 곳이 있을 정도로 분지는 넓었지만, 땅이 척박해 숲이 드물었다. 키 작은 잡초밖에 자라지 않는 벌판은 마땅히 몸을 숨길 곳이 없었다.

군사들의 검문과 수색을 피해 석도명 일행은 높은 산으로 올라갔다. 무공을 잃은 석도명의 몸으로는 쉽지 않은 일인 줄 알면서도 어쩔 수 없는 선택이었다.

그러나 석도명 일행은 서북 변경에서 벌어지고 있는 일의 배후를 조금도 눈치채지 못했다. 통행제한이 사실은 자신들을 겨냥해 이뤄진 조치라는 것을. 석도명을 노린 막강한 병력이 다가오고 있다는 사실을.

난주에서 동남쪽으로 80여 리 떨어진 정서(定西)를 서북령관 이엄이 이끄는 8만 대군이 점령한 것이 사흘 전이다.

반격에 나선 송나라 군대가 여기까지 치고 들어오는 것은 생각보다 어렵지 않았다. 감숙 일대가 성이나 도시가 많지 않은 황량한 지역인 탓이다.

이제는 난주성만 떨어뜨리면 무위(武威)와 주천을 거쳐 감숙의 끝자락인 가욕관까지 밀고 들어가는 것도 불가능한 일은 아니라는 기대가 부풀고 있었다.

정서를 점령한 이엄은 그곳에서 시간을 허비하지 않고 곧장 적을 추격했다. 그렇다고 무모하게 난주성 공략에 들어간 것도 아니다.

자신이 보유하고 있는 5,000기의 기마대를 앞세워 대하군의 퇴각을 교란하고, 적군이 난주성 앞에 따로 방어진을 구축할 시간을 허락하지 않기 위해서였다.

이엄은 난주성에서 10리 떨어진 곳에 본진을 세운 뒤 진격을 멈췄다.

전선에서 잔뼈가 굵은 노장답게 이엄은 승리에 쉽게 도취되지 않았다. 지금까지의 전황은 승리라기보다는 원상회복에 불과하다는 게 그의 생각이었다.

사실 점령지를 기준으로 보자면, 과거 동관이 서북 전선을 담당하고 있던 시절에 확립했던 변경선을 얼추 되찾아가는 중이었다.

전략적인 차원에서 봐도 그동안 다소 무리하게 치고 들어왔던 대하의 군대가 병력을 추스르며 스스로 물러났을 뿐, 심각한 타격을 입었다고 보기는 어려웠다.

이엄은 황도에서 급파된 1만 기의 철기마대가 도착한 다음에야 본격적인 난주 공략에 나설 계획이었다. 총력을 결집해 적을 공격해야 아군의 손실을 줄일 수 있다고 판단했기 때문이다.

철기마대의 도착을 기다리며 공격전술을 구상하고 있는 이엄의 군막으로 감군 권우가 찾아들었다.

"검교태위의 밀명이 도착했소이다."

권우가 소매 끝에서 두루마리를 꺼내 이엄에게 건넸다.

이엄이 동관의 밀명을 펼쳐 들었다. 표정은 담담했지만 속은 그리 편치 않았다.

검교태위가 무관 최고의 관직이기는 하나, 현재 동관의 공식 직함은 선무제치사(宣撫制置使)다. 방랍의 난을 진압하는 게 그의 임무였다.

서북 전선의 최고사령관인 자신에게 명령을 내릴 사람은 동관이 아니라 추밀사 양국원이어야 했다. 이엄은 최전선에서 환관의 명령을 받아야 하는 자신의 처지가 씁쓸했다.

그러나 그런 내색을 할 수는 없었다. 어쨌거나 평생 출세를 위해 흉한 짓은 하지 않았다지만, 최소한 시류를 거스르지 않은 탓에 여기까지 온 몸이 아니던가.

게다가 자신에게 5만 대군과 1만 기의 철기마대를 보내준 사람도 다름 아닌 동관이다. 그의 도움을 받은 처지에 명령을 거부해서는 안 되는 것이다.

동관이 보내온 명령은 간단했다.

내일 도착할 철기마대의 지휘를 감군 권우에게 맡기고 이엄의 군대는 철기마대를 적극 지원하라는 내용이었다.

침착하게 표정관리를 하고 있던 이엄의 얼굴이 흉하게 일그러졌다.

"이럴 거면 차라리 지휘관을 바꾸는 게 낫지 않겠소?"

이엄이 볼멘소리를 했다.

핵심 전력이 되어야 할 1만 기의 철기마대를 권우가 지휘하고, 자신은 철기마대를 적극 지원하라니?

그건 결국 자신이 거느리고 있는 8만 대군의 지휘권을 사실상 권우가 행사하는 것과 다를 바 없는 이야기다. 철기마대가 싸우러 나가면 같이 출진하고, 그렇지 않으면 기다리라는 이야기가 아닌가 말이다.

그러면서도 정작 패배를 당할 경우에는 자신이 총책임을 져야 하는 상황이다.

권우가 뒤틀린 미소를 지어 보였다.

"장군께서는 흥분하실 것 없소이다. 검교태위께서 맡기신 한 가지 일만 처리한 뒤에는 철기마대를 전부 장군께 넘기라는 명령을 받았소. 군문에서 직접 처리하기 어려운 역도를 다스리는 일이니 장군의 적극적인 협조를 바랄뿐이오."

역도를 다스리는 일이라는 한 마디에 이엄은 등골이 서늘해졌다.

군문에서 처리하기 어려운 역도라니? 그건 누군가를 숙청할 때 주로 쓰는 표현이다. 설마 자신이 거느린 별장들 가운데 역모에 휘말린 자들이 있단 말인가? 아니, 자신의 목은 안전한 걸까?

이엄의 얼굴이 딱딱하게 굳어지는 것을 보면서 권우가 조용히 군막을 벗어났다.

만에 하나 있을지 모르는 이엄의 반발은 이것으로 완벽하게 정리가 된 셈이다. 이제는 다음 일을 해야 할 차례였다.

권우는 잠시 뒤 자신의 군막으로 돌아왔다. 누군가가 권우를 기다리고 있었다.

내시성(內侍省)의 비밀조직인 내밀수사(內密搜司)에서 파견된 두 명의 고수다. 동관의 밀명을 가지고 온 것도 바로 이 두 사람이다.

환관 가운데 특별히 양성한 고수들만 끌어 모았다는 내밀수사에서도 한 손에 꼽힌다는 대소령(大所令) 기찬서(奇燦瑞)가 물었다.

"어찌됐습니까? 이엄은 제법 기개가 곧은 자라고 들었습니다만."

"후후, 태위께서 바라시는 대로 될 겁니다. 제가 요령껏 겁을 줬지요. 헌데 일을 이렇게까지 크게 벌일 까닭이 있는 겝니까? 대체 처리하려는 자가 누구기에……."

같은 환관 처지이고, 직급상 자신의 서열이 높은데도 권우는 기찬서에게 하대를 하지 못했다. 내밀수사의 권력, 기찬서의 무공이 부담스러운 탓이다.

권우는 동관이 자신에게 1만 기의 철기마대를 맡긴 이유를 정확히 알지 못했다. 다만 재상 채경과 더불어 나라의 권력을 양분하고 있는 동관의 눈에 들 절호의 기회가 찾아왔다는 기대감에 젖어 있는 상태였다.

다만 이번 일이 심상치 않다는 점만은 분명했다. 작금의 상황에서 동관이 이 정도의 대군을 동원해서 처리해야 할 정적은 남아 있지 않기 때문이다.

권우의 물음에 기찬서가 천천히 대답했다.

"우리의 목표는…… 석도명. 한때 무림맹 제천대주였으나, 근자에는 사광 현신이라 불리는 잡니다."

"헉! 사, 사광……."

권우가 놀라서 말을 잇지 못했다.

작두령에서 피리 하나로 땅을 뒤흔들던 기사를 현장에서 목격한 자신이다.

아니, 그날 자신의 잘못으로 여러 사람이 목숨을 잃었고 자신 또한 돌 더미에 깔려서 죽을 뻔했다. 그날의 공포로 인해서 요즘도 자다가 깜짝 놀라서 깨곤 하는데, 바로 그 사광 현신을 죽이라니?

"아니, 뭘 그리 놀라시나요?"

"그는 사람이 아니라, 신인(神人)입니다. 사람이 신인을 어떻게 해친단 말이오?"

"허어, 권 감군은 보기보다 간이 작습니다 그려. 게다가 미신에 휘둘리다니…… 신인이라니요? 그자가 보여준 것은 전부 사술입니다. 확실한 증거도 있지요."

"화, 확실한 증거가 있습니까?"

권우가 반신반의하는 표정을 지었다.

간계와 눈치로 평생을 버텨온 인물이다. 내밀수사에서 서툴게 일을 벌이지는 않을 것이라는 데 생각이 미쳤다.

기찬서가 자기 옆에 앉은 중소령(中所令) 명전홍(明田弘)에게 눈짓을 보냈다. 명전홍이 기다렸다는 듯이 입을 열었다.

"세간에는 거의 알려지지 않은 일이지만, 석도명이라는 자가 작두령을 떠나서 장강으로 내려가다가 장룡구방과 삼묘문, 자미수의 합공을 받은 일이 있습니다. 그자의 명줄이 질겼는지 그 현장에 하필이면 신검비영 장학과 십이밀위(十二密衛)가 나타나는 덕분에 겨우 생명을 건졌지요. 십이밀위가 현장에 도착했을 때 그는 등과 허리에 깊은 상처를 입고 쓰러져 목숨을 잃기 직전이었다고 합니다. 고작 살수의 칼도 피하지 못한 자가 어찌 신인이겠으며, 사광의 현신이겠습니까?"

"그, 그렇습니까……. 그가 중상을 입었다는…… 말이지요?"

권우가 고개를 끄덕였다. 속으로는 분주하게 머리를 굴리는 중이었다.

신검비영과 십이밀위라면 부용궁주 조경을 따르는 자들이다. 부용궁주가 구해 준 인물을 황제의 최측근이라는 동관이 노리고 있다.

그 배경은 대략 짐작이 갔다. 동관은 사광 현신이 한편으로는 민심을 얻고, 다른 한편으로는 황제와 줄이 닿는 상황이 싫은 것이다.

그렇지 않아도 사광 현신이 악양에서 동관과 채경에게 하늘의 저주를 내렸다는 소문이 파다하질 않던가?

동관은 그동안에도 싹수가 위험하다 싶으면 가차 없이 정적의 목을 도려냈다. 하물며 백성들이 신인으로 믿고 있는 자를 살려둘 리가 없었다.

그러고 보니 이거야말로 자신에게는 다시없을 기회였다.

철기마대 1만 기와 내밀수사의 고수까지 동원할 정도로 동관이 위험하게 생각하는 인물을 처리하는 일이다. 그에 따른 보상이 엄청날 것이 확실했다.

문제는…… 석도명이 정말로 사기꾼이냐 하는 점이었다.

눈으로 보고, 몸으로 겪은 게 있는 터라 권우의 불안감은 쉽게 사라지지 않았다.

기찬서가 넌지시 한 마디를 던졌다.

"이번 일은 두 분 재상께서도 동의를 하신 일입니다. 한 치의 실수도 있어서는 안 되겠지요."

"아, 예……."

두 명의 재상이란 채경과 추밀사 양국원을 이르는 말이다. 조정의 최고 관직을 가진 채경과 군문의 최고중신인 양국원이 동관과 뜻을 모았다면 이보다 중요한 일이 있을 수 없었다.

권우가 독하게 마음을 정했다.

이만큼 튼튼한 동아줄을 잡지 않는다면 언제 인생에 승부를 걸어보겠는가? 불알 두 쪽과 바꾼 자신의 인생에 꽃을 활짝 피울 때가 되지 않았냐 말이다.

마음을 바꾸자 세상을 보는 시야가 달라졌다.

다시 생각해보니 전날 작두령에서는 자신이 너무 당황에서 허황된 사술에 당했던 것 같았다. 살수들에게 중상을 당하는 자가 무슨 신인이겠는가?

'그래, 어쩐지 서둘러서 사라진다 싶었어.'

권우는 작두령에서 도망치듯 현장을 떠났던 석도명의 뒷모습을 떠올렸다. 한 번 의심을 하기 시작하니 모든 게 의심스러웠다. 힘이 있는 놈이라면 그렇게 달아나지는 않았을 것이다.

인간이란 본시 눈에 보이는 것조차 자신이 원하는 대로 믿고 싶어 하는 존재다. 하물며 몇 달 전의 사건을 뒤집는 것은 일도 아니다.

권우가 주먹을 불끈 움켜쥐었다. 지난날의 수치를 되갚기 위해서, 자신의 앞날을 위해서 석도명은 이제 반드시 처치해야 할 존재였다.

하지만 동관의 뜻을 떠받들겠다는 마음을 굳힌 뒤에도 여전히 풀리지 않는 의문이 남아 있었다.

"헌데 고작 사람 하나를 잡자고 철기마대까지 동원해야 합니까? 누가 그를 보호하고 있기에……."

철기마대 1만 기는 석도명을 죽이려다 실패했다는 장롱구방의 수적 떼나, 삼묘문, 자미수 따위와 비교할 수 없는 전력이다. 설령 신검비영 장학과 십이밀위가 석도명을 보호한다고 해도 철기마대와 내밀수사의 고수를 전부 막아내지는 못할 것이다.

"크험, 누가 그자를 보호하기 때문이 아니라…… 그가 필히 오랑캐와의 싸움터에서 죽어야 한다는 것이 윗전의 뜻입니다."

기찬서의 대답에 권우가 다시 기민하게 머리를 굴렸다.

답은 쉽게 나왔다. 황제의 누이인 부용궁주가 구해낸 인물이다. 천하의 동관이라도 해도 명분 없이 죽이기는 어려울 터였다.

그러나 상대가 싸움터에서 죽음을 맞는다면? 둘러댈 핑계가 오히려 넘쳐날 것이다.

권우가 기찬서를 똑바로 쳐다봤다. 이유는 납득을 했으니 방법을 알려달라는 뜻이다.

"내밀수사에서 입수한 정보에 의하면 석도명은 지금 천산 방향으로 가고 있는 중입니다. 하서회랑(河西回廊; 비단길 초입에 있는 산맥에 둘러싸인 협곡지대)으로 들어가기 위해서는 반드시 난주를 거쳐야 한다는 뜻이지요. 통행제한을 피하기 위해 무림인 몇을 대동하고 산악지대로 이동 중인 모양인데…… 이 일대의 지형이 험악한 점을 고려하면 조만간 산을 내려와야 할 겁니다. 아니, 꼭 내려오게 만들 겁니다. 일단은 거기까지만 알고 계십시오. 내밀수사에서 위치를 확인하는 대로 다음 작전을 알려줄 테니……."

"알겠소이다. 이 한 몸을 바칠 터이니 부디 나의 충정을 잘 전해 주시기 바라오."

권우는 더 이상 물을 게 없었다.

눈치를 보아하니 내밀수사에서 이미 함정을 파놓고 석도명이라는 자를 몰고 있는 모양이다.

그들이 차려주는 잔칫상에 적당히 숟가락만 올려놓으면 그만이지, 세세한 내막까지 알 필요도, 알고 싶지도 않았다.

* * *

그 무렵 석도명은 정서 남쪽에 자리한 농서(籠西) 분지 북쪽의 산악지대에 고립돼 있었다. 송나라 대군이 통행을 차단하고 있는 정서를 우회하려다 깊은 산중에서 길이 막힌 상태였다.

사실은 처음부터 무모한 계획이었다.

바위산이 이어지는 험한 지형은 강호의 고수들도 넘을 수 없는 깎아지른 듯한 절벽을 곳곳에 품고 있다. 계절도 혹독하기 짝이 없는 한겨울이다. 더더구나 석도명은 무공까지 잃은 상태가 아니던가.

그리고 그보다 더 큰 문제가 있었다.

감숙에 접어들 무렵부터 누군가가 석도명 일행을 따라오고 있었다. 환상요희가 중간에 암수를 쓰려는 게 아닐까 하는 생각이 들었지만, 그 의도를 확인할 방법은 없었다. 상대는 일정한 거리를 유지하기만 할뿐 어떤 움직임도 보이지 않았기 때문이다.

다만 한 가지 확실한 점은 상대가 매우 조직적으로 석도명을 쫓고 있다는 사실이었다.

시간이 가면서 추적자의 숫자는 조금씩 늘어나고 있었다. 석도명 일행을 찾기 위해 상당히 넓은 지역에 다수의 인원을 분산시켰다가 다시 모으고 있다는 의미였다. 흩어진 자들이 전부 모일 즈음이면 필경 공격이 시작될 터였다.

추격자들을 의식하며 길을 서두르던 석도명 일행은 설상가상으로 산속에서 길을 잃고 이틀 동안 제자리를 맴돌아야 했다.

"이대로는 무리요. 산을 내려갑시다."

실전 경험이 풍부한 송필용이 단호하게 말했다.

"우히히, 당연히 무리지."

염장한이 기다렸다는 듯이 송필용의 말을 거들었다.

한때 서북 변경에서 군무에 종사한 경험을 바탕으로 그동안 길잡이 노릇을 해온 피풍검(避風劍) 육도해(陸途海) 또한 머리를 흔들었다.

무공 실력에 비해 이런 일에는 서툴기만 한 성목이 말없이 석도명을 바라봤다. 그 역시 지칠 대로 지친 얼굴이다.

석도명은 여덟 사람의 시선이 자신에게 쏟아지고 있음을 피부로 따갑게 느꼈다. 보지 않아도 알 수 있다.

사람들의 지친 호흡에 담긴 것은 체념과 피로다. 자기 하나만 믿고 따라나선 사람들에게 더 이상의 고난을 강요할 수는 없으리라.

"예, 이렇게는 안 될 것 같습니다. 일단 어느 쪽으로든 내려가서 몸부터 추스르기로 하죠. 다음 일은 다시 의논하기로 하고요."

"일단 사람이 많은 곳으로 가는 게 좋을 것 같습니다. 농서가 어떻겠습니까? 그쪽에는 군대도 없을 텐데……."

송필용이 고개를 돌려 남쪽을 바라보며 말했다. 난주를 공략하기 위해 8만 대군이 집결해 있다는 정서보다는 농서가 안전할 것이라는 판단에서다.

합리적인 의견이었지만 육도해가 반대를 표했다.

"여기서 농서로 내려갔다가 다시 올라오려면 적어도 이틀은 허비해야 합니다. 시간이 많지 않다면서요?"

정확한 지적이다.

장안에서 여기까지 오느라 닷새가량이 소요된 상태다. 환상요희가 요구한 날짜까지는 열흘이나 남아 있지만 불투명한 주변 상황을 감안하면 가능할 때 시간을 벌어둬야 했다.

"육 대협의 말씀이 옳습니다. 어떻게 하는 게 좋을까요?"

"다소 위험이 따르겠지만, 정서로 갑시다. 송나라 군대가 정서를 점령한 뒤 난주성으로 진격했다는 소식이 있었으니 지금쯤이면 난주를 점령했을지도 모를 일이오. 송나라군의 관심이 난주에 쏠려 있으니 후방지역인 정서로 숨어드는 건 그리 어렵지 않을 테고……. 일단 그곳에서 상황을 파악한 다음에 다시 계획을 세우는 게 어떨까 싶소만. 우리를 쫓아오는 자들이 누군지 모르겠으나, 강호의 인물들이라면 송나라 대군을 지척에 두고 일을 벌이기가 쉽지 않을 게요."

누가 먼저랄 것도 없이 사람들이 일제히 고개를 끄덕였다.

석도명 일행은 추격대가 진무궁과 관련된 자들일 것이라고 짐작하고 있었다. 깊은 산 속에 고립된 상태에서 그들을 맞아 싸우는 것보다는 차라리 군영 근처로 피하는 게 백번 나을 것 같았다.

"좋습니다. 정서로 가죠. 날씨가 더 나빠지기 전에."

석도명이 동의를 표하는 것으로 결론은 정해졌다.

석도명과 성목, 송필용 등이 희끗희끗 날리는 눈발 사이로 사라졌다.

그리고 반 시진가량이 흐른 뒤 석도명 일행이 둘러 앉아 있던 자리에 누군가가 모습을 드러냈다.

검은 무복을 입은 50여 명의 무사들이다.

사내들이 주변에 흩어져 석도명 일행의 흔적을 살피고는 한자리에 모였다.

그들 중 하나가 우두머리로 보이는 사내에게 짧게 보고했다.

"북으로 갔습니다. 목적지는 역시 정서 쪽입니다."

보고를 받은 사내가 스산하게 웃었다.

"성가신 놈들, 꽤나 버티더니 이제야 길을 제대로 잡았구나. 후후후."

사내의 웃음은 남자의 것이라고 하기에는 너무 가늘었다. 검은 무복의 무사들은 전부 사내면서 또 사내가 아닌 자들이었다.

잠시 뒤 내밀수사의 환관들이 소리 없이 사라졌다. 그들이 향한 곳 또한 북쪽이었다.

그날 저녁 무렵에야 겨우 산을 내려온 석도명 일행은 정서에 들어가지 못했다. 기대와 달리 송나라군이 정서를 완전히 떠나지 않았기 때문이다.

주력군을 난주성 앞에 배치한 서북령관 이엄은 정서에 후방 기지를 구축해 두고 있었다.

석도명 일행은 정서로 들어가는 대신 외곽의 빈집으로 숨어들었다. 추격자들은 여전히 자신들의 위치를 드러낸 채 일정한 거리를 지키고만 있었다.

겨우 한숨을 돌린 석도명 일행은 집 안에서 일단 휴식을 취하기로 했다. 불도 피우지 못한 채 싸늘한 육포를 씹는 게 고작이었지만.

일행들이 육포로 허기를 달래며 낮은 음성으로 두런두런 대화를 나누는 동안 석도명은 집 바깥에 펼쳐진 어둠 속으로 귀를 세웠다.

누군가가 다가오는 기척을 살펴주는 게 석도명이 동료들을 위해서 해줄 수 있는 유일한 일이었다.

'어떻게 하지?'

고민은 깊었지만, 해답은 좀처럼 나오지 않았다. 정체불명의 추격자들을 따돌리고, 송나라와 대하의 대군을 뚫고서 부도문을 구하러 갈 수 있는 방법이 있기는 한 걸까? 제날짜에 도착하지 못하면 부도문의 목숨은 어찌 될까?

석도명의 입에서 낮은 한숨이 새어나왔다. 무공을 잃은 뒤 때때로 찾아드는 무력감이 자신도 모르게 되살아난 탓이다.

그때 송필용과 육도해가 석도명에게 다가왔다.

석도명 옆에 자리를 잡기가 무섭게 송필용이 나지막한, 그러나 결연한 음성으로 말했다.

"도박을 해봅시다."

"도박이라니요?"

석도명의 물음에 대답한 사람은 송필용이 아니라 육도해였다.

"수상하고 위험한 자들이 따라붙은 상태에서 전선을 조용히 빠져나가기는 힘들 것 같으니, 차라리 군대를 파고들어가는 방법을 찾아보자는 것이오."

"방법이 있겠습니까?"

"육 대협이 아직 군문에 연줄을 갖고 있다고 하오. 그걸 이용해 보겠다는구려."

육도해가 군문을 떠난 게 벌써 십오륙 년 전이라고 했다. 당시의 동료들이 대부분 군문을 떠나거나, 다른 곳으로 옮겨간 상태였다.

육도해가 그나마 유일하게 소식을 듣고 있는 사람이 서북령관 이엄의 휘하에서 제법 이름이 알려진 별장 고마온(高磨穩)이었다.

육도해는 고마온을 찾아가 도움을 청할 생각이었다.

"고 별장의 도움을 받을 수 있으면 전선을 가로질러 난주 부근까지 바로 갈 수 있을 테니 추격자들을 따돌리는 게 가능하겠지요. 거기서 다시 산으로 올라가 난주만 우회하면 그 다음부터는 거칠 게 없을 게요."

대담하지만, 확실한 효과를 기대할 수 있는 방법이다. 문제는 별장 고마온의 협조 여부에 전적으로 의존해야 한다는 사실이다.

"그가 우리를 도울 것 같습니까?"

"하하, 군문에 있을 때 저하고는 제법 막역하게 지냈던 사이지요. 게다가 아주 돈을 좋아하는 친구기도 하고요."

"시도해 볼 만한 일이오. 내가 같이 다녀오리다."

송필용이 육도해를 거들고 나섰다.

석도명 또한 그 이상의 방법을 궁리해낼 재간이 없었다.

석도명이 묵묵히 고개를 끄덕였다.

자신을 위해서 수고를 아끼지 않는 사람들이지만 이 순간에는 고맙다는 말도, 미안하다는 말도 오히려 번잡할 따름이다. 믿고 따라주는 것이 그들에게 해줄 수 있는 최선의 감사일 것이다.

잠시 뒤 송필용과 육도해가 어둠 속으로 소리 없이 사라졌다.

두 사람은 다음날 해가 떨어진 다음에야 돌아왔다. 일이 생각보다 지체되기도 했지만, 산자락에 숨어서 석도명 일행을 감시하고 있는 추적자들의 눈을 피하기 위해서였다.

"하늘이 우리를 돕는 모양입니다."

송필용의 얼굴에는 환한 웃음이 가득했다. 물어볼 것도 없이 일이 잘 풀렸다는 의미다.

자세한 설명은 육도해의 입에서 흘러나왔다.

"송나라의 본진은 현재 난주성 앞에 진을 치고 있고, 정서에는 보급대와 부상병들이 주둔을 하고 있습니다. 고 별장은 본진에 있는데 옛 전우라는 사실을 밝히고 겨우 만날 수 있었소이다. 다행히 고 별장이 돕겠답니다. 물론 돈은 좀 들었지요."

"오오, 천운이외다."

"정말로 잘됐구려."

사람들의 얼굴에 화색이 돌았다. 최전선까지 일시에 갈 수 있는 길이 생긴 것이다.

송필용과 육도해가 등에 메고 온 보따리를 풀었다. 그 안에서 나온 것은 군복이었다. 군사들 사이에 섞여 들어가려면 군복으로 갈아입는 게 마땅했다.

육도해의 설명이 계속 됐다.

"마침, 내일 부상에서 회복된 병사들과 새로 소집된 군사들이 정서에서 본진으로 이동을 한다고 하오이다. 그들과 합류해 고 별장 휘하의 부대로 들어가는 게 일차 목표요. 고 별장의 말로는 어제 1만 기의 철기마대가 도착했기 때문에 곧 전선이 열릴 거라고 하오. 부상병들을 서둘러 복귀시키는 것도 그 때문이라고 하고……. 대규모 전투가 개시되기 전에 서둘러 빠져나가야 할 것으로 생각되오."

"우히히, 나 같은 늙은이도 군사로 봐주려나? 늙은이를 너무 혹사시키는 거 아닌가?"

"뭐, 백발이 드러나지 않게 투구를 깊이 눌러쓰면 대충 될 것도 같은데요. 얼굴이 하도 까매서 주름은 잘 보이지도 않는걸요."

"하하."

염장한과 석도명의 대화로 인해 잠시 가벼운 웃음이 흘러나왔다.

어쨌거나 염장한의 푸념을 제외하고는 그 누구도 육도해의 말에 토를 달거나, 추가 설명을 요구하지 않았다. 군문의 일에 얽히는 게 내심 찜찜하기는 했으나, 달리 선택의 여지가 없었다.

군복으로 갈아입은 석도명 일행이 육도해를 앞세우고 폐가를 빠져나갔다.

그 자리에 다시 검은 무복의 추적자들이 나타났다.

"기특한 놈들. 생각대로 척척 움직여 주는구나. 우리는 다음 집결지로 간다. 후후후."

가느다란 웃음소리가 나지막이 울렸다.

어느새 100여 명으로 늘어난 내밀수사의 환관들이 기민하게 어둠 속으로 사라졌다.

다음 날 부상병들과 섞여 본진으로 이동한 석도명은 해가 진 다음 육도해, 송필용과 함께 별장 고마온을 만났다. 고마온은 한눈에 보기에도 닳고 닳은 사내였다.

고마온의 첫 마디는 인상을 비껴가지 않았다.

"크흠, 아무래도 위험한 일이오. 하루 이틀 사이에 전투가 시작될 상황이라 영내에 군기가 바짝 들어 있는 상태라오. 잘못했다가는 내 모가지가 날아갈 판이라…… 그 정도 금액으로는 어렵겠소."

석도명과 송필용, 육도해의 입가에 쓴웃음이 걸렸다.

너무나도 속이 들여다보이는 수법이다. 하루 만에 사정이 크게 달라질 까닭이 없다.

진즉에 거절하지 않고 본진까지 오게 만든 다음에야 안 된다고 뒤로 나자빠진다. 상대를 궁지에 몰아넣고 한 푼이라도 더 챙겨보자는 속내였다.

노련한 송필용이 즉각 고마온의 수작을 받았다.

"그 어려움을 어찌 모르겠소이까? 출발만 도와주시면 그 은혜를 잊지 않겠소."

송필용이 말끝에 손가락 세 개를 슬쩍 펼쳐 보였다. 어제 준 돈의 3배를 더 주겠다는 의미다.

고마온의 다음 수작은 역시 예상대로였다.

"험험, 내 송 대협의 위명을 귀가 따갑게 들은 터. 그리 말씀하시니 감히 뿌리칠 수가 없소이다. 장부의 신의를 걸고 최선을 다해 보리다."

고마온이 짙은 웃음을 흘리면서 탁자 위에 지도를 펼쳤다.

"현재 전선의 상황은 이렇소이다. 난주성과 아군의 본진은 약 10리 정도 떨어져 있는데 그 사이는 폭이 20여 리가 넘는 넓은 개활지요. 물론 그 양옆은 아시는 대로 깎아지른 절벽으로 이뤄진 험준한 산악지대가 막고 있소. 바로 이 지역이 여러분이 통과해야 할 곳이고…… 여기, 여기에 버려진 촌락이 있소이다."

돈을 3배를 더 주겠다는 말이 효력을 발휘했는지 고마온은 미리 세워둔 계획을 상세하게 설명하기 시작했다.

현재 전선의 상황과 주변 지형을 정확히 꿰고 있는 고마온이다. 그의 계획은 딱히 흠을 잡을 데가 없었다. 석도명과 송필용은 그 계책을 따르기로 했다.

결행일은 바로 다음 날이 될 터였다. 언제 난주성 공략이 시작될지 모르는 긴박한 상황이라 시간을 끌 여유가 없었다.

다음 날 동이 틀 무렵 송나라 본진 앞에 세워진 목책이 열리며 군사들이 쏟아져 나왔다.

그 숫자는 5,000명. 난주성 바로 앞에 진을 치고 있는 3만

명의 전군(前軍)에게 식량을 가져다주는 수송대와 호위대다.

고마온이 붙여준 군관 하나가 석도명 일행을 호위대 제일 끄트머리로 데리고 갔다.

"뭘 봐? 부상병 처음 보냐? 그렇게 한눈이나 팔다가는 칼 맞는다."

군사 몇이 석도명 일행을 흘끗거리자 군관이 냅다 소리를 질렀다. 그 한 마디에 다시는 뒤를 돌아보는 사람이 없었다.

사실 새로운 일도 아니었다. 부상병들이 복귀하고, 신병들이 간헐적으로 보충되면서 보통은 일이백 명, 적게는 오륙십 명 정도의 적은 병력이 수송대를 따라서 이동하는 경우가 자주 있었다. 오늘은 그 규모가 유달리 작기는 했지만.

군관은 그것으로 할 일을 다 했다고 생각했는지 뒤도 안 보고 사라졌다.

석도명 일행은 조용히 눈치를 보며 기다렸다. 5,000명이나 되는 병력이 줄을 지어 목책을 빠져나가는 데는 시간이 제법 걸렸다.

석도명 일행에게는 그 시간이 특히나 길게 여겨졌다. 혹시라도 정체가 발각되면 뒷감당이 되지 않을 상황이었다.

'이상하다. 기분이 좋지 않아.'

석도명은 누구보다 불안함을 느끼고 있었다. 등 뒤에서 느껴지는 알 수 없는 긴장과 흥분 때문이다.

엊그제 도착했다는 철기마대를 합해 무려 6만 대군이 모여 있는 군영이다. 전투를 앞두고 군사들의 불안과 긴장이 가득 차 있는 게 당연했다. 지난 밤 내내 그 기운을 느끼며 쉽게 잠을 이루지 못했다.

그렇지만 오늘 아침에는 그 기운이 유독 강하게 느껴졌다. 그것도 한쪽에서만.

이 많은 군사들 가운데 따로 출정 명령을 받는 부대가 있는 것일까?

하지만 당장 목책을 빠져나가야 하는 상황에서 그 의문을 깊이 따져볼 겨를은 없었다.

"우히히, 가보자고."

천하태평 염장한이 낮게 웃으며 석도명의 옆구리를 찔렀다. 어느새 후미가 움직일 차례였다.

석도명과 송필용 등이 투구를 깊이 눌러 쓰고는 앞으로 걸어 나갔다.

군량을 실은 마차를 따라가는 탓에 행군 속도는 더뎠다. 일다경 정도를 걸은 뒤에야 본진이 저만치 뒤로 멀어졌다.

그때 송필용이 석도명에게 전음을 보냈다.

『이쯤에서 시작합시다.』

고마온의 도움을 받아 세운 계획은 수송대 후미를 따르다가 적당한 지점에서 대열을 이탈해 달아나는 것이었다. 십중팔구는 탈영병으로 여겨질 테고, 그에 따라 추격을 받게 돼 있었다.

하지만 수송대를 안전하게 호송하는 게 목적인 호위부대가 적극적으로 쫓지는 못할 터였다.

 고마온은 고작해야 기마대 가운데 100여 기 정도가 추격에 나설 것이라고 예상했다.

 일반 병사들이라면 감당하지 못하겠지만, 석도명 일행은 무림인, 그것도 내로라하는 고수들이다. 쉽게 떨쳐낼 수 있으리라는 계산이었다.

 병사들의 추격을 따돌리고 개활지 끄트머리에 방벽처럼 버티고 서 있는 험한 산악지대로 들어가면 더 이상은 걱정할 게 없었다. 탈영이 수시로 벌어지는 상황에서 고작 9명을 잡으려고 적진 바로 앞에서 대군을 동원하지는 않을 테니까.

 보급로가 뚫려 있는 개활지 중앙에서 산악지대까지의 거리는 고작 10리. 그 거리만 극복하면 되는 일이었다.

 송필용의 전음에 석도명이 대답 대신 고개를 끄덕였다.

 성목이 석도명을 번쩍 들어 허리춤에 끼더니 신법을 발휘하기 시작했다. 그와 동시에 나머지 사람들이 일제히 대열을 벗어나 왼쪽으로 튀어 나갔다.

 경신술을 발휘해 바람처럼 달려 나가는 석도명 일행의 모습을 군졸 하나가 발견했다.

 "엇, 저, 저…… 탈영이닷!"

 그 외침을 들은 군관 하나가 급히 호각을 입에 물었다.

 뿌우.

 5,000명의 행렬이 일시에 멈춰 섰다. 이내 상황을 파악한

지휘관의 명령이 떨어졌다.

"탈영병이다! 기마대, 추격하라! 나머지는 행군을 재개한다!"

두두두두.

선두에서 보급부대를 인도하고 있던 1,000기의 기마대가 사선을 그으며 왼쪽으로 달려 나갔다. 석도명 일행의 목적지가 산악지대임을 간파하고는 먼저 달려가 앞을 막으려는 의도였다.

"으악! 저게 100명이야? 100명이냐고?"

기마대가 일으키는 뿌얀 먼지가 안개처럼 일어나는 것을 보고는 염장한이 비명을 질렀다.

고마온이 일러준 것과는 전혀 다른 상황이었다. 사방이 탁 트인 개활지에서 1,000기나 되는 기마대의 추격을 받게 되다니!

하지만 놀랄 일은 거기서 끝나지 않았다.

두두두두─

멀리서 지축을 뒤흔드는 소리가 들려왔다.

"제기럴, 저건 또 뭐야?"

육도해의 입에서 욕설이 터졌다.

수송대가 떠난 뒤 굳게 닫혔던 본진의 목책이 어느 틈엔가 활짝 열려 있었다. 그 입구를 통해서 엄청난 숫자의 기마대가 돌진해오고 있었다.

그 정체는 먼 거리에서도 쉽게 알아볼 수 있었다. 기마대 전체가 검은색이었다.

그냥 기마대가 아니라, 기병과 말을 온통 검은 철갑으로 둘러싼 철기마대였다.

"설마…… 철기마대까지……."

송필용의 얼굴이 흉하게 일그러졌다.

석도명과 성목은 물론 천하의 염장한마저도 얼굴이 딱딱하게 굳어졌다.

한눈에 보기에도 철기마대의 숫자는 5,000명 규모의 수송대보다 훨씬 많았다. 서북군 최강의 전력이라는 1만 기의 철기마대가 전부 동원된 게 분명했다.

이렇게 사방이 탁 트인 벌판에서 격돌한다면 십대문파가 전부 동원된다고 해도 철기마대를 이길 수는 없다. 절정고수 몇 명쯤은 살아남겠지만 나머지는 몰살을 당할 것이다.

달아나느라 바쁜 와중에도 염장한이 성목에게 들려 있는 석도명을 향해 몇 마디를 이죽거렸다.

"젠장, 오늘이 혹시 네 녀석 생일이냐?"

"글……쎄요. 제삿날이 될지는 모르겠네요."

"쯧, 생일도 아닌데 운수가 대통했구나."

하지만 두 사람의 대화는 더 이상 이어질 수 없었다.

슉, 슈욱.

등 뒤에서 화살이 쏟아졌다. 1,000기의 기마대가 둘로 갈라지더니 한 갈래가 석도명 일행에게 접근하면서 화살을 퍼부어 댔다.

다른 갈래는 속력을 다해 일직선으로 달려갔다. 한쪽이 화살공격으로 석도명 일행의 속도를 늦추는 동안 나머지 병력이 앞을 가로막겠다는 작전이었다.

그 속셈을 뻔히 알면서도 석도명 일행은 검을 뽑아들고 화살을 쳐낼 수밖에 없었다.

애초에 같은 행렬의 선두와 후미에 서 있었던 탓에 기마대와 석도명 일행 간의 거리는 200여 장에 불과했다. 그 간격이 눈에 띄게 좁혀졌다.

"석 악사를 맡아주십시오."

성목이 염장한에게 석도명을 던지듯이 맡겼다. 그리고는 기마대를 향해 뒤돌아섰다.

"여래강림!"

성목이 낭랑하게 외치며 검을 휘저었다. 소림사의 유일한 검법이라는 달마육검이다. 여래강림을 시작으로 여섯 개의 초식이 물 흐르듯 한 호흡에 펼쳐졌다.

성목의 검은 빠르면서 무거웠고, 부드러우면서 질겼다. 그리고 검 끝에서 무형의 기운이 뻗어 나왔다.

퍼퍼퍼펑!

성목의 검에서 검기가 줄기줄기 쏟아지더니 기마대가 돌진해 오고 있는 바로 앞쪽에 떨어졌다. 검 한 자루에서 쏟아졌다고는 믿기 어려울 정도로 사방 5장 너비의 땅이 폭발음과 함께 흙먼지에 휩싸였다.

선두에서 달리던 20여 마리의 말들이 놀라서 방향을 잃고 좌우로 흩어졌지만 달려오던 기세를 이기지 못해 비틀거렸다. 뒤에서 쫓아오던 말들이 앞쪽의 말들과 엉키면서 500기의 기마대가 일대 혼란에 빠져들었다.

기마대가 서로 충돌을 하는 바람에 10여 마리가 순식간에 나뒹굴었다. 말에서 굴러 떨어진 기마대원이 말발굽에 밟혀 비명을 질러댔다.

"정지! 정지하라!"

지휘관의 명령을 받은 기마대가 서둘러 대열을 정비하는 동안 석도명 일행은 멀찍이 달아나고 있었다.

'허, 성목의 무공이 저 정도였나?'

걱정스러운 심정으로 연신 뒤를 돌아보던 송필용이 성목의 검에 놀라움을 금치 못했다.

소림사의 달마육검은 강호에서 그리 이름난 검법이 아니다. 그에 얽힌 전설은 제법 화려했지만 실제로 그런 경지를 보여준 사람이 몇 백 년 동안 나타나지 않은 탓이다.

헌데 성목의 검에서 펼쳐진 달마육검은 그 위력이 무당이나 화산의 검법에 뒤지지 않았다.

더구나 성목의 검은 은은한 금빛을 띠고 있었다. 검에 강기를 머금게 할 정도의 경지에 접어들고 있다는 뜻이다. 강기를 발출하는 경지가 멀지 않아 보였다.

화살을 쏘며 쫓아오던 기마대를 순식간에 무력화시키고 돌아서서 다시 달리기 시작한 성목의 표정은 담담하기 그지없었다. 저 정도 위력의 검법을 무리 없이 펼칠 수 있을 만큼 내외공의 조화 또한 완벽한 것이다.

송필용이 알고 있던 소림사 팔대호원 성목의 무공은 분명 저 정도는 아니었다.

송필용은 성목과 함께 요녕 땅에서 진천보와 싸웠고, 제천대의 일원으로 진무궁에 쳐들어가기도 했다. 당시 성목은 일류고수이기는 했지만 절정고수로서는 손색이 있었다. 적어도 자신이 반 보 정도는 우위를 점한다고 믿었다.

그러나 지금 성목의 무공은 오히려 한 수 위였다. 자신보다 젊은 나이에 밑에서 치고 올라와 추월을 했으니 조만간 두 사람의 격차는 더욱 벌어질 터였다.

송필용은 성목이 장족의 발전을 이룬 배경이 궁금했다. 진무궁에서 달아난 뒤로 무슨 기연이 있었기에 저렇게 달라졌단 말인가?

송필용이 고개를 돌려 염장한에게 안겨 있는 석도명을 바라봤다. 성목의 비약적인 발전은 아무래도 석도명에게 원인이 있는 것 같았다.

'어째 저 사람 근처에만 가면 전부 고수가 되는 걸까?'

무림맹에서 삼류로 떠돌던 단호경과 그 수하들이 석도명을 만나 엄청난 고수가 된 사연은 꽤나 알려진 이야기다. 거기에 다시 소림사의 승려가 하나 더해진 것이다.

송필용은 석도명의 능력에 대해 새삼 놀라움을 느꼈다. 그리고 성목에게 묘한 질투심이 생겼다. 석도명과 얼마나 가까워져야 자신도 뭔가를 배울 수 있는 걸까 싶어서 부러운 생각이 들었다.

다만 지금은 그 같은 생각이나 하고 있을 계제가 아니었다.

송필용이 다급한 탄성을 내뱉었다.

"아뿔사!"

산악지대까지 절반 정도를 왔을 뿐인데 오른쪽 앞에서 한 줄기 흙먼지가 비스듬히 치고 들어와 정면을 가로막고 있었다. 전력질주를 펼친 500기의 기마대가 그예 석도명 일행을 앞지른 것이다.

"모두 오른쪽으로 뛰시오!"

육도해가 급히 외쳤다.

달리던 방향의 오른쪽, 그러니까 북쪽으로 작은 촌락이 눈에 들어왔다. 난주성 앞의 개활지에 흩어져 있는 토착민의 마을 가운데 하나였다.

흙먼지를 막기 위해서인지, 평소에도 안전 상태가 썩 좋지 않은 것인지 마을 바깥에는 흙벽이 쌓여져 있었다. 그 흙벽 너머로 지붕 20여 개가 보였다.

송나라군의 진격과 함께 전부 달아났는지, 겉에서 보기에는 인적이 전혀 없었다.

기마대를 따돌릴 수 없는 상황이라면 허허벌판보다는 흙벽에 의지해서 싸우는 게 낫다는 게 육도해의 판단이었다.

육도해의 생각을 읽은 사람들이 주저하지 않고 촌락을 향해 달려갔다.

전방에서 방향을 바꾸고 있던 기마대도, 성목 때문에 대열이 흩어졌던 후방의 기마대도 그것까지는 막을 수가 없었다.

양쪽 방향에서 뒤늦게 달려온 1,000기의 기마대가 마을을 물샐 틈 없이 에워쌌다. 송나라군을 이용해 의문의 추적자들을 따돌리겠다던 당초의 계획과 달리 석도명 일행은 마을에 갇혀 옴짝달싹할 수 없는 처지가 되고 말았다.

그러나 더 큰 문제는 지축을 울리며 다가오고 있는 1만 기의 철기마대였다.

제6장
어미의 마음

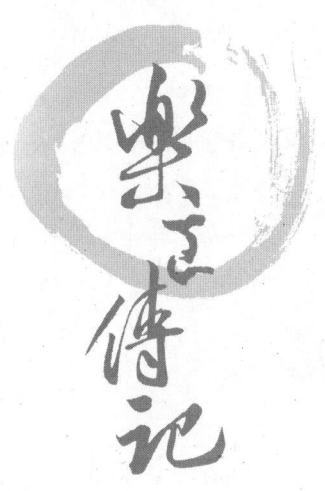

"쿠엑, 컥컥. 흙을 한 사발은 먹은 것 같네. 그래, 늙은이 품에 안기니까 좋더냐?"

석도명을 내려놓으면서 염장한이 연신 구시렁거렸다.

그 말에 악의가 없음을 알기에 사람들은 잠시 쓴웃음을 짓고 말았다.

"글쎄요, 당최 누구 품에 안겨본 일이 없어서 좋은 건지, 나쁜 건지 잘 모르겠네요."

"염병, 그 무수했던 애정행각은 누구 앞에서 저질렀는데?"

"후후, 그러게요."

근심이 가슴을 짓누르고 있는데도 석도명 또한 태연하게 염

어미의 마음 185

장한의 농지거리를 받았다. '거일량이면 동태산'이라고, 위기에는 오히려 태산처럼 담대한 마음을 갖는 게 옳았다.

다만 다른 사람들은 석도명과 염장한의 대화를 편하게 받아들이지 못했다.

"후아, 두 분은 배짱도 좋으시오. 이 부실한 흙벽 너머에 엄청난 상대가 있는데 말이외다."

육도해가 질린 표정으로 머리를 흔들었다.

"허허, 뭘 그 정도에 놀라는가? 석 악사는 여진족의 10만 대군을 혼자서 상대했던 인물이라네."

송필용이 너털웃음을 터뜨렸다. 그 역시 위기에 대처하는 방법을 정확히 알고 있었다.

"에고, 오늘도 그래준다면 얼마나 좋겠수. 이 늙은이는 좀 쉬게. 에구구, 겨울만 되면 사는 게 사는 게 아니라니까. 아이고, 삭신이야."

염장한이 푸념 아닌 푸념을 늘어놓았다.

송필용이 옅은 미소를 지으면서 사람들을 모았다. 딱히 불러 모을 만큼 숫자가 많은 것도, 서로 멀리 떨어져 있는 것도 아니었지만.

"크흠, 졸지에 탈영병이 되고 말았소이다. 이 난감한 상황을 어떻게 헤쳐 나가면 좋겠소?"

송필용이 사람들을 둘러보며 물었다.

"이제라도 신분을 밝히고 협조를 요청하는 게 좋지 않을까요?"

"그렇습니다. 탈영병이 아닌데, 왜 쫓겨야 합니까? 오해부터 풉시다."

송필용을 따라온 5명의 무림지사 가운데 만장검(萬丈劍) 공택(孔澤)과 수뢰검사(水雷劍士) 고육강(高六剛)이 먼저 생각을 밝혔다.

평생 강호에서 협사 소리를 들으며 살아온 사람들이다. 자기 나라 군대에 쫓기는 이런 상황이 억울하고 답답했으리라.

육도해와 송필용이 동시에 고개를 저었다. 두 사람이 같은 생각을 한 것이다.

먼저 입을 연 쪽은 육도해다.

"아무래도 뭔가가 단단히 잘못된 것 같소. 우리를 탈영병으로 오해한 것치고는 저쪽의 대응이 너무 과하지 않소? 내가 군문의 생리를 아는데, 탈영병을 이런 식으로 쫓지는 않소. 그것도 공성전을 벌여야 할 적의 코앞에서."

사람들이 고개를 끄덕였다.

확실히 지금의 상황은 자신들을 도와준 별장 고마온의 말과는 너무 달랐다. 뭔가 흑막이 있는 것 같았지만 그게 뭔지는 알 수 없었다.

사람들의 답답한 한숨소리를 들으며 석도명이 입을 뗐다.

"뭐가 잘못됐는지는 모르겠지만, 한 가지는 분명합니다. 철기마대의 목표물은 우립니다."

"헉! 철기마대가?"

"서, 설마······."

공택과 고육강이 낮은 비명을 내질렀다.

1만 기에 달하는 철기마대의 목표물이 되는 건 상상조차 해보지 못한 가공스런 일이다. 고작 9명이 어떻게 그들을 상대한단 말인가?

"석 악사의 말에는 무슨 근거가 있는 게요?"

송필용이 놀라서 물었다.

"아까 진영을 떠날 때부터 뭔가 강력한 기운이 맴돌고 있는 걸 느꼈습니다. 살기라고 하기에는 약하고 누군가를 향한 적의랄까, 전투의지 같은 것이었지요. 누가 그런 기운을 내뿜는 건지 알아볼 겨를이 없었습니다만, 이제야 확실해졌습니다. 그 기운은 바로 철기마대의 것이었습니다. 우리가 대열에서 이탈하기도 전부터 철기마대는 우리를 겨냥하고 있었던 모양입니다."

송필용의 얼굴이 어두워졌다.

눈은 잃었지만, 석도명이 남다른 것을 느낀다는 사실만은 알고 있다.

"우리를 쫓던 기마대가 물러갑니다!"

일행과 대화를 나누면서도 연신 흙벽 바깥을 살피고 있던 공택이 소리쳤다.

사람들이 분분히 일어나 바깥으로 고개를 돌렸다.

과연 처음에 석도명 일행을 추격해 마을로 몰아넣은 1,000기의 기마대가 기수를 돌려 되돌아가고 있었다. 그 자리를 검은 갑주로 중무장한 철기마대가 채웠다. 마을 바깥은 철옹성에 둘러싸인 거나 매한가지였다.

 그리고 한 가지가 분명해졌다. 철기마대의 목표가 누구인지.

 이윽고 그 모든 것을 분명하게 해줄 음성이 들려왔다.

 "적과 내통을 꾀한 역도들은 들으라! 당장 나와 무릎을 꿇고 죄를 자복하라!"

 석도명의 표정이 굳어졌다.

 상대는 자신들의 정체를 확인할 생각도 하지 않았다. 다짜고짜 덮어씌운 죄목도 탈영이 아니라, 역도다. 사전에 치밀하게 준비된 일이 아니고서는 저렇게 나올 수가 없으리라.

 송필용이 흙벽 위로 뛰어 올라갔다. 그리고는 공력을 돋워 크게 외쳤다.

 "나는 무림맹에서 금강대를 이끌던 당산검객(當山劍客) 송필용이라 하오! 적과 내통한 역도라니? 무림의 일로 긴히 서쪽으로 이동하던 중 전선을 지나기 위해 잠시 신분을 숨기고 군에 숨어들었을 뿐이오. 미리 양해를 구하지 못한 점은 심히 유감스럽게 생각하는 바이나, 부디 오해를 거두어주기 바라오."

 철기마대의 지휘권을 이양 받은 감군 권우가 일단의 무리와 함께 말을 몰아 앞으로 달려 나왔다. 포위망을 널리 두른 까닭

어미의 마음 189

에 대화를 위해서는 거리를 좁혀야 했다.

"흥, 네 정체를 내가 모르고 있을 것 같더냐? 강호에서나 통하는 별호 따위로 뻐겨댈 자리가 아니다! 아니, 강호의 인물들이 무슨 까닭으로 군의 기밀을 빼내 적진으로 달려가려 했느냐? 섬서의 민심을 부추겨 폭동과 반란을 사주한 것으로도 부족해 오랑캐까지 끌어들일 생각이었더냐?"

"기밀을 빼내다니? 말도 안 되는 소리요!"

송필용이 목소리를 높였다.

폭동과 반란을 사주했다는 주장도 황당했지만, 대체 자신들이 무슨 기밀을 빼냈다는 말인가?

그때 권우의 바로 뒤에서 누군가가 나타났다. 별장 고마온이다.

"흥, 배은망덕한 놈들! 내가 옛정을 생각하고, 또 무림맹의 위신을 감안해서 너희를 돕고자 했다. 특별히 감군께 청을 넣어 허락까지 받았거늘, 그 은혜도 모르고 어찌 내 군막에 숨어들어 기밀문서를 죄다 훔쳐갔더냐? 오늘 죽음으로 너희 죄를 물을 것이다."

육도해가 치를 떨며 흙벽 위로 뛰어 올라갔다.

"고. 마. 온! 이 후레자식아! 네가 감히 옛 동료에게 누명을 씌워? 내가 네놈의 죄부터 물어야겠다."

육도해는 당장 검을 뽑아들고 고마온에게 달려들 기세였지만 송필용이 팔을 잡아 만류했다.

권우가 다시 입을 열었다.

"너희들에게 마지막 기회를 주겠다. 먼저 네놈들의 죄를 인정해라. 그리고 역도들의 수괴인 석도명이라는 자를 내놓아라. 그러면 다른 자들의 죄는 묻지 않겠다. 이 모든 게 사술로 백성을 기만하고 너희를 속인 그자의 술책이라는 것을 알고 있다. 그러니 더 이상 어리석음으로 죄를 범하지 말고 즉시 투항하라!"

권우가 할 말을 마치고는 철기마대 속으로 들어갔다.

고마온이 권우를 대신해 최후통첩을 날렸다.

"감군께서는 너그럽게도 너희에게 이각(30분)의 말미를 주시기로 하셨다. 잘 고민해서 살 길을 찾아라!"

"배신자! 너 같은 놈을 믿은 내가 어리석었구나."

육도해가 이를 갈았다.

송필용이 묵묵히 육도해를 잡아끌고 흙벽에서 내려왔다. 고함을 지르고 날뛰어 봐야 소용없는 일이다. 그 시간이라도 아껴서 살 길을 모색하는 게 더 나았다.

석도명이 담담하게 입을 열었다.

"결국 저 하나가 저들의 목표로군요. 차라리 잘된 일입니다. 여러분은 기회가 있을 때 이곳을 떠날 방법을 찾으십시오."

석도명은 권우의 말을 액면대로 믿지는 않았다. 특히 자신을 제외한 다른 사람의 죄는 묻지 않겠다는 말은 신뢰할 수 없었다.

하지만 저들의 목표가 자신을 죄인으로 만들어 죽이는 것이라는 점은 분명했다.

자신이 표적이 돼 저들을 유인한다면 다른 사람들에게는 살길이 열릴 가능성이 높았다.

"후회는 한 번으로 끝내라면서요."

담담하지만 결연한 음성, 성목이다.

성목에게 다시 석도명을 버리라는 말은 차라리 죽으라는 것보다 잔인했다. 성목은 끝까지 석도명과 운명을 함께할 각오였다.

"나 또한 석 악사에게 같은 죄를 두 번 지을 수 없소이다."

송필용이 같은 뜻을 밝혔다. 육도해를 포함한 다섯 사람이 동시에 고개를 끄덕였다.

강호에서 산전수전을 다 겪은 사람들이다. 권우의 회유에 넘어가 석도명을 배신하면 목숨을 건질 수 있다고 믿을 만큼 순진하지 않았다.

냉정히 따져 보면 자신들을 전부 죽인 다음에 증거를 조작하고 죄를 덮어씌우는 게 훨씬 손쉬운 방법이다.

군복을 입고 숨어들어왔다가 적진을 향해 달아나던 수상한 자들을 몰살시켰다. 시체를 뒤져보니 군사기밀이 나왔다더라. 그것만으로도 상황은 완벽하지 않은가?

"우히히, 다들 용기가 가상하외다. 근데 도명아, 나는 너한테 딱 한 번만 죄를 지으면 안 될까? 여기서 너랑 나랑 다 죽으면 우리 해운관은 아주 끝장이잖아."

염장한이 누런 이를 드러내며 환히 웃었다. 말과 달리 달아나려는 기색이 전혀 아니었다.

염장한의 투정에 제법 길이 든 일행들이 그 속뜻을 알아듣고는 웃음을 지어 보였다.

"싸웁시다!"

"싸우다 죽든, 같이 달아나든 하자구요."

공택과 고육강이 격앙된 어조로 말했다.

송필용이 함께 싸우자는 뜻으로 손을 앞으로 뻗었다. 그 위에 사람들의 손이 더해졌다.

마지막으로 석도명이 손을 올렸다.

말은 필요치 않았다. 각자가 무슨 사연으로, 어떤 목적으로 이곳에 있는지도 중요하지 않았다.

바깥에는 엄청난 적이 있고, 서로 등을 기댈 수 있는 동료는 한 줌도 되지 않는다. 나를 믿고, 동료를 믿고 싸우는 것만이 그들이 할 수 있는 유일한 선택이었다.

헌데 그 순간 석도명의 입에서 뜻밖의 말이 흘러나왔다.

"상황이 어찌됐든 이곳에서 싸울 수는 없습니다. 마을 밖으로 나가야 합니다."

"아니, 그게 무슨 말이오? 이 벌판에서 이만한 방벽이 어디 있다고……."

육도해가 황당해서 되묻다 말고 말꼬리를 흐렸다. 석도명의 진지한 표정에서 뭔가 이유가 있다고 생각됐기 때문이다.

사람들이 같은 심정으로 석도명을 바라봤다.

"이곳에는 저희만 있는 게 아닙니다. 무고한 백성들까지 죽게 할 수야 없지 않습니까?"

송필용이 황급히 고개를 돌렸다. 불현듯 짚이는 게 있었다.

기마대에 쫓기느라 흙벽 안쪽의 사정에는 거의 관심을 기울이지 못했다.

그저 당연하게 빈 마을이려니 생각했을 뿐이다. 마을에 들어온 뒤에도 철기마대의 말발굽 소리에 가려 별다른 기척을 느끼지 못했다.

헌데 석도명은 자신들이 느끼지 못한 것을 감지한 모양이다.

마을 안쪽으로 주의를 돌린 사람들의 얼굴에 동시에 그늘이 졌다.

청력을 돋우자 분명하게 들려오는 소리가 있었다.

으애앵, 응애.

어디선가 어린아이의 울음소리가 났다. 그리고 마을 안쪽에서 잔뜩 움츠러든 사람들의 기척이 잡혔다. 의외로 많은 숫자였다.

육도해가 고육강과 함께 마을 안쪽으로 달려갔다.

그들의 걸음이 멈춘 곳은 창고로 쓰임직한 큼직한 건물이다.

쿵!

 육도해가 성급하게 어깨로 문을 들이받았다. 나무를 덧대 만든 문짝이 떨어져나갔다.

 "흐음……."

 육도해가 난처한 기색을 감추지 못했다.

 얼추 100여 명은 됨직한 숫자의 사람들이 겁에 질린 얼굴로 웅크리고 있었다. 울며 보채는 젖먹이를 달래느라 안간힘을 쓰고 있던 젊은 아낙의 얼굴이 파랗게 질렸다.

 입구에 서 있던 장정들이 손에 괭이와 몽둥이를 들고 있었지만 전혀 반항할 기세가 아니었다. 석도명 일행이 모두 송나라 군복을 입고 있는 탓이다.

 "살려 주십시오."

 "제발, 살려 주세요."

 사람들이 황급히 바닥에 엎드려 빌었다. 그 아우성에 이내 울음이 섞여 들었다.

 그 소리에 이끌려 석도명을 비롯한 일행들이 창고로 다가왔다.

 "에구, 이 난리에 피난도 안 가고 뭣들을 한 겨? 죽으려고 작정을 한 겨?"

 염장한이 혀를 찼다.

 마을 사람들이 고스란히 남아 있는 듯 건장한 장정은 물론, 여자와 노인이 고루 모여 있었다. 젖먹이부터 10여 세 안팎의 아이들도 열댓 명쯤 됐다.

염장한의 음성에서 일말의 연민을 느꼈는지 사람들이 일제히 염장한을 향해 머리를 조아렸다.

노인 하나가 앞으로 나와 염장한에게 고개를 수그렸다. 아무래도 제일 연장자인 염장한과 대화를 풀어야겠다고 생각한 모양이다.

"도와주십시오. 저희는 힘없는 양민들입니다. 군사들이 갑자기 쳐들어오는 바람에…… 성문이 닫혀서 어디로도 갈 수가 없었습니다. 그냥 숨어서 싸움이 끝나기만 기다리고 있습지요. 시키는 일은 다하겠습니다. 제발 목숨만, 마을 사람들 목숨만 살려주십시오."

염장한이 떨떠름한 얼굴로 고개를 끄덕였다.

대충 짐작이 가는 상황이다.

적을 추격해온 송나라군이 백성들에게 달아날 시간을 줬을 리가 없다. 반대로 성을 지키기에 급급한 대하군 또한 문밖에 남아 있는 사람들을 걱정해 줄 계제가 아니었을 것이다.

그렇다고 한겨울에 아녀자와 노인들을 이끌고 산으로 들어갈 수 있는 것도 아니었다. 그저 난주성을 둘러싼 싸움이 빨리 끝나기를 기다리며 이곳에서 공포에 떨고만 있었으리라. 인기척이 드러날까 봐 추운 날씨에 불조차 제대로 피우지 못하면서 말이다.

자고로 전쟁이 나면 제일 먼저 죽어나가는 게 힘없는 백성들이다. 더구나 지금처럼 몇 년 사이에 성 하나를 이 편 저 편이 번갈아 차지하는 경우에는 어느 쪽 군대도 믿고 의지할 수가 없었다.

"헌데 마을 규모에 비해 사람이 너무 많은 것 같소이다."

군문에 종사한 사람답게 육도해가 미심쩍은 대목을 놓치지 않았다.

마을에 집이 20여 채이니 인구가 100여 명을 넘는 게 당연했다. 문제는 마을 사람들 속에 옷차림 자체가 이질적인 건장한 사내들이 스무 명가량 섞여 있다는 점이었다.

자신들이 의심을 사고 있음을 직감한 사내들이 우르르 몰려나왔다.

"아닙니다. 저희는 난주와 함양을 오가며 행상을 하는 자들인데, 군대를 피하기 위해 달아나다가 이 마을에 들어왔을 뿐입니다."

마을의 노인이 그 말을 거들었다.

"피차 어려운 처지에 외지인을 내몰 수야 없지요. 그저 살아보려고 발버둥을 치는 불쌍한 백성들입니다."

"그러면 사람들은 이게 전부요?"

육도해가 여전히 의심을 풀지 않고 물었다.

"아닙니다. 사실 여기에 있는 이들은 거의 인근 부락에서 도망을 나온 사람들이고, 이 마을 주민들은 대부분 자기 집에 웅크리고 있습니다. 한 100명쯤 더 있다고 보시면 됩니다."

"허어……."

송필용이 골치가 아프다는 듯이 손으로 이마를 짚었다.

어제 고마온의 군막에서 봤던 지도가 떠올랐다. 난주성 앞의 개활지에 10여 채 안팎 규모의 작은 촌락이 몇 개가 흩어져 있었다. 그 마을에 살던 백성들이 딴에는 바깥으로 피한다고 피한 게 가장 외곽에 있는 이 마을로 모여든 것이다.

명색이 협사로서 이 많은 사람들을 등 뒤에 두고 철기마대와 싸울 수는 없었다.

"잘 들으시오. 우리는 송나라 군사가 아니라, 무림인이오. 잠시 오해가 생겨서 군사들에게 쫓기고 있는 처지요. 지금 바깥에는 우리를 쫓는 1만 기의 철기마대가 진을 치고 있소이다. 이곳은 곧 싸움터가 될 터이니 여기에 있다가는 목숨을 부지하기 어려울 것이오. 당장 마을을 떠나기 바라오."

송필용의 말에 마을 사람들이 일제히 술렁였다.

"여기를 떠나서 어디로 가라는 말씀이십니까?"

"허허벌판에서 얼어 죽으라는 건가요? 설마 전쟁터로 되돌아가라는 겁니까?"

송필용이 손을 들어 사람들을 진정시켰다.

"인근에 빈 마을이 또 있지 않소. 저들에게 길을 터주라고 할 테니 그리로 가란 말이오. 설마 황군이 죄 없는 백성까지 도륙하겠소?"

마을 사람들이 미덥지 못한 표정을 지으면서도 더는 버티지 못했다.

정체불명의 무림인들에게 떼죽음을 당하는 것보다야 황군에게 길을 터달라고 하는 게 더 나을 것 같기는 했다.

"내 지금 기마대에게 이곳 사정을 전할 테니 당장 떠날 준비들을 하시오."

"준비랄 게 뭐 있겠습니까?"

마을 사람들이 분분히 자리를 털고 일어나 주섬주섬 짐을 챙겼다. 언제라도 떠날 수 있게 짐은 항상 꾸려져 있는 상태였다. 사내 몇 명이 손나팔을 하고 사방에 외치고 다니자 폐가처럼 굳게 닫혀 있던 집들이 곳곳에서 열리며 사람들이 쏟아져 나왔다.

어느새 200여 명으로 불어난 백성들이 석도명 일행을 따라 마을 어귀로 걸어 나왔다.

마을 안이 갑자기 사람으로 붐비는 것을 알아챈 철기마대 쪽에서도 분주한 움직임이 감지됐다.

송필용이 다시 흙벽 위로 뛰어 올라가는 것과 거의 동시에 철기마대에서는 감군 권우가 모습을 드러냈다.

"할 말이 있소이다."

"뭐냐?"

"보다시피 이곳에는 전쟁을 피해서 도망 나온 무고한 백성들이 있소이다. 이들이 다른 곳으로 피하고자 하니 길을 열어 주시오. 황제의 군대가 죄 없는 백성들까지 상하게 해서야 되겠소이까?"

 권우의 얼굴에 잠시 곤혹스런 표정이 스쳐갔다.

 상황을 보여주기 위해서 석도명 일행이 마을 어귀에 세워진 목책을 활짝 열어 놓은 덕분에 보따리를 짊어진 어른과 노인, 아녀자들의 모습이 한눈에 들어왔다.

 백성들의 존재는 전혀 계산에 없던 상황인지라 권우는 순간 대답이 떠오르지 않았다.

 그때 내밀수사의 대소령 기찬서가 앞으로 나섰다.

 "흥, 역도들이 이제는 백성들을 볼모로 허튼 수작을 하려는 모양이구나. 정말로 백성이 걱정된다면 너희가 그 마을에서 나오는 것이 옳다. 너희야말로 그 마을의 불청객이 아니더냐."

 "말이 지나치시오! 정녕 백성들의 목숨을 걸고 도박을 하겠다는 게요?"

 "도박을 누가 하려는 건지 모르겠다. 너희의 수괴는 신선 흉내를 내면서 백성을 현혹하다 못해 황군의 기밀을 적국에 팔아먹으려고 하는 흉악한 자다. 그런 자가 이 고을 백성들을 꾀어 무슨 수작을 하려는 건지 누가 알겠느냐? 아니, 백성들 사이에 간자를 잔뜩 심어 놓았는지도 모르지. 백성들을 보내 달라고 해놓고는 그 손에 중요한 기밀을 쥐어 보내고도 남을 놈들이 아니더냐 말이다!"

 기찬서가 작정을 하고 열변을 토했다.

 사람의 기이한 특성 가운데 하나가 일단 거짓을 말하기로 마음을 먹은 뒤에는 그 거짓을 스스로 믿어버리는 경우가 종종 있다는 점이다. 기찬서는 어느새 석도명이 정말로 민란을 사주하고 반란을 꾀하다가 적국에 군사기밀을 빼돌리려는 인물이라고 진심으로 믿고 있었다.

그 같은 믿음이 실리자 자신도 모르게 목청이 커지고, 진짜로 흥분을 하게 된 것이다.

기찬서의 태도가 너무 당당한 탓에 송필용은 어이가 없어서 할 말을 잃고 말았다.

그때 열린 대문 앞으로 석도명이 천천히 걸어 나갔다.

"여기 그대들이 말하는 수괴가 있소. 내 한때 무림맹에 연루돼 적을 만든 일은 있으나, 나라에 죄를 지은 기억은 전혀 없소. 과연 내게 무슨 원한이 있어서, 아니 그대들의 뒤에 누가 있기에 내게 이런 모함을 씌우는 것이오?"

"입 닥쳐라! 네가 사광을 흉내 내며 황상의 선정을 조롱하고, 조정의 관료들을 욕한 사실을 천하가 알고 있다. 황상을 욕보인 네 죄를 누가 용서하겠더냐?"

석도명의 입에서 가느다란 한숨이 새어나왔다.

상대의 음성에 담긴 억지를 고스란히 느낄 수 있었다. 상대는 자신의 거짓 주장을 펼치기 위해 남의 말에는 조금도 귀를 기울이지 않았다.

본시 자신의 사소한 이익을 위해 가난한 백성들에게 피눈물을 흘리게 하는 것이 조정 권속의 행태다. 자신의 목을 따겠다고 달려온 자들이 무고한 백성의 사정에 눈길이라도 주겠는가?

'이게 진정 황제의 뜻이란 말인가?'

석도명은 권우와 기찬서의 음성이 거세된 남성의 것이라는 사실을 진즉에 눈치챘다.

황제의 최측근인 환관들이 앞장서서 자신을 해치려 든다는 사실이 의미하는 바는 작지 않았다. 식음가에 재앙을 내렸던 황실이 이번에는 자신을 노리고 있는 게 아닐까 하는 쪽으로 생각이 모아졌다.

물론 황제의 노여움을 살만한 이유도 짐작이 갔다. 백성들 사이에서 사광 현신이 거의 신앙의 대상으로 여겨질 정도로 떠받들어지고 있는 게 문제이리라.

스스로 민심을 얻지는 못하면서, 민심이 다른 사람에게 모이는 것만은 참지 못하는 게 권력자의 속성이다.

자기 새끼손가락을 음의 표준으로 삼겠다는 터무니없는 욕심 때문에 식음가를 내친 과거의 황제와 민초들의 성원을 받는다는 이유로 자신을 죄인으로 몰아가는 지금의 황제는 과연 뭐가 다른 걸까?

석도명의 가슴속에서 황제에 대한 분노가 끓어올랐다.

헌데 그 순간 문득 석도명의 뇌리로 부용궁주 조경의 음성이 스쳐갔다.

"제 오라버니께서 당신의 음악을 들으면 아주 좋아하실 거예요."

조경의 따스한 음성을 떠올리자 순식간에 가슴이 차분히 가라앉았다. 그리고 한쪽으로만 흘러가던 생각에도 다소 틈이 생겨났다.

'아니다. 직접 확인하기 전에는 속단하지 말자. 지금은 여기서 살아나가는 것만 생각할 때다.'

마음을 고쳐먹은 석도명이 권우를 향해 외쳤다.

"다시 한 번 간청하오. 그대들이 진실로 황제를 중심으로 모시는 신하들이라면 황군의 창과 칼로 백성들을 상하게 하지 마시오."

"허허, 들리는 소문으로는 장님이라고 하더니 오히려 말귀가 어두운 놈이로구나. 백성들이 그리 걱정되면 네놈이 스스로 걸어 나와라. 백성을 아끼라고 주제넘게 떠들고 다닌 게 바로 네놈이 아니더냐? 우리는 이미 이각의 시간을 줬으니 네놈들이 알아서 해라!"

기찬서는 요지부동이었다.

그의 안중에 백성의 존재는 들어 있지 않았다. 검교태위 동관의 지엄한 명령을 한 치의 오차도 없이, 그리고 어떤 대가를 치르고서라도 달성해야 한다는 생각뿐이었다. 그것이야말로 자신의 목숨을 보전하는 방법이었다.

"허, 애초에 대화가 통하지 않는 자들이오."

송필용이 흙벽에서 뛰어내려와 석도명을 안으로 잡아끌었다. 공택과 고육강이 서둘러 열린 목책을 닫았다.

쿵.

목책의 한쪽 끝이 흙벽에 닿는 소리가 백성들에게는 사형선고처럼 들렸다. 석도명 일행이 자신들을 안에 가두어 놓은 채 결사항전을 벌이겠다는 뜻으로만 여겨졌다.

털썩, 털썩.

누가 먼저랄 것도 없이 사람들이 전부 무릎을 꿇었다.

"살려 주십시오."

"정말로 사광 현신이시면 제발 저희를 구해주세요."

"허엉, 도와주십시오."

살려 달라, 도와 달라는 말이 되풀이되고, 또 되풀이됐다.

하지만 정작 그 누구도 속에 있는 말을 꺼낼 용기는 없었다. 자신들을 이곳에 남겨두고 마을을 떠나달라는 그 한 마디를. 석도명 일행에게 자신들을 대신해서 죽으라는 말이나 마찬가지였기 때문이다.

석도명 일행이 참담한 심경으로 마을 사람들을 내려다봤다.

답이 없기는 피차에 마찬가지였다. 흙벽이라도 있어야 철기마대의 공격을 얼마간이라도 버텨내면서 활로를 찾을 수 있을 것이다.

아니, 잔인하게 군다면 백성들이 남아서 대신 칼을 맞아주는 쪽이 자신들의 생존 확률을 조금이라도 높여줄 터였다.

그 불편한 상황은 오래 가지 않았다. 마을 사람들 사이에서 젊은 아낙네가 울면서 앞으로 걸어 나왔기 때문이다.

여인의 품에는 젖먹이 아이가 안겨 있었다. 창고 안에서 울먹이던 아이를 애써 달래던 바로 그 여인이었다.

"부탁드립니다. 마을을…… 떠나주세요. 흑흑, 이 어린 게 무슨 죄가 있습니까? 아직 제 아비의 얼굴도 못 본…… 불쌍한 아이입니다. 제발…… 살려 주세요. 흑흑……."

어미가 통곡을 하는 바람에 어린아이가 다시 울음을 터뜨렸다. 그 울음소리에 아낙네들 몇 명이 눈물을 흘리며 앞으로 나와 털썩 털썩 주저앉았다. 그들이 손에도 어린아이들이 안겨 있거나, 손이 쥐어진 상태였다.

"으흑흑, 저희는 죽어도 좋으니…… 아이들이라도 살려 주세요."

"부탁드립니다."

마을이 이내 울음바다가 됐다.

보다 못한 육도해가 버럭 소리를 질렀다.

"젠장! 철기마대보다 시골 아낙네들이 더 무섭구먼!"

여인네들의 통곡에 마음이 심히 불편한 것이다.

육도해의 말을 석도명이 받았다.

"예, 무섭지요. 본시 여인네의 마음처럼 무서운 게 어디 있겠습니까마는 모정(母情)은 그보다 더한 것이니까요."

"석 악사…… 허면……."

송필용이 긴장한 얼굴로 석도명을 바라봤다. 석도명이 하려는 말이 짐작된 탓이다.

그 짐작은 틀리지 않았다.

"제가 어떤 음률을 연주한다 한들 이 울음소리보다 진실하겠으며, 어떤 가사를 노래한들 이 여인들의 마음보다 절절하겠습니까? 이 소리를 지키지 못한다면 저는 악사의 자격이 없는 사람입니다. 저는…… 밖으로 나가겠습니다."

"쩝, 모정이 위대하기는 하지. 이럴 줄 알았으면 일찌감치 애나 하나 저질러 놓는 거였는데……."

염장한이 한 차례 입맛을 다시고는 석도명 옆에 붙어 섰다.

송필용이 너털웃음을 터뜨리며 다가왔다.

"옳소이다. 어미의 마음도 지켜주지 못하면서 협의를 논할 수는 없는 법."

육도해를 비롯한 나머지 일행이 고개를 주억거리면서 송필용 옆으로 나란히 섰다.

그 모습을 본 마을 사람들이 땅바닥에 연신 머리를 찧었다.

"감사합니다. 흑흑."

"고맙습니다. 어흐흑."

마을은 다시 한 번 눈물바다가 됐다.

<u>드르르르.</u>

공택과 고육강이 달려가 목책을 다시 밀어냈다.

석도명이 마을 어귀를 향해 천천히 돌아섰다.

숨어 있던 마을 사람들을 찾아내고, 그들을 데리고 나와 철기마대를 설득하고 하는 와중에 권우가 통보한 이각의 시한을 꽤나 소비한 상황이었다.

그때 젖먹이를 안아든 젊은 여인이 눈을 훔치며 잰걸음으로 다가와 석도명에게 고개를 숙였다.

"이 은혜…… 잊지 않겠습니다."

"은혜는요. 애초에 저희가 나타나지 않았으면 아무 일도 없었을 텐데요."

"아닙니다, 아니에요. 이 아이가 군역에 끌려간 제 아비를 만나게 된다면 그건 대인께서 베푼 은혜 덕분입니다."

"그러길 빌겠습니다. 헌데 아이의 이름이……."

"아직…… 짓지 못했습니다. 아비가 지어주겠죠."

"예, 부디 보중하십시오."

석도명이 조용히 고개를 숙여 보이고는 다시 돌아섰다.

200여 명의 사람들이 일제히 석도명 일행을 향해 깊이 허리를 숙였다.

석도명 일행이 밖으로 나가자 등 뒤에서 목책이 닫혔다.

이제 남은 일은 하나였다. 마을 외곽을 겹겹이 둘러싸고 있는 철기마대의 포위망을 뚫고 그 뒤에 우뚝 솟은 산악지대로 들어가는 것뿐이다.

어미의 마음 207

우두두두.

석도명 일행이 마을 밖으로 나오는 것과 동시에 철기마대의 지휘부에서 깃발이 연신 펄럭였다. 사방에서 마을을 에워싸고 있던 철기마대가 서서히 움직이기 시작했다.

석도명 일행이 걸어 나온 남쪽 출입구를 제외한, 삼면을 지키고 있던 병력이 뒤에서부터 사선으로 좁혀들었다. 정면의 기마대는 가만히 자리를 지켰다. 석도명 일행을 마을에서 완전히 떼어놓은 뒤에야 공격을 퍼부을 속셈이었다.

철기마대와 석도명 일행의 간격은 200장 가까이 떨어져 있었다. 기마대의 속성상 공격을 위한 돌진 거리가 필요했기 때문이다.

"석 악사는 우리 뒤만 따르시오. 우리가 죽을힘을 다해 길을 열어볼 터이니 길이 뚫리면 뒤도 돌아보지 말고 달리구려."

송필용이 석도명 앞으로 나서면서 말했다.

성목과 육도해 등이 약속이라도 한 듯 석도명을 중심으로 쐐기 형태의 대열을 짰다. 무공을 잃은 석도명을 지키기 위해서다.

"너무 걱정하지 마십시오. 달리기는 서툴지만 제 한 몸은 너끈히 지킬 수 있습니다."

석도명이 품에서 피리를 꺼내들었다. 무상멸겁진에서 얻은 무극음이면 최소한 자기 몸 하나는 지킬 수 있었다.

문제는 그 재주로 다른 사람의 목숨은 전혀 구할 수 없다는 점이다. 세상에 자신이 아니고서는 무극음을 견뎌낼 수 있는 사람이 없기 때문이다.

"우히히, 그렇지. 진무궁의 수라사자도 우리 도명이를 어쩌지 못했거든. 장담하건대 오늘 이 자리에서 만수무강이 가능한 사람은 이 녀석뿐일 게야."

염장한이 석도명의 말을 거들자, 사람들의 얼굴에 엇갈린 감정이 교차했다.

석도명의 안전을 신경 쓰지 않고 싸울 수 있다는 안도감, 대체 석도명이 무슨 수로 막창소를 죽였으며 또 자기 몸은 어떻게 지킨다는 것인지에 대한 궁금증이다.

"우하하! 가봅시다. 1만 기의 철기마대와 아홉 명의 협사라, 강호에 일찍이 이런 역사는 없었다 이거지."

육도해가 가슴을 탕탕 두드리며 호기롭게 외쳤다.

송필용과 공택, 육도강 등이 웃음을 터뜨리며 검을 뽑아 들었다.

아홉 사람이 서두르지 않고 당당하게 철기마대를 향해 걸어갔다.

석도명 일행이 다가오는 모습을 보면서 권우와 기찬서는 쾌재를 불렀다.

"하하, 강호의 인간들이 허명(虛名)을 위해 목숨을 아끼지 않는다고 하더니, 과연 무모한 자들이로구나."

"흐흐, 저거야말로 허장성세(虛張聲勢)가 아니고 무엇이겠소."

 권우가 기찬서의 말에 맞장구를 치며 낮게 웃었다.

 하지만 밝게 웃는 얼굴과 달리, 속으로는 뭔가가 서늘하게 가슴을 베고 지나가는 기분이 들었다. 작두령에서 석도명과 흑면옹을 처음 봤을 때도 너무나 무모하고 터무니없다고 업신여기다 낭패를 당했다.

 조금 전 동료에게 안겨 허겁지겁 달아날 때는 언제고, 이제 와서 저렇게 당당한 기세를 보이는 까닭은 대체 뭐란 말인가? 또다시 무슨 조화를 보여주려고 저러는 것일까?

 그러나 권우는 믿고 싶었다. 궁지에 몰린 석도명이 허장성세로 또다시 자신을 기만하려는 것일 뿐이라고.

 "험, 먼저 마을 뒤편에 있는 병력을 앞쪽으로 이동시켜야겠소. 적의 퇴로를 완벽하게 막아놓고 그 다음에 쥐를 잡아봅시다."

 권우가 기찬서를 보며 말했다.

 자기 생각을 밝힌 것 같지만, 사실은 넌지시 기찬서의 의견을 구한 것이다.

 철기마대의 지휘권이 자신에게 있음에도 불구하고 자꾸만 기찬서의 눈치를 보게 됐다. 권력에 길들여진 환관의 생리상 어쩔 수 없는 일이다.

 석도명 일행이 마을을 벗어났으니, 병력을 그 앞으로 빼자는 말에 기찬서가 고개를 저었다.

"검교태위께서는 전설을 별로 좋아하지 않으신다오. 저 역도들을 설마 백성을 구하고 죽어간 의인으로 만들 생각이시오? 내가 보기에는 저 고을 또한 역도들의 본거지거늘."

기천서의 음성은 싸늘했다.

그 싸늘함에 권우는 등줄기가 오싹해졌다.

황제마저 손에 쥐고 흔든다는 동관의 생각을 분명하게 읽을 수 있었다.

사광의 전설을 등에 업고서 민심을 얻은 석도명의 존재가 눈엣가시로 여겨진 것이다. 설령 죽은 다음에라도 민심이 그를 따르게 만들었다가는 자신이 동관의 노여움을 온전히 뒤집어쓸 판이었다.

석도명은 오늘 이 자리에서 나라의 죄인으로 죽어야 했다. 마지막까지 그를 따르던 역도들과 함께.

철기마대의 포위망 안에서는 그 누구도 살아남아서는 안 되는 것이다. 석도명의 죽음을 증언하는 것은 오직 자신들뿐이어야 하므로.

마침내 권우의 입에서 잔인한 명령이 떨어졌다.

"전 부대원에게 공격명령을 내려라! 쥐새끼 한 마리도 살려 보내서는 안 된다. 마을을 초토화시키고, 역도들을 척살하라!"

"와아! 나가자!"

사면을 에워싼 철기마대가 우렁찬 함성을 질렀다.

그중 정면을 막고 있던 3,000기의 철기마대가 장창을 꼬나

들고는 말허리를 박찼다.

두두두두—

지축을 뒤흔드는 말발굽 소리와 함께 기마대가 석도명 일행을 향해 쳐들어갔다.

슉, 슈우욱.

그에 맞춰 양편의 기마대가 화살을 쏘아대기 시작했다. 하늘을 새까맣게 뒤덮은 화살비가 느린 포물선을 그리며 석도명 일행의 머리 위로 떨어졌다. 그 화살비가 그친 뒤에는 창을 세워든 기마대가 들이닥칠 터였다.

파파파파팟.

다음 순간 화살비가 세차게 퍼부어졌다.

송필용 등이 검을 휘저어 분주하게 화살을 걷어내면서 힘차게 달려갔다.

역설적이게도 정면의 철기마대와 마주치는 것이 화살공격을 멈추게 하는 유일한 방법이었다.

여덟 사람의 신형이 화살의 장막을 피해 쏜살같이 앞으로 튀어나간 반면, 석도명은 제자리에서 꼼짝도 하지 않았다. 다만 조용히 서서 입에 피리를 물었을 뿐이다.

우웅.

무극음이 석도명의 몸을 에워싸고 거칠게 울었다. 그 장벽에 걸린 화살이 가루가 되어 흩어졌다. 혼자 남은 석도명을 향해 좌우에서 쉬지 않고 화살이 쏟아졌다. 파공성을 내며 날아간 수천 개의 화살이 석도명 주변에서 산산이 부서져 먼지처럼 흩날리는 모습은 장엄하고, 또 기괴했다.

쾅쾅쾅!

그때 석도명의 정면 100여 장 거리에서 거센 폭음이 터졌다. 맹렬하게 돌진해오는 철기마대가 성목 등과 격돌을 한 것이다.

성목과 송필용을 선두에 세운 여덟 사람이 한 지점에 필생의 공력을 실어 매서운 공격을 퍼부었다. 삽시간에 20여 명의 철기마대가 말과 함께 바닥에 나동그라졌다.

한순간 철기마대의 대열이 반으로 갈리며 길이 열리는 듯했다. 실제로 중앙 부분이 허물어진 철기마대가 성목과 송필용 등을 가운데에 남긴 채 양옆으로 스쳐갔다.

하지만 그것은 수십 겹을 이룬 철기마대의 돌진 가운데 제1진일뿐이었다. 여덟 사람이 숨을 고르기도 전에 2진, 3진이 파도처럼 연속적으로 들이닥쳤다.

쾅쾅, 쾅쾅—!

거듭 폭음이 터졌고, 그때마다 철기마대의 돌격대열이 반토막 났다. 굳센 검기를 빗줄기처럼 퍼부어대는 성목의 활약이 눈부셨다.

하지만 상황은 뜻대로 되지 않았다. 석도명을 위한 길은 좀처럼 열리지 않았고, 한 차례의 돌진에 실패한 철기마대는 다시 돌아가 돌격대형을 두텁게 했다.

그리고 연이은 격돌로 인한 피로와 부상이 서서히 성목을 비롯한 여덟 사람의 발목을 잡기 시작했다.

"우헥!"

십여 차례의 격돌이 이어진 순간이다.

전속력으로 치고 들어오는 무거운 장창을 걷어낸 고육강이 피를 토하며 뒤로 나가 떨어졌다.

황급히 송필용의 등 뒤로 몸을 굴려 말발굽에 짓밟히는 불상사를 피했지만 고육강은 검을 땅에 꽂은 채 쉽게 일어나지 못했다.

송필용의 얼굴이 무겁게 가라앉았다.

철기마대와 격돌을 거듭하면서 앞으로 나온 거리는 고작 10여 장에 불과했다.

이런 식으로 한 시진을 싸워야 겨우 산악지대에 접어들까 말까 싶은데, 동료들의 상태는 앞으로 일각을 버티기가 쉽지 않을 것 같았다. 땀으로 범벅이 된 육도해와 공택의 얼굴은 눈에 띄게 핼쑥해져 있었다.

'결국 이렇게 죽나? 고작 이걸 보려고 여기까지 온 건가?'

피로감보다 절망감이 먼저 밀려들었다.

검을 휘두르는 송필용의 손끝이 그 절망감과 함께 한없이 무거워졌다.

성목과 송필용이 마지막 고비로 접어들고 있는 그 순간에 석도명은 오히려 여유를 되찾고 있었다.

빗발치던 화살 공격이 서서히 잦아든 탓이다. 좌우의 합동 공격을 지휘하고 있던 철기마대의 별장이 석도명에게 화살을 퍼붓는 것이 무의미하다는 판단을 내리고 정지 명령을 내린 것이다.

사실 철기마대 전원이 활을 소지하고 있지만, 기마대의 주 무기는 어디까지나 장창이다.

활은 보조무기에 불과한 탓에 기마대원 개개인이 보유한 화살은 안장에 걸린 통에 들어 있는 30발이 고작이다. 통하지도 않는 화살을 계속 쏘아대는 건 무의미한 짓이었다.

화살이 그치자 석도명이 피리를 입에서 뗐다. 그리고 앞을 향해 크게 외쳤다.

"속히 돌아오십시오!"

무슨 까닭인지 석도명은 말을 끝내기가 무섭게 휙 돌아서서는 마을을 향해 뛰어갔다.

"갑시다!"

그 모습을 본 송필용이 고육강을 부축해 일으키고는 주저 없이 마을을 향해 달렸다. 냅다 뛰기 시작한 염장한이 송필용을 추월했고, 육도해와 공택이 황급히 그 뒤를 따랐다.

오직 한 사람, 성목이 혼자 남아 다가오는 철기마대를 향해 무겁게 검을 내리그었다.

석도명을 위해 죽겠다는 일념으로 검을 휘두르고 있던 성목은 그 순간 무념무상의 경지에 들어 있었다. 석도명의 외침도, 송필용의 음성도 그의 귀에는 꿈결처럼 아련하게 들렸다.

금빛으로 물들어 있던 성목의 검이 환하게 달아올랐다.

우우웅!

검이 부르르 떨었다. 걷잡을 수 없이 강한 힘이 검 안에서, 아니 성목의 몸 안에서 용솟음쳤다.

성목이 그 힘을 다 짜내는 기분으로 검을 내뻗었다. 성목이 평생 느껴보지 못한 미증유의 경력이 검을 타고 흐르다 마침내 밖으로 발출됐다.

퍼펑—!

흙덩어리가 사방으로 튀어 오르면서 이번에는 지름이 10장에 달하는 원 모양으로 땅이 깊이 파였다. 수송대를 호위하던 기마대를 떨쳐낼 때 펼쳤던 것과 수법은 같았지만 그 위력은 2배였다.

그 공격을 정면으로 받은 철기마대의 중앙이 초토화됐다. 십여 겹의 돌격대열이 3분의 2가량 허물어진 상태였다. 송필용과 나머지 사람들이 합세한다면 도주로를 뚫을 수도 있을 것 같았다.

"후우……."

성목이 숨을 고르고는 방향을 바꿔 동료들을 따르기 시작했다.

기껏 뚫어놓은 길이 아깝기는 했지만 머릿속에는 석도명이

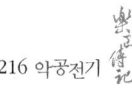
216 악공전기

부르면 간다는 생각뿐이었다.

엄청난 폭음에 힐끗 고개를 돌린 송필용의 얼굴에 놀라움이 번졌다.

'허어, 그사이에 또 무공이 늘었단 말인가? 두렵구나, 두려워.'

송필용은 자신도 석도명의 도움을 받아 무공에 새롭게 눈을 뜨고 싶다는 생각이 들었다. 물론 지금은 그런 생각이나 하고 있을 때가 아니었지만.

석도명 일행이 마을로 달아나는 모습을 본 좌우의 철기마대가 포위망을 좁혀오고 있었다. 이제 싸움터는 누가 봐도 마을이 될 터였다.

한편, 모두가 마을 쪽으로 방향을 바꿔서 뛰는 바람에 이제는 제일 앞에 서게 된 석도명은 마음이 급했다.

무고한 백성들의 안전을 위해 스스로 마을을 나온 석도명이 마음을 바꾼 데는 그만한 이유가 있었다.

석도명은 무극음을 펼쳐 화살을 막아내는 와중에도 주변의 소리와 기운을 면밀하게 살폈다. 당연히 사방이 말발굽 소리와 살기로 가득했다.

문제는 자신들이 백성들을 남겨 두고 떠난 마을이 그 살기에 고스란히 노출이 돼 있다는 점이었다. 마을을 배후에서 옥죄어드는 철기마대의 기세는 정면의 철기마대 못지않게 흉흉

했다.

그것이 무엇을 의미하는지를 직감할 수 있었다.

어렸을 때 막창소에게 들은 한 마디가 불길하게 떠올랐다.

"강호의 법칙. 절대로 후환을 남기지 마라."

아무 죄도 없는 자신과 자신의 동료들을 역도로 몰아 죽이려고 하는 자들이다. 외적을 막기 위해 백성들의 고혈을 쥐어짜서 만든 군대를 사사로이 이용하는 자들이다. 그들에게 200명의 백성은 고작 살인멸구의 대상에 지나지 않는 것이다.

'배후가 누구인지 모르겠지만 정말로 잔인하구나.'

석도명은 마을로 달려갈 수밖에 없었다.

간다 해도 백성들을 구해낼 재간이 없지만, 자신 때문에 해를 입게 된 사람들을 어찌 모른 척하겠는가?

석도명이 마을 어귀에 5장(15미터) 거리로 다가선 순간, 우려가 현실로 나타나고 말았다.

피리리리.

공격을 알리는 적시(鏑矢; 소리를 내는 신호용 화살)가 날카롭게 울며 하늘 높이 솟구쳤다. 그리고 그 신호에 이어 수천 개의 화살이 마을 뒤편에서 치솟았다.

화살로 뒤덮인 하늘은 노랗게 물들었다. 화살 끝에서 불덩어리가 타오르고 있었다.

제7장
내가 나를 잃다
(吾喪我)

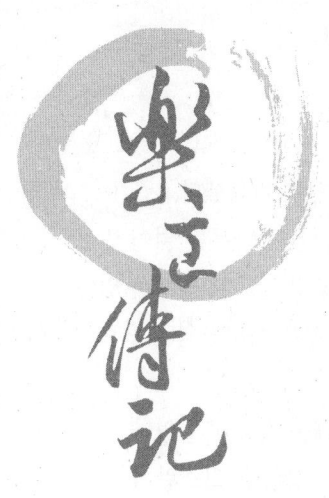

 석도명이 숨을 헐떡이며 마을 어귀를 가로막은 목책 앞에 도달했을 때 마을은 이미 불바다로 변해 있었다.

 마을의 가옥들은 하나같이 토담을 세우고 그 위에 풀로 엮은 지붕을 씌운 구조였다. 철기마대는 그 지붕을 노려 불화살을 쏘았고, 건조한 겨울바람에 바짝 말라 있던 풀은 삽시간에 타올랐다.

 마을을 둘러싼 흙벽은 제법 견고했지만 불화살 공격에는 아무런 소용이 없었다. 집 안에 있으면 불에 타죽고, 밖으로 나오면 화살에 맞아 죽는 상황이었다.

 "악, 뜨거!"

"크아악!"

"엄마……."

"살려 주세요, 흑흑."

아녀자들의 울음 섞인 비명이 마을 안에 가득했다.

석도명이 죽을힘을 다해 밀었지만 굵은 통나무를 얽어 만든 목책은 꼼짝도 하지 않았다. 건장한 장정 일고여덟 명은 있어야 움직일 수 있는 목책이다. 무공을 잃은 석도명의 힘으로는 어림도 없는 일이었다.

석도명이 소용없는 줄 알면서도 목책을 잡고 흔들었다.

마을 안에서 벌어지고 있는 끔찍한 상황이 고스란히 보였다. 목책이 앞을 가로막고, 눈은 보이지 않지만 마을에 가득한 비명소리는 석도명에게 눈으로 보는 것보다 더 끔찍하고 생생하게 참상을 보여줬다.

옷에 불이 붙어 땅바닥을 나뒹굴다 떨어지는 화살에 맞은 사람들, 연기에 숨이 막혀 눈물 콧물을 흘리며 어미의 품에 달라붙는 아이들, 다른 사람을 구해보겠다고 집 안으로 달려 들어가다 불더미에 휩싸인 사내들.

아비규환의 지옥이 이보다 더 끔찍할 것인가?

슬픔을 보는 눈, 비관을 열었기에 죽음 앞에 선 가없는 이들의 공포와 서러움이 바늘처럼 석도명의 피부를 뚫고 들어와 심장을 찔러댔다.

석도명의 가슴이 삽시간에 피로 물들었다. 육신의 피가 아니라, 영혼이 난도질을 당해서 흘리는 피였다.

그것은…… 오랜만에 맛보는 괴로움이었다.

관음사를 떠나면서 석도명은 자신이 겪었던 고통과 슬픔을 버렸다. 슬픔의 기억은 남았지만 그 상처는 담담하게 바라볼 수 있게 된 것이다.

다시 상주 관아에서 관음보살의 5관 가운데 비관을 연 뒤로는 가슴이 차가워졌다. 나의 고통, 세상의 슬픔에 휘둘리지 않고, 슬픔조차도 있는 그대로를 관조(觀照)할 수 있게 됐기 때문이다.

그 뒤로는 세상의 고통을 깊이 이해하게 됐지만 정작 가슴에 상처를 받지 않는 경지에 이르렀다고 생각했다.

그리고 그것이야말로 인간의 감정을 넘어선 저 높은 곳 어딘가에 있을 천음에 한 발짝 더 다가섰음이라고 굳게 믿었다. 세상의 슬픔에 휘둘리지 않는 냉철함이 바로 부동심이라 여겼다.

그런데 지금…… 석도명은 미칠 듯이 괴로웠다.

죄 없는 사람들, 힘없는 아낙네들과 어린아이들에게 죽음을 가져온 것이 바로 자기 자신이라는 죄책감 때문이다.

자신이 나타나지 않았더라면 이 마을에 이런 참극은 없었을 것이다. 마을 안에 사람들이 숨어 있는 것을 알았을 때 바로 떠났더라면 철기마대가 이들을 찾아내지도 않았을 것이다.

자기 하나로 인해서 억울하게 죽어가는 사람들 앞에서 어찌 괴로워하지 않을까? 세상이 본시 괴로운 것이고, 슬퍼서 생긴 일이라고 말하며 무정하게 고개를 돌리겠는가?

가슴을 허물어뜨리는 괴로움 속에서 석도명은 생각했다. 아무것도 하지 못하면서 세상의 슬픔을 보기만 하는 게 대체 무슨 의미가 있는가 하고.

"스—님! 보기만 하면 뭘 합니까? 뭘 하냐고요!"

석도명이 주먹으로 목책을 두드리며 울부짖었다.

> "스님, 세상을 보고 또 세상의 슬픔을 보면 그 다음은 어찌 되는 것입니까?"
> "허허, 보면 본 만큼 알게 되는 게지."
> "알면 어찌 됩니까?"
> "뭐가 그리 알고 싶누?"
> 석도명의 계속 되는 질문에 오명선사가 빙그레 미소를 지었다.
> "과거에 저는 관음이라는 것이 그저 소리의 본질을 헤아리는 것, 그래서 궁극의 소리에 다다가는 것인 줄만 알았습니다. 하지만 관세음보살께서는 세상의 소리를 보라고 가르치시지 않습니까? 세상의 소리에 담긴 고통과 슬픔을 보고, 그래서 그 고뇌를 알게 되면 세상이 달라지는 것인가요? 그 깨달음에 도달한 자는 세상을 위해서 무엇을 해야 하는 것인지요?"
> "으허허, 낸들 알겠느냐?"
> "스님께서도 모른다 하시면 누가 알겠습니까?"
> "부처의 마음을 알려면 부처가 되어야 하고, 보살의 마

음을 알려면 보살이 되어야 하는 법. 네가 부처든, 보살이든 되어 본 다음에 내게 알려주려무나."

"그건 좀 이상하지 않습니까? 부처께서 세상을 위해 무엇을 하시는지도 알지 못하면서 성불을 하려고 한단 말입니까?"

"듣거라. 득도를 한다 하고, 또 해탈을 한다 함은 인간의 자리를 벗어나는 일이다. 인간의 몸을 버리고, 인간의 마음을 버려야 하는 게지. 오욕(五慾)과 칠정(七情)을 떠나지 못하고서야 어찌 사바세계를 벗어나겠느냐? 허면 오욕과 칠정을 버린 뒤에는 세상이 어찌 보이겠더냐?"

"어찌 보이겠습니까?"

"자 보아라, 여기 어린아이가 있어 그 손에 티끌만한 가시가 박혔구나. 아이가 죽겠다고 악을 쓰며 울어대지만, 어미는 그저 웃으면서 그 가시를 빼줄 따름이다. 어미가 웃는 까닭이 아이의 고통과 두려움을 몰라서겠더냐? 아이의 손에 박힌 것이 그저 작은 가시인 줄을 알기 때문이다. 어미와 아이의 차이가 이러할 진대, 하물며 부처와 사람의 차이를 어찌 측량하리요? 허허, 정녕 나는 모르겠구나. 부처의 마음이 세상에 있는지, 이 세상 밖에 있는지를. 잊었느냐? 천지무사(天地無私)라, 하늘과 땅에는 본시 사사로움이 없느니."

"허나 누군가는 종내 아이의 손에서 가시를 빼주고, 그 울음을 달래줘야 하지 않습니까? 득도를 하거나 해탈을 하는 것이 인간의 마음에서 멀어지기만 하는 것이라면 그게 사람에게 대체 무슨 의미가 있습니까?"

"허허허, 그래서 세상 사람 모두가 부처가 될 수 있는 것도 아니고 또 그럴 필요도 없는 게 아니겠느냐. 네가 거듭 묻기에 내 솔직히 말하마. 사실 나는 아무것도 모르는 허튼 늙은이일 뿐이로구나. 그래서 내 법호가 오명(嗚鳴; 흐느껴 우는 소리)이 아니더냐. 내가 살면서 씨부린 모든 말이 그저 어린아이의 울음이었단 말이지. 크허허."

석도명은 자신이 오명선사에게 했던 물음이 고스란히 현실이 되어 자신에게 되돌아왔음을 알았다.

도저히 슬픔을 관조할 수 없는 이 자리에서 어디로 가야 하는 것일까?

죄책감으로 무너지는 이 가슴을 애써 덮고는 오욕칠정을 잊었노라고 할 것인가? 아니면 저들과 같이 죽음으로써 끝내 풀리지 않는 번뇌를 후련하게 청산할 것인가?

그 질문에 대한 대답을 할 수 있는 사람은 오직 석도명 자신뿐이다.

하지만 정작 그 대답을 준 사람은 석도명이 아니었다.

"염병, 뭘 하기는? 한 사람이라도 구해야지."

부지런히 달려온 염장한이 달음박질을 멈추지도 않은 채 석도명의 뒷덜미를 움켜쥐었다. 그리고 목책을 훌쩍 뛰어넘었다.

성목과 송필용 등이 반걸음 차이로 그 뒤를 따랐다.

마을 안에는 여전히 불화살이 빗발치고 있었다.

성목과 송필용, 염장한은 쏟아지는 불화살을 바쁘게 걷어냈다.

아무리 무공이 절륜하다고 해도 석도명을 제외한 일곱 사람이 모든 화살을 막아낼 수는 없었다. 설상가상으로 처음에는 뒤에서만 퍼부어지던 화살이 다른 곳에서도 쏟아지기 시작했다. 석도명 일행이 마을 안으로 들어서는 바람에 철기마대의 공격 목표가 마을로 옮겨진 탓이다.

평, 채채채챙.

성목이 마을 한가운데 버티고 서서 무형의 경력을 쏟아냈다. 불화살이 맥을 못 추고 튕겨나갔다. 마치 5장 너비의 둥근 방패가 허공에 떠있는 것 같았다.

송필용을 비롯한 나머지 사람들이 그 옆으로 늘어서서 검으로 연신 화살을 쳐냈다. 주변의 사람들이 허겁지겁 그 안으로 몰려들었다. 마을 안에서 화살을 피할 수 있는 곳은 오직 성목의 검 밑이었다.

목책을 넘자마자 석도명을 내려놓은 염장한이 흐느적거리는 몸짓으로 불타는 마을 안을 돌아다니며 쓰러진 사람들을 성목의 뒤쪽으로 옮겼다.

할 수 있는 최선을 다한 행동이었지만, 사실은 부질없는 짓이기도 했다.

저런 식으로 언제까지 철기마대의 공격을 막아낼 수 있을 것인가? 화살 공격이 끝난 뒤에는 더욱 거센 공격이 퍼부어질 텐데 말이다.

"하아……."

석도명의 입에서 무거운 탄식이 흘러나왔다.

한 사람이라도 더 구해보겠다고 애를 쓰는 성목과 염장한의 분전이 눈물겹기는 했다. 그러나 괴롭게도 그것이 소용없는 일이라는 사실을 외면할 수는 없었다.

더구나 석도명은 분명하게 느낄 수 있었다. 성목의 몸에서 기운이 뭉텅뭉텅 빠져나가기만 할뿐 다시 채워지지 않고 있음을.

심득을 얻어 단기간에 달마육검의 오의를 깨닫기는 했지만, 하루아침에 단전까지 커진 것은 아니다. 성목의 단전은 서서히 비어가고 있었다. 성목의 검이 힘을 잃는 순간, 무수한 사람들이 죽어나갈 것이다.

아니, 지금 마을 바깥에서 포위망을 좁혀오고 있는 철기마대의 창끝에 머지않아 볼품없는 흙벽이 무너질 테고, 그 다음에는 모두가 죽음을 피할 수 없으리라.

성목과 염장한이라고 그 사실을 어찌 모르겠는가? 그저 주어진 상황에서 최선을 다해 발버둥을 치고 있음이리라. 그것이 사람의 마음이므로.

'하아, 인간의 마음이란 정녕 부질없는 것인가?'

석도명이 괴로움을 억누르기 위해 지그시 이를 물었다.

그때 오명선사의 읊조림이 환청으로 들려왔다.

하늘과 땅에는 사사로움 없느니
만물이 자연 그대로의 소릴 듣도다.
그런 까닭으로 만물이 저절로 나고 저절로 죽는구나.
죽음이란 내가 가혹하게 굴어서 그리 되는 게 아니요,
사는 것 또한 내가 어진 탓이 아니로다.

天地無私
而聽萬物之自然
故萬物自生自死
死非吾虐之
生非吾仁之也

천지무사, 하늘과 땅에는 사사로움이 없다.

자연의 순리가 인간의 정을 따르는 것이 아니라는 뜻이다. 인간의 욕심, 소망과는 관계없이 우주라는 거대한 수레바퀴는 돌아가고 삼라만상의 생멸전변(生滅轉變)이 이루어진다는 것이다.

먹이를 구하러 나온 개미가 사람의 무심한 발걸음에 밟혀 죽고, 다리의 근육이 채 여물지 않은 어린 사슴이 늑대에게 목덜미를 물리는 것이 사실은 잔인한 일이 아니라, 그저 자연의 섭리인 것처럼.

상제가 세상에 내려와 사람의 생명을 구하지 않고, 부처가 어린 사슴을 돌보지 않는 까닭이 무엇일까? 우화등선의 경지에 오른 신선들은 왜 학을 타고 날아가서는 다시 돌아오지 않는가?

 윤회와 업보의 굴레를 벗어나려면 천지가 무사하듯, 스스로 사사로움이 없는 존재가 되어야 한다는 뜻이 아닐까? 그것이야말로 인간의 길과 천인의 길을 가르는 경계가 아닐까?

 진명진인이 남긴 '무생무연(無生無緣) 천화장지(天和將至)'라는 구절도 태어남을 잊고, 얽매임을 잊어야 하늘의 조화에 도달한다는 뜻이 아니던가!

 진명진인은 '어둠 안에서 보고(視也), 보고(見也), 또 보라(觀也)'고만 했다. 보고 나서 무엇을 하라고 요구하지는 않았다.

 석도명은 이 괴로운 순간이 자신에게 무엇을 요구하고 있는지를 본능적으로 직감할 수 있었다.

 선택의 순간이 다가온 것이다. 인간의 길을 갈 것인지, 하늘의 길을 갈 것인지.

 그렇게 생각하자 괴로움이 끓어 넘치던 가슴이 서서히 가라앉기 시작했다.

 '사부님······.'

 석도명이 유일소를 떠올렸다.

> "명심해라. 지옥을 지나야 천당을 볼 수 있는 법이다. 악극즉우(樂極則憂), 음악이 지나치면 근심이 된다고 했다. 그 근심에 너를 묻어라. 앞으로 나와 함께 괴롭고 또 괴로울 게다."

자신을 제자로 거두던 날 사부는 그렇게 가르쳤다.

그래서 그 오랜 괴로움을 당연한 것으로 알고 살아왔다. 헌데, 이제는 그 괴로움에서 떠나야 할 때인 모양이다. 낡은 옷을 벗어버리듯, 사부의 첫 가르침조차 버려야 하는 것이리라.

불가에서도 말하지 않던가? 강을 건넌 다음에는 배를 버려야 한다고. 부처를 만나면 부처를 죽이고, 조사(祖師)를 만나면 조사를 죽이라고.

이 자리에 펼쳐진 지옥도, 사부의 가르침도 모두 버려야 할 뿐이다.

'버리자, 버리자.'

석도명이 마음을 다잡았다. 사방에서 들려오는 비명소리에 귀를 덮었다.

인간의 마음을 버리기로 하자, 서서히 가슴이 가벼워졌다. 눈앞이 환해지면서 자신이 직접 빛으로 화하는 느낌이 들었다.

선경(仙境)에 든다는 것이 이런 느낌인 걸까?

이제 단 한 걸음만 뻗으면 고통의 바다를 벗어나 하늘에 오를 것이라는 알 수 없는 믿음이 생겼다.

'가자, 천인의 길로.'

석도명이 발을 내딛었다.

"크흑……."

그 순간 석도명의 입에서 괴로운 신음이 흘러나왔다.

금방이라도 하늘로 날아갈 것 같았던 몸이 갑자기 흔들렸다. 몸에 가득했던 원융(圓融)의 조화가 깨지면서 육체에 찢어지는 듯한 고통이 밀려들었다. 그것이 진짜 육체의 고통인지, 환각인지는 알 수 없었다.

 석도명은 이내 그 까닭을 깨달았다.

 심마(心魔).

 마지막 깨달음을 방해하는 장애물이 찾아든 것이다.

 심마는 미련(未練; 끊지 못하는 마음)의 얼굴을 하고 있었다.

 석도명 앞에 유일소가 나타났다. 그 뒤로 정연과 한운영의 모습이 보였다. 기억조차 희미한 부모와 처음으로 악기를 가르쳐 준 할아버지가 생전의 모습으로 다가왔다.

 심마가 물었다. 석도명을 붙잡는 얼굴은 다른데 질문은 모두 같았다.

 〈너는 나를 버릴 수 있어? 내가 너를 잊어야 해?〉

 석도명이 힘겹게 고개를 끄덕였다.

 심마를 떨쳐내려면 모든 것을 버려야 했다. 추억이든, 사랑이든.

 그러나 기이하게도 고개를 끄덕이자 마음이 되레 아파왔다. 결국 석도명의 인생에서 가장 가슴 아팠던 장면이 떠올랐다.

 그 기억 속에서 심마가 아니, 유일소가 물었다.

　　"아프냐?"
　　"예……."

"그러면 더 아파라. 아프고 또 아픈 것…… 그게 인생이
다. 그 아픔이 너무 커서 견딜 수 없을 때…… 너도 나처
럼 눈을 뽑게 될지도 모르지. 쿨럭…… 그때는 망설이지
말아라……. 그깟 눈알이 뭐 그리 별 거라고…… 허허
허…….”
"예, 아프고…… 또 아프겠습니다.”

석도명이 팔을 뻗어 유일소를 아니, 심마를 끌어안았다.
어리석은 일인 줄 알면서도 석도명은 끝내 사부를 버릴 수
없었다. 사부의 삶을 부정하고서는 무엇을 얻어도 기쁠 것 같
지가 않았다.
조사를 만나면 조사를 죽여야 한다지만, 석도명은 사부와
함께 살고 싶었다. 그리고 끝내는 사부와 함께 죽고 싶었다.
설령 사부의 뜻이 그렇지 않다고 해도. 그것이 천인의 길이
아닌, 인간의 길이라고 해도.
"사부님…….”
석도명이 아프게 사부를 불렀다.
석도명의 품안에서 유일소의 얼굴이 사라졌다. 어느새 형체
를 알아볼 수 없게 변한 심마가 웃었다.
〈어리석은 자여, 너는 다시 이 길로 갈 수 없을 것이다.〉
그 말을 끝으로 심마가 스스로 풀어 헤쳐졌다.
심마가 밀려나는 것과 동시에 눈앞에 가득하던 빛이 사라지
고 어둠이 몰려들었다.

마음은 나락으로 떨어졌고, 귓가에는 사람들의 울부짖음이 가득 울렸다.

철기마대가 백성들의 목숨을 유린하는 참혹한 현장으로 의식이 되돌아온 것이다.

석도명은 자신이 어리석은 선택을 했음을 알았다.

그런데 마음은 차라리 후련했다. 죽음이 목전에 와 있는데도 말이다.

석도명이 당당하게 가슴을 폈다.

"차라리 아파하다 죽으리라!"

그 한 마디를 결연하게 내뱉고는 석도명이 불화살이 떨어져 내리는 마을 한가운데로 달려갔다.

그것은 천인의 길을 포기하고 선택한 인간의 길이었다.

*　　　*　　　*

공교롭게도 석도명이 천인의 길을 포기한 바로 그 순간, 여가허 외곽에 자리한 유일소의 무덤에 누군가가 모습을 드러냈다.

백발이 성성한 선골(仙骨)풍의 얼굴. 진무궁주 악소천이다.

유일소의 이름이 새겨진 초라한 비목을 내려다보면서 악소천이 낮게 중얼거렸다.

"그대가 석도명의 사부요? 허허, 그대는 너무 일찍 세상을 등졌구려. 대체 어떤 기인이 그 아이를 길러냈는지 너무나 궁금한데 말이오……. 내가 조금 일찍 세상에 나올 걸 그랬나 보오. 그대와 술 한 잔을 나누었어도 좋았을 텐데 말이오."

악소천의 얼굴에 진한 아쉬움과 쓸쓸함이 스쳐갔다.

악소천은 정말로 유일소를 만나보고 싶었다.

음악으로 인간의 한계를 시험한 기인, 석도명의 사부가 어떤 사람이었는지 궁금했다.

그러나 무덤이 악소천의 말에 답을 할 리 없다.

휘잉.

한 줄기 바람이 불어와 무덤 위에 무성한 마른 풀을 흔들고 지나갔다.

악소천이 허허로운 눈길로 그 소리에 오래도록 귀를 기울였다. 마치 바람 소리, 풀 소리를 통해 유일소와 대화를 나누려는 것처럼.

그렇게 시간이 얼마나 흘렀을까?

악소천이 다시 입을 열었다.

"그대는 스스로 실명을 했다고 들었소이다. 그래서 내 손으로 그대의 제자를 눈멀게 했다오. 그대가 갔던 그 길을 가보라고 말이오. 학이 날지 않고 얕은 물가에서만 노닐다간 고작 살쾡이 밥이나 되지 않겠소? 내 어찌 그 꼴을 그냥 보고만 있겠소이까?"

악소천이 유일소의 대답을 듣겠다는 듯이 잠시 기다렸다가 말을 이어갔다.

"혹 그대는 아시오? 그 아이가 언제쯤 이곳으로 돌아올지. 그것도 날개를 제대로 펼친 학이 되어서 말이오."

또다시 침묵, 그리고 바람 소리가 이어졌다.

"허허, 그 아이가 앞으로 얼마나 높이 날아오를지를 생각하면 사실 나는 두렵기도 하다오. 하지만 이번에는 정말로 높이 날아야 할 게요. 이 하늘의 주인은 용서를 모르는 무서운 독수리니까. 우리가 다시 만나는 날…… 두 사람 중에 한 명은 반드시 죽어야 하리다. 우리가 기어이 다시 만날 운명이라면 말이오."

악소천이 그 말을 남기고 돌아섰다.

유일소가 묻힌 언덕을 내려가면서 악소천이 눈을 들어 여가허를 바라봤다.

과거의 무림맹, 이제는 진무궁의 웅장한 건물들이 저 멀리 그림처럼 펼쳐져 있었다. 청공전 뒤로 자신의 처소인 도고전이 보였다.

그리고 보면 유일소는 이곳에 누워 날마다 자신의 처소를 바라보고 있었던 것이다. 아니, 매일 밤 두 사람이 서로를 마주 보는 자리에서 잠을 잔다고 할 수도 있었다.

"생각해 보니…… 그렇게 외로운 것만은 아니었군."

악소천은 왠지 이 세상에서 자신을 온전히 이해할 수 있는 사람이라고는 유일소밖에 없을 것 같았다.

궁극의 경지에 이르기 위해 평생 몸부림쳤을 유일소의 삶을 자신이 납득하고, 이해하는 것처럼.

아마도 그런 인물의 제자이기에 석도명을 자신의 유일한 적수로 인정할 수 있는 게 아닐까 하는 생각이 들었다.

언덕을 다 내려오자 악소천의 발걸음이 빨라졌다.

석도명이 돌아오기 전에 먼저 끝내야 할 일이 남아 있다는 데 생각이 미쳤기 때문이다. 사마세가와 싸우기 위해 양곡으로 떠날 날이 보름 앞으로 다가와 있었다.

그리고 자신을 만나려면 석도명 또한 해야 할 일이 있다. 허이량이 치밀하게 준비했을 한 수를 받아낸 다음에야 여가허로 돌아올 수 있으리라.

* * *

석도명은 심마와 싸우느라 꽤 오랜 시간을 허비했다고 생각했지만 실제로는 일다경도 흐르지 않은 상황이었다.

그럼에도 철기마대의 화살공격은 그 위력이 절반쯤 꺾여 있었다. 불화살은 초반에 동이 났고, 일반 화살도 거의 떨어져가는 중이었다. 마을 바깥에서 석도명에게 너무 많은 화살을 퍼부은 탓이다.

석도명은 삼척보를 펼쳐 한결 잦아진 화살 비 사이를 달려갔다.

가까운 거리에서 석도명을 노리고 쏜 화살이 아니다. 무차별적으로 쏘아진, 그리고 먼 거리에서 높은 포물선을 그리며 떨어지는 화살의 위력에는 한계가 있었다.

석도명의 움직임이 결코 빠르지는 않았지만, 소리를 감지하는 능력과 삼척보의 공능이 맞아 떨어져 아슬아슬하게 화살을 피해낼 수 있었다.

석도명의 목표는 마을 중앙의 작은 공터, 그러니까 백성들이 성목의 보호를 받으며 잔뜩 몰려 있는 곳이었다. 그 한편에 무극음의 장벽을 쏘아 올려 화살 하나라도 막아보겠다는 생각에서다.

마음 같아서야 마을 사람 모두를 장벽 안에 보호하고 싶지만, 유감스럽게도 무극음을 뚫고 들어올 수 있는 사람은 없었다. 다만 한쪽에 최대한 높게 무형의 장벽을 세우는 것만으로도 성목과 송필용 등의 수고를 크게 덜어줄 수 있을 것 같았다.

그렇게 함으로써 염장한의 말마따나 한 사람의 생명이라도 더 구하는 게 석도명이 할 수 있는 유일한 일이기도 했다. 화살 공격 뒤에 몰아닥칠 철기마대의 돌격은 또 다른 문제였지만.

화살을 피해 이리저리 몸을 틀면서 달려가는 와중에 석도명이 다시 피리를 꺼내들었다. 자리를 잡자마자 무극음을 펼치기 위해서다.

석도명은 곧장 마을 중앙으로 뛰어드는 대신 오른쪽으로 방향을 틀었다. 후면의 불화살 공격이 그친 뒤 그쪽에서 가장 많은 화살이 날아오고 있었기 때문이다.

매캐한 연기와 불꽃에 휘말린 두 채의 집 사이로 열린 좁은 공간을 파고들던 석도명이 무슨 이유에선지 멈칫거렸다. 그 바람에 화살 몇 개가 위험하게 등과 어깨 근처를 스쳐갔다.

"응애애 응애애."

사람들의 비명과 주변 소음에 가려 쉽게 들리지 않는 가느다란 울음소리가 석도명의 귀에 들렸다.

석도명이 황급히 집 앞으로 달려갔다. 그곳에는 10여 구의 시체가 뒤엉켜 있었다.

불을 피해 집밖으로 뛰어나오다가 여러 사람이 한꺼번에 화살을 맞아 참변을 당한 모양이었다.

헌데 그곳에 있는 사람들이 전부 죽은 건 아니었다.

석도명이 다가가는 기척을 느꼈는지 시체 사이에서 신음에 가까운 음성이 흘러나왔다.

"살려…… 주세요……. 우리…… 아이……."

석도명은 그 목소리의 주인이 누구인지를 단박에 알았다.

자기 아이를 살려달라며 석도명에게 마을 밖으로 나가줄 것을 부탁했던 젊은 여인이다.

여인은 싸늘하게 식은 시체 사이에 고슴도치처럼 잔뜩 웅크린 자세로 엎드려 있었다. 등에는 대여섯 발의 화살이 깊이 박혀 있었다.

그럼에도 불구하고 여인은 죽을힘을 다해 두 팔꿈치로 땅을 짚고 있었다. 행여 자신의 몸에 아이가 깔려서 다치거나 죽게 될 것을 염려해서다.

석도명이 위험을 무릅쓰고 여인에게 다가갔다. 여인의 상태를 살피기 위해 몸을 굽히는 순간 오른쪽 허벅지에 그예 화살이 꽂혔다.

"흑……."

석도명은 신음을 삼켜야 했다.

본능적으로 석도명의 손을 움켜쥔 여인의 손이 경련을 일으키고 있었다.

그 의미를 석도명은 알았다. 죽음의 고비와 맞서 싸우는 여인의 최후 의지였다. 이 순간 여인이 얼마나 살고 싶어 하는지, 얼마나 아이를 지키고 싶은지를 그 격렬한 떨림이 고스란히 담고 있었다.

그 앞에서 고작 다리 하나를 내 준 고통을 내색할 수는 없었다.

"아이는…… 걱정하지 마세요. 제가 꼭 살려서 아빠를 만나게 하겠습니다."

여인이 버둥거리며 고개를 들려고 애를 썼다. 뭔가 할 말이 있음을 직감한 석도명이 몸을 낮춰 귀를 여인 가까이 가져갔다.

"꺽, 꺼억…… 지, 진…… 도…… 아비…… 아이……."

여인의 음성은 문장을 이루지 못한 채 끝이 났다. 아이 아비의 이름을 알려준 게 그녀가 세상에 남긴 마지막 말이었다.

석도명의 손을 움켜쥔 여인의 손이 천천히 식어갔다.

젖먹이를 두고 떠나는 어미의 아픈 마음이 미련이 되어 남은 것일까? 여인이 남긴 마지막 한 점의 온기가 석도명의 손에서 사라지지 않았다.

하지만 그 원통한 마음을 보듬어줄 시간은 허락되지 않았다.

퍽, 퍽.

석도명의 어깨와 등짝에 화살이 연달아 꽂혔다.

극심한 고통이 몰려들면서 석도명의 몸이 좌우로 휘청거렸다. 화살을 맞고도 겨우 버티고 있던 오른쪽 다리가 먼저 허물어졌다.

퍽, 퍽.

오른쪽 앞으로 비스듬히 쓰러지는 바람에 훤히 드러난 왼쪽 가슴과 허리에 깊숙이 화살이 박혔다.

어느새 다섯 발의 화살을 맞은 석도명의 모습은 죽은 아이 어미와 크게 다르지 않았다. 특히나 가슴을 비스듬히 파고 들어간 화살이 치명적이었다.

"크흑······."

석도명이 이를 악물고 버둥거렸지만 몸은 조금도 말을 듣지 않았다. 이어 의식마저 흐려지기 시작했다.

'미안해요······.'

석도명이 남긴 말은 오직 그 한 마디. 정연에게, 한운영에게, 부도문에게 고하는 작별인사였다. 그동안 죽을 위기를 수차례 넘겼지만 이번에는 정말로 목숨이 다했음을 느껴야 했다.

꿈틀 꿈틀.

그것이 마지막이었다.

먼저 숨이 멈추고, 이어 몸에서 생기가 사라졌다. 피로 얼룩진 육신이 뻣뻣하게 굳었다. 눈은 감지도 못한 상태였다.

그것이 죽어라 애를 쓰며 세상을 살다간 악사 석도명의 최후였다.

어미의 시신에 갇힌 어린 젖먹이가 힘없이 울어댔지만 그 울음을 들어줄 사람도, 손을 내밀어줄 사람도 존재하지 않았다.

석도명의 죽음을 내려다본 하늘도, 아이의 울음을 들어주는 대지도 그저 무심했다.

눈이 시리도록 푸른 겨울 하늘에는 흰 구름 몇 조각이 바람을 따라 느리게 동쪽으로 흘러가고 있었다.

"흥, 보기보다 시원찮은 녀석들이로군."

철기마대의 화살공격을 지켜보던 내밀수사 대소령 기찬서가 코웃음을 쳤다.

석도명 일행이 생각보다 대단치 않다고 생각했기 때문이다.

아홉 놈이 호기롭게 마을 밖으로 나왔을 때만 해도 뭔가 믿는 구석이 있지 않을까 하는 생각이 들었던 것도 사실이다. 그리고 무형의 경력을 퍼부어대는 성목의 무공은 확실히 기대 이상이었다.

하지만 얼마 버티지 못하고 마을 안으로 허겁지겁 달아나는 꼬락서니를 보니 더 이상 걱정할 필요가 없었다.

"험험, 하지만 석도명이라는 자가 화살을 막아낸 솜씨는 기이하지 않소이까?"

별장 고마온이 찜찜한 얼굴로 한 마디를 거들었다.

수천 발의 화살비 속에서 의연하게 서 있던 석도명의 모습은 과연 사광 현신이라는 소리를 들을 만큼 경이로운 것이었다.

"그래서 뭐가 달라졌소? 결국 제 한 몸도 지키지 못하고 제일 먼저 달아났는데 말이오. 무공인지, 사술인지 모르겠으나 신통한 재주가 있는 건 사실일 게요. 그런 재주가 한 가락 남아 있으니 백성들을 속였을 게고……. 그러나 오늘 자신의 목숨을 구하기는 심히 어려울 것이외다."

"그렇소. 암, 그래야지요."

감군 권우가 황급히 기찬서의 말을 거들고 나섰다.

석도명이 보여준 기이한 재주에 가장 당황하고 또 찜찜한 사람이 바로 권우였다. 과거 작두령에서 일어난 일이 온전히 사술만은 아니지 않을까 하는 의구심이 자꾸 고개를 들고 있었다.

그 생각을 지우고 싶어서라도 기찬서의 말을 믿고 싶었다. 아니, 기찬서의 말대로 되어야 했다.

권우와 고마온의 얼굴에 떠오른 일말의 의구심을 기찬서가 읽었다.

'쯧, 간이 콩알만 한 자들이로군. 내가 본때를 보여줄 수밖에.'

기찬서는 이제야말로 내밀수사의 고수들이 나서야 할 차례라고 생각했다.

"자, 화살도 다 떨어진 모양인데 끝장을 냅시다. 내가 앞장 설 터이니 철기마대는 뒤를 따르시오."

기찬서가 두 사람의 대답도 듣지 않고 앞으로 걸어 나갔다.

내밀수사의 고수 200명이 쏜살같이 달려와 기찬서를 따랐다.

마을을 향해 퍼붓던 화살 세례는 어느덧 끝나 있었다.

두두두두.

멀리서 땅을 뒤흔드는 말발굽 소리가 들려왔다.

원통하게 죽은 백성들 사이에 모로 쓰러져 있던 석도명이 스르르 일어섰다.

그러나 몸은 일어나지 못했다. 움직인 것은 마음 아니, 혼백뿐이었다.

'이런 게 죽음인가?'

혼이 육신을 떠나는 낯선 경험.

석도명은 슬퍼하는 마음보다, 기이한 느낌에 먼저 사로잡혔다.

 꿈결 같기도 하고, 오래전의 기억에 빠진 것 같기도 했다. 싸늘한 시체가 되어 누워 있는 자신의 육신은 한없이 초라해 보였다. 고작 저 몸뚱이 하나를 지키려고 그렇게 괴로워하고, 힘겨워했더란 말인가?

 육신을 떠나고 나니 세상이 다시 보였다. 몸은 장님이었는데, 혼백은 모든 것을 가림 없이 볼 수 있었다.

 이상했다.

 조금 전까지만 해도 저 육신이 자신의 전부였는데, 자신이 듣고 느끼고 생각하는 모든 것이 저 안에서 이뤄졌는데…… 이제는 고작 들짐승이 뜯어 먹어도 그만인 고깃덩이일 뿐이다.

 길가에 나뒹구는 돌과 다를 바 없는 저 육신이 정말 자신이었을까?

 문득 오래도록 되새기며 살아온 이야기가 떠올랐다.

 장자가 말한 천뢰(天籟), 하늘피리에 관한 대목이었다.

> 남곽자기(南郭子綦)가 책상에 몸을 기대고 앉았다. 하늘을 우러러 보며 조용히 호흡을 가다듬고 있는 동안 온몸에서 생기가 사라지면서 혼이 나간 빈껍데기처럼 변했다. 곁에서 그를 모시고 있던 안성자유(顔成子遊)가 그 모습을 보며 중얼거렸다.
> "어찌 된 일일까? 살아 있는 몸뚱이가 마른 나무처럼 굳어 버리고, 마음 또한 불 꺼진 재처럼 되어 버리다니…….

지금 책상에 기대앉은 사람은 앞서 책상에 기대앉은 스승님이 아니로구나."

그때 남곽자기가 다시 정신을 차린 듯 언(偃)을 불렀다.

"언아, 방금 나는 나를 잃었는데, 너도 그것을 알고 있었더냐? 그러나 아직은 멀었다. 너는 인뢰는 알고 있어도 지뢰는 들은 적이 없을 것이다. 설령 지뢰를 들어보았다 하더라도 천뢰를 듣는 경지에는 이르지 못했을 테니 말이다."

고목사회(槁木死灰) 혹은 오상아(吾喪我)의 가르침이 담긴 구절이다.

고목사회란 몸은 마른 나무 같고 마음은 죽은 재처럼 변한다는 말이다. 오상아는 내가 나를 잃는다, 또는 내가 죽어서 내가 된다는 것이다.

나를 버리고 진정한 나를 찾아야 한다는 의미로, 불가에서 말하는 진여(眞如; 참된 나)의 각성을 이르는 내용이다. 하늘피리를 얻기 위해서 반드시 거쳐야 할 과정이기도 했다.

석도명은 자신의 시체를 내려다보면서 비로소 깨달음 안에 들었다. 저 보잘 것 없는 육신에 담긴 욕심과 번뇌와 인간의 마음을 버려야 끝내는 가벼워질 수 있음을.

"인간의 길을 가고자 하였으나, 그 길을 잃고서야 깨달았구나. 내가 나를 죽여야 한다는 것을."

이상하게도 석도명은 자신의 죽음이 슬프지 않았다. 자신의 죽음 뒤에 남겨질 수많은 사람들, 정연과 한운영, 단호경, 부도문 등의 생각이 잠시 떠올랐지만 그 또한 흐릿한 기억과 다르지 않았다.

사부의 유지를 지키기 위해 천인의 길을 버렸건만, 하늘은 끝내 자신에게 인간의 길을 가도록 허락하지 않은 모양이다.

아니, 어쩌면 죽음 또한 자신에게 예정된 운명이요, 자연의 섭리이리라. 그러니 그조차 담담하게 받아들일 수밖에 없는 것이다.

죽음이란 내가 가혹해서 그런 게 아니고, 삶도 내가 어질어서 그런 게 아니라질 않던가? 아파하다 죽겠다고 했으니, 이렇게 죽는다고 크게 달라질 것도 없었다.

석도명은 마음이 한없이 홀가분했다. 태어나 처음 맛보는 자유가 그 안에 있었다.

"가자, 사부님께……."

석도명이 나지막이 중얼거렸다.

육신을 잃음으로써 모든 속박을 끊었으니 이제는 인간의 세상을 떠날 차례였다.

석도명이 허공을 향해 발을 내딛었다. 저 하늘로 올라가 다시는 돌아오지 않으리라 생각하면서.

헌데 무슨 조화일까?

허공에 첫 걸음을 가볍게 내딛은 석도명이 두 번째 걸음을 떼지 못했다. 한쪽 발이 땅에 붙어서 꼼짝도 하지 않았다. 어찌된 영문인지 새털보다 가벼운 마음이 하늘로 떠오를 수 없었다.

석도명이 자신의 오른손을 내려다봤다.

굳게 쥐어진 오른손이 한없이 무거웠다. 석도명의 혼을 붙잡고 있는 것은 바로 손 안에 들린 그 무거움이었다.

석도명이 천천히 오른손을 펼쳤다. 형체를 알 수 없는 아니, 형체가 있다고 할 수 없는 그 무엇이 석도명의 손바닥에 올려져 있었다.

모정(母情), 어미의 마음이었다. 제 자식의 목숨을 석도명에게 맡기고 간 젊은 여인의 마지막 정이 아직도 흩어지지 않은 채였다.

석도명이 그 마음, 그 정을 털어내기 위해 손을 저었다.

하지만 어미의 마음은 석도명의 손바닥에서 떨어지지 않았다. 스르르 녹아내려 석도명의 손바닥으로 스며들었을 뿐이다.

육신을 떠난 혼백일 뿐인데도 석도명은 손 안에서 뭔가가 뜨거워지는 감각과 함께 저릿한 전율을 느꼈다.

한 맺힌 여인의 마음이 갈래갈래 실타래가 되어 석도명의 영혼으로 파고들었다.

조금 전에 맛봤던 한없는 자유로움은 사라지고, 형언할 수 없는 절박함이 가득 차올랐다.

하늘이 사라지고, 땅이 사라졌다. 빛도, 어둠도 함께 사라졌다.

오직 남은 것은 소리였다.

마을 밖에서 달려오는 철기마대의 말발굽 소리도, 살려달라고 외쳐대는 백성들의 비명도 아니었다. 차가운 어미의 시신에 눌려 서서히 죽어가는 어린 젖먹이의 울음소리만이 들려왔다.

혼백뿐인 석도명의 눈시울이 뜨거워졌다.

가슴어림에서 심장이 다시 뛰는 것도 같았다.

세상을 다 준다고 해도 바꿀 수 없는 것, 목숨마저 버린다고 해도 끝내 버릴 수 없는 것. 자식을 지키려는 어미의 사랑이 가슴 밑바닥에서 치밀어 올라 목울대를 뚫고 지나갔다.

"으아아아······."

석도명이 마침내 뜨거운 울음을 터뜨렸다.

울지 않고서는 견딜 수 없었다.

죽은 여인이 불쌍해서가 아니다. 어미를 잃은 젖먹이 아이가 가련해서도 아니다.

석도명은 자신을 위해서 울고, 세상을 위해서 울었다.

그 뜨거운 울음 속에서 떠오르는 것이 있었다.

마침내 천인의 길이 열리리라.
진명진인(眞鳴眞人).

주악천인경의 주인이 남긴 글귀의 마지막 구절이다.

석도명은 지금까지 그것이 진명이라는 이름을 가진 진인(眞人; 도를 터득한 사람)이 남긴 글인 줄 알았다.

그런데 그게 아니었다.

진. 명. 진. 인!

진실로 울어야, 진실로 사람이로다!

주악천인경을 완성하기 위해서 필요한 것은 바로 그런 마음이었다.

울음이란 무엇인가?

사람은 슬퍼서 울고, 기뻐서 울고, 사랑해서 울고, 미워해서 울고, 알아서 울고, 몰라서 울고, 억울해서 울고, 통쾌해서 운다.

진실로 운다고 함은 또 무엇인가?

나 하나의 욕심, 나 하나의 아픔, 나 하나의 사랑을 위해서가 아니라 남을 위해서 울어야 하는 것이다. 남의 고통과 아픔과 기쁨을 내 것처럼 받아들이고 그것을 위해 울어야 하는 것이다.

음악이라는 것도 결국에는 그런 울음 가운데 하나의 형태일 따름이다.

'음악이 사람의 마음을 묶는다(樂者爲同)' 하고 '한데 묶이면 친해진다(同則相親)'고 함은 진실 된 소리로, 진실 된 사람이 되게 하라는 것과 같은 의미다.

누가 누구를 가르친다거나 감화시키는 게 아니라, 진심을 다해서 울어주는 것이 바로 음악의 존재 이유인 것이다. 천인의 길이 열린다고 해도, 마침내는 사람을 위해서 울어야 하는 게 진정한 음악이리라.

 석도명은 태어나서 한 번도 경험하지 못한 깊은 울음에 빠져들었다.

 자신의 혼이 어디에 있고, 어디로 가야 하는지는 중요하지 않았다.

 꿈틀.

 시체가 돼 있던 석도명의 오른손이 미세하게 움직였다.

 이어 싸늘한 석도명의 육신에 서서히 생기가 되돌아오기 시작했다.

 손이 움직이고, 팔이 움직이고, 다리에 힘이 생기더니 모로 쓰러져 있던 몸이 중심을 잡았다. 두 손으로 땅을 짚은 석도명의 고개가 천천히 들어올려졌다.

 영혼으로 울부짖던 석도명의 울음이 목청을 타고 터져 나왔다.

 그 소리가 걷잡을 수 없이 커져 사방을 뒤덮었다. 세상에 가득한 것이 오로지 석도명의 울음소리인 듯했다.

 석도명이 두 다리로 버티고 섰다.

 시력을 잃은 두 눈이 뿌옇게 밝아졌다. 눈은 여전히 기능을 하지 못했지만, 뭔가가 흐릿하게 보였다.

 세상을 가득 채운 그것은 기의 실타래였다. 눈을 잃기 전에 열었던 관음의 경지가 다시 열린 것이다.

헌데 과거와는 뭔가가 달랐다.

전에는 사방이 안개로 뒤덮인 듯 기의 실타래가 풀어 헤쳐져서 떠다니기만 했다면, 지금은 석도명의 몸이 그 실타래에 얽혀 있었다. 아니 세상의 모든 것이 기의 실타래를 통해 석도명의 몸과 연결돼 있는 것만 같았다.

석도명은 느꼈다.

땅과 하늘에 얽힌 그 기운이 자신에게 흘러들어와 토막토막 끊겨 있는 생명의 기운을 이어주고 있음을. 죽어 쓰러져 있던 몸을 되살린 건 바로 그 기운이었다.

석도명은 알았다.

한 여인의 간절한 모정 안에서 자신이 마침내 관음보살의 오관 가운데 마지막인 자관(慈觀)을 열었다는 것을.

그리고 그 안에서 주악천인경의 끝에 도달했다는 사실을.

인간의 길 끝에서야 천인의 길에 도달했다는 것을.

오랜 물음에 이제는 대답할 수 있었다.

"무릇 땅이 내뿜는 기운을 바람이라고 한다. 이것은 일어나지 않을 뿐, 일단 일어나면 뭇 구멍이 노해 울부짖게 된다. 너는 홀로 긴 바람 소리를 듣지 못했느냐? 산 숲과 백 아름이나 되는 큰 나무의 구멍들이 코 같고, 입 같고, 귀 같고, 목 긴 병 같고, 바리 같고, 절구와 같고, 깊고 얕은 웅덩이 같다. 물 흐르는 소리, 화살 나는 소리, 꾸짖는 소리, 바람 들이마시는 소리, 외치는 소리, 곡소리, 아득히 먼 소리, 새 우는 소리가 있다. 앞에 것이 위잉 하고 외치면 뒤에 것이 휘익 하고 따라 외친다. 작은 바람에는 작게 울리고, 날랜 바람에는 크게 울린다. 사나운 바람이 그치면 뭇 구멍이 비게 된다. 너는 나뭇가지가 홀로 하늘거리는 것을 보지 못했느냐?"

안성자유가 남곽자기에게 물었다.

"땅의 피리는 결국 여러 구멍에서 나는 소리군요. 사람의 피리는 대나무 통소에서 나는 소리인데, 그러면 하늘 피리는 무엇입니까?"

"온갖 것에 바람을 모두 다르게 불어넣으니 저마다 특유의 소리를 내는 것이다. 만물이 제 소리를 내고 있다고 하지만, 과연 그 소리를 나게 하는 건 누구겠더냐?"

천뢰, 하늘의 피리를 울게 하는 것은 결국 만물과 하나가 된, 진실 된 사람의 마음일 것이다.

이제는 사부에게 말할 수 있으리라. 음악이 어디에서 와서 어디로 가는지.

음유심생(音有心生) 진명진인(眞鳴眞人).

음악은 마음에서 생기는 것이니, 참된 인간의 마음으로 진심을 다해서 우는 것이 곧 음악의 끝이라고.

석도명이 몸을 굽혀 죽은 여인의 품에서 아이를 꺼내 안았다.

세상을 향한 석도명의 음악은 이 아이의 울음을 보듬어 안는 것에서부터 시작될 터였다.

 한편 기찬서가 이끄는 내밀수사의 환관 200명이 마을을 둘러싼 흙벽 위로 뛰어 오른 것은 석도명이 육신을 되찾은 직후였다.
 그 뒤로는 철기마대가 앞이 뾰족한 모양의 돌격대형을 갖추고 네 방향에서 마을로 돌진해 들어오고 있었다.
 내밀수사의 고수들이 석도명을 비롯한 무림인들을 상대하는 동안 일거에 흙벽을 무너뜨리고 마을을 초토화시킬 요량이었다.
 "헛!"
 기찬서의 입에서 탄성이 터졌다. 흙벽을 뛰어넘기 위해 몸을 허공으로 띄운 상태에서 기이한 소리를 들은 탓이다.
 그것은 누군가가 슬픔에 겨워 울부짖는 소리였다. 마을이 온통 불바다가 된 상황이니 울부짖음이 들리는 것은 오히려 당연한 일이다.
 헌데 그 소리는 달랐다. 한두 곳이나 특정 방향에서 들리는 게 아니라, 세상이 그 소리로 가득 찬 것만 같았다. 앞에서도, 뒤에서도, 옆에서도, 머리 위와 발밑에서도 심지어는 몸 안에서도 들려왔다.
 기찬서가 허공에서 앞으로 더 도약하지 못하고 흙벽 바로 안쪽으로 떨어져 내렸다. 뭔가가 잘못됐다는 것을 직감했기 때문이다.

그를 따르던 환관들도 전부 마찬가지였다.

"대소령, 이게 뭘까요? 인간의 울음 같지는 않은데……."

기찬서 다음 서열인 중소령(中所令) 명전홍(明田弘)이 긴장한 음성으로 물었다. 환관 특유의 경계심이 고스란히 드러났다.

"흥, 놀랄 것 없다. 사광 현신이라는 소문이 그냥 났겠느냐? 이 같은 사술로 사람을 홀린 덕분이겠지."

기찬서가 자신은 전혀 놀란 일이 없다는 듯이 역정을 냈다.

"느낌이 별로 좋지 않습니다."

"됐다. 악사가 재주를 익혔다고 한들 기껏해야 음공이다. 모두들 정신 차려라! 음공 따위에 정신을 내주지 말고!"

"옛!"

기찬서는 상대가 궁지에 몰리자 사악한 음공에 승부를 걸기로 한 모양이라고 생각했다.

희대의 마두들 가운데 음공으로 수백 명을 한꺼번에 미치게 만드는 자들이 있다고 하지만, 음공도 결국 무공이다.

내 쪽의 무공이 강하면 음공에 쉽게 당하지 않는다. 내밀수사의 고수 200명이면 전설의 음공인 섭혼귀앙(攝魂鬼鉠)이라고 해도 쉽게 당하지는 않을 것이다.

기찬서와 수하들이 땅을 박차고 달려갔다. 경공술을 발휘한 그들의 신형이 화살처럼 앞으로 쏘아졌다.

성목을 비롯한 석도명의 일행과 100여 명도 채 안 되는 생존자들이 몰려 있는 마을 중앙의 작은 공터까지는 고작 두어 걸음에 도착했다.

가슴을 서늘하게 하던 울음소리는 어느 틈엔가 그쳐 있었다.

'이게 뭐지?'

다음 호흡에 검을 휘둘러야 했지만, 기찬서는 왠지 등골이 서늘했다.

석도명의 일행과 마을 사람들 가운데 아무도 자신들을 바라보는 이가 없었다. 모두들 넋이 나간 얼굴로 하늘만 쳐다보는 중이었다. 검을 빼어든 200명의 고수들이 흉흉한 기세로 달려들고 있는데도 말이다.

기찬서의 고개가 부지불식간에 돌아갔다. 물론 사람들의 시선이 모인 곳을 향해서였다.

휘이이잉—

거센 회오리바람이 마을 한쪽에서 치솟고 있었다. 더 놀라운 것은 그 회오리바람을 타고서 누군가가 하늘로 걸어 올라가는 광경이었다.

허공답보 같은 게 아니었다. 바람이 그 사람의 발을 따라 움직이고 있었다.

기찬서가 우뚝 걸음을 멈췄다. 그의 명령이 있기도 전에 수하들이 모두 멈춰 섰다.

"사, 사광……"

기찬서가 자신도 모르게 중얼거렸다.

말할 수 없는 공포가 가슴 밑바닥에서부터 솟구쳤다.

지금이라도 검을 휘두르면 앞에 있는 자들의 목숨을 끊을 수 있을 테지만, 본능이 그것을 말리고 있었다.

몸 곳곳에 화살이 꽂힌 채로 어린아이를 안고 허공을 걸어가는 석도명의 모습은 기괴하면서도 신비로웠다.

도무지 석도명이 사람이라는 생각이 들지 않았다. 그동안 줄곧 코웃음을 쳤던 사광 현신의 소문이 오히려 사실에 미치지 못하는 듯했다.

그 순간 석도명 본인도 낯설고 기이한 경험을 하고 있었다.

과거 관음의 경지를 열었을 때는 내공의 힘을 빌려 바람의 결을 탈 수 있었다. 헌데 지금은 내공을 잃었는데도 바람의 결을 디디는 데 아무런 어려움이 없었다.

눈으로 보기만 하던 기의 실타래가 석도명의 몸과 한데 어울리면서 몸을 떠받쳤기 때문이다. 석도명의 의지가 가는대로 바람이 일어나 디딤돌이 되고, 버팀목이 됐다.

자연과 하나 되는 일이 뜻대로 이뤄지고 있었다.

몇 걸음을 걸었을 뿐인데 어느덧 3장 높이로 솟아오른 석도명이 사방을 둘러보고, 또 발아래를 내려다봤다.

첩첩이 늘어선 험준한 산줄기가 끝없이 늘어선 주변의 지형은 황량하면서도 장엄하고, 아름다웠다. 떠가는 구름도, 흘러가는 바람도, 드문드문 허공을 가르는 새 떼도 서로를 위협하지 않고, 강박하지 않았다.

있는 그대로의 자연이 멀리 멀리 펼쳐져 있고, 그 안에 비단결 같은 기의 흐름이 유유히 흘러갔다.

헌데 하늘과 땅에 가득한 기의 실타래가 유독 석도명의 발밑에서는 토막토막 끊기거나 심하게 뒤엉켜 있었다.

말할 것도 없이 사람이 벌인 일이다. 철기마대가 내뿜는 살기와 비명에 숨을 거둔 백성들의 원념이 자연의 조화를 거스른 탓이다. 마치 혼자서는 견디지 못하면서도, 막상 함께 있을 때 서로 어울리지 못하는 것이 인간의 본성인 듯이.

석도명의 입에서 낮은 가락이 흘러나왔다.

탄식에 가까운 작은 음성이었지만, 그 소리는 사방을 가득 메우고도 남았다.

> **앞으로는 옛 사람을 볼 수 없고**
> **뒤로는 올 사람을 볼 수가 없네.**
> **천지에 끝이 없음을 생각하다가**
> **홀로 슬픔에 젖어 눈물을 흘리노라**
>
> 前不見古人 後不見來者
> 念天地之悠悠 獨愴然而涕下

인간이 세상에 태어나 한평생을 살고 가지만, 천지자연의 유구함에 비하면 티끌만도 못한 시간이다. 먼저 살다간 수많은 조상이 있고, 뒤따라 올 셀 수 없이 많은 사람들이 있음을 왜 생각하지 못하는 것일까?

내가 이 세상의 주인이 아님을, 그저 잠시 더불어 살다가 떠나는 객(客)일 뿐임을.

손을 편다고 얼마나 움켜쥐고, 남의 것을 빼앗는다고 얼마나 많이 가질 수 있어서 이리도 탐욕을 부린단 말인가? 짧고 덧없는 생을 슬퍼하기에도 부족한 시간에 말이다.

두두두두…….

대지를 울리던 철기마대의 말발굽 소리가 홀연히 잦아들었다.

누가 시킨 것도 아닌데 더 이상 말을 몰아 앞으로 달려가는 사람은 없었다.

석도명의 쓸쓸한 노랫소리가 가슴을 무겁게 뒤흔든 탓이다. 고삐를 잡은 손에서 저절로 힘이 풀렸다. 다른 손에 움켜쥔 장창을 똑바로 들고 있을 의욕이 나지 않았다.

"하아……."

성목과 송필용의 입에서 길고 긴 한숨이 흘러나왔다. 주변에 늘어선 백성들이 동시에 한숨을 쉬었고, 기찬서를 비롯한 내밀수사의 환관들 또한 긴 한숨을 내쉬었다. 1만 기의 철기마대 사이에도 한숨이 번져갔다.

그때 석도명이 한 손을 들어 허공을 쓰다듬었다.

내가 나를 잃다(吾喪我) 259

휘이이잉.

누구도 이해할 수 없는 일이 벌어진 건 바로 그때였다.

석도명의 걸음을 따르던 한 줄기 회오리바람이 순식간에 들판을 쓸고 갔다. 그 바람을 따라 모든 것들이 소리를 내어 울기 시작했다.

바람이 울고, 돌이 울고, 풀이 울고, 땅이 울었다.

그 울음소리가 세상을 채웠고, 사람들의 마음을 채웠다.

그에 화답해 1만 기의 철기마대가 들고 있는 장창이 떨면서 울었다. 철갑으로 엮인 쇳조각이 하나하나 살아나 울음을 터뜨렸다. 1만 마리의 말이 고개를 치켜들고 긴 울음소리를 냈다.

이제 천하에 소리를 내지 않는 것이 없고, 울지 않는 것이 없었다.

툭툭 투투투툭.

들판 위로 이질적인 소리가 번져 나갔다. 철기마대의 손에서 1만 개의 창이 떨어지는 소리였다.

내밀수사의 환관들도, 석도명의 일행들도 검을 쥐고 있지 못했다.

천하를 울리는 이 압도적인 소리 안에서 누가 무엇을 움켜쥐고 있을 수 있겠는가? 천하에 오직 자신들만 있다고 착각한 인간의 오만함을 부숴 버리는 이 뜨거운 울림 앞에서 무엇을 고집할 수 있을까?

천지는 장구하나 그 가운데 선 인생은 티끌만도 못할 뿐이라는 서글픔이 밀려들었다.

마침내 사람들의 한숨이 울음으로 변했다.

누구는 흐느껴 울고, 누구는 울부짖었고, 누구는 통곡을 했다.

석도명이 허공에서 그 울음바다를 조용히 내려다봤다.

천 개의 눈으로 세상의 소리를 살피는 관음보살의 마음이 이럴까? 죽은 자도, 죽이는 자도 한없이 약하고, 가련할 따름이었다.

석도명이 몸을 돌려 남쪽으로 향했다.

석도명이 움직이자 다시 바람이 불었다.

앞을 막고 있던 철기마대가 갑자기 불길함을 느끼면서 주춤주춤 뒤로 물러났다. 바람이 지나간 자리로 길이 열렸다.

"앞으로는 옛 사람을 볼 수 없고, 뒤로는 올 사람을 볼 수가 없네……"

석도명이 다시 노래를 부르며 바람 위로 걸어갔다.

주저앉아 울고 있던 백성들이 홀린 듯이 일어나 바람을 따라갔다. 성목을 비롯한 석도명의 일행도 같은 방향으로 걷기 시작했다.

내밀수사의 환관들이 지척에 있었지만, 감히 따라붙을 생각은 하지 못했다.

마을 사람들이 가까이 다가오자 석도명이 가볍게 손을 저었다.

그에 화답하듯 바람이 더욱 거세져 세찬 회오리가 됐다. 그 회오리바람을 타고 흙먼지가 일어나 거대한 기둥을 만들어냈다.

석도명과 마을 사람을 감싼 회오리바람이 서서히 남쪽으로 움직였다.

철기마대가 겁을 먹고 사방으로 흩어졌다. 회오리바람이 점점 커지더니 이내 들판을 가득 메웠다.

바람에 놀란 말들이 주인을 떨쳐내고 미친 듯이 날뛰었다. 곳곳에서 비명이 터져 나왔다.

"주, 죽을죄를 지었습니다. 착하게, 착하게 살겠습니다."

1만 기의 철기마대와 함께 위용을 뽐내던 감군 권우가 어느 틈에 말에서 내려 고개를 박은 채 싹싹 빌고 있었다. 거센 회오리바람을 참아가며 울음 섞인 음성으로 권우는 빌고 또 빌었다.

사광 현신 앞에서 두 번이나 죄를 지었으니 눈앞이 캄캄했다. 오늘은 정말 죽겠구나 하는 공포심뿐이었다.

그 옆에서는 별장 고마온이 땅바닥을 기고 있었다.

마을 안에서는 내밀수사의 환관들이 흙벽 밑에 쪼그리고 앉아서 벌벌 떨기에 바빴다.

"나쁜 새끼들…… 왜 내가 죽어야 하는데……. 니들이 죽어야지, 쓰벌……."

 대소령 기찬서의 입에서는 욕설이 끊이지 않았다. 그 상대는 황제요, 재상이요, 검교태위였다.

 그렇게 모두를 극한의 공포로 몰아넣은 회오리바람은 반 시진 가까이 땅을 흔들다 사라졌다.

 석도명과 그를 따르던 백성들의 모습이 어디론가 사라진 다음이었다.

제8장
천년고독(千年蠱毒)

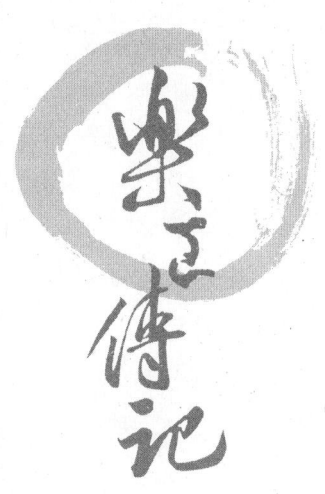

 감숙의 명산으로 이름난 기련산.
 삐죽삐죽한 봉우리들이 신비로우면서도 자못 음산하게 솟아 있는 기련산의 깊은 골짜기 가운데 만혼동(萬魂洞)이라는 이름이 붙은 계곡에 수상쩍은 기운이 감돌고 있다.
 만혼동은 계곡 입구부터 자욱한 안개가 뒤덮여 한 치 앞을 볼 수 없는 지경이다. 10여 리 가까이 펼쳐져 있는 그 짙은 안개의 장막이 끝나는 곳에 수백 명의 그림자가 기척을 죽이고 숨어 있다.
 허이량이 석도명을 죽이기 위해 안배해둔 세력들이었다.
 하나같이 검은색 무복을 갖춰 입은 사내들 사이에 붉은 무복차림의 여인이 보였다. 부도문의 목숨을 미끼 삼아 석도명을 이곳으로 부른 환상요희다.

얼굴에 검푸른 기운이 감도는 노인이 환상요희를 보며 입을 열었다.

"그자가 과연 나타날까? 함정이라는 것을 뻔히 알면서."

"흥, 그런 멍청한 사내들에 대해서는 내가 좀 알아요. 죽을 자리인 줄 알면서도 미련을 떨고 올 거예요. 반드시."

환상요희가 냉소를 뿜었다. 장안에서 석도명에게 손을 썼다가 뜻대로 되지 않은 탓에 은근히 자존심이 상해 있는 상태였다.

"호오, 환상요희가 독이 잔뜩 올랐구먼. 오늘은 독고옹(毒孤翁)이 독을 쓸 일은 없겠소이다."

계피학발의 노인이 검푸른 얼굴의 노인과 환상요희를 번갈아 보며 농을 던졌다.

"내 일은 내가 알아서 할 터이니 지옥귀음(地獄鬼音)이야말로 팔짱 끼고 편히 쉬시구려."

독고옹이 시큰둥하게 그 말을 받았다.

별호에서 드러나듯 독고옹은 독공, 지옥귀음은 음공의 고수다.

두 사람은 대수롭지 않게 서로의 별호를 불러댔지만, 십대문파의 사람들이 그 이름을 들었다면 놀라서 까무러쳤을 것이다. 두 사람 모두 과거 천하를 공포로 몰아넣었던 천마협의 인물들이기 때문이다.
 진무궁은 공식적으로 천마협과의 관계를 부정했다.
 헌데 진무궁의 군사 허이량이 석도명을 죽이기 위해 천마협의 옛 고수들을 끌어들였으니, 이 사실이 드러나면 강호에 일대 파란이 일어날 터였다.
 "두 분께서는 각자의 역할을 해주세요. 어차피 그놈의 명줄을 끊는 것은 제 몫이니까요."
 환상요희가 여전히 날이 선 음성으로 말했다.
 "흐흐, 우리가 나서는데도 환상요희의 차례가 돌아올 것이라고 믿는다는 이야기로구먼. 무공을 잃은 게 확실하다면서 그놈에게 뭐가 남은 게냐?"
 "그에게 남은 비장의 한 수가 뭔지 정도는 서로 알려주는 게 옳을 텐데……."
 겉으로는 한껏 자신만만한 자세를 보이고 있지만, 독고옹과 지옥귀음은 가슴 한구석에 내심 걸리는 게 있었다.
 대체 눈도 잃고, 단전도 깨진 악사 따위가 무슨 수로 진무궁주 악소천의 제자를 해치운 걸까?
 게다가 사내라면 놓치지 않는다는 환상요희마저 실패하고 돌아오지 않았던가 말이다.
 더구나 오늘 이 자리에 동원된 병력이 무려 500명에 달하는데도 환상요희가 긴장을 풀지 않고 있다는 사실도 심상치 않았다.

어디 그뿐인가? 만혼동 입구에는 오래전 허이량이 설치해 둔 절진이 펼쳐져 있고, 그 위에 독고옹이 준비한 100여 가지의 절독이 뿌려졌다.

석도명이 운 좋게 진법을 뚫고 들어온다고 해도 곧이어 독고옹이 이끄는 독공의 고수 100여 명으로부터 공격을 받게 돼 있다. 거기서도 살아남으면 지옥귀음과 백팔원규(百八怨叫)가 그를 맞을 예정이었다.

이 정도 안배라면 만독불침, 금강불괴에 이른 절정고수라고 해도 결국 공력이 고갈돼 죽음을 당할 수밖에 없으리라. 한때 구화검선으로 칭송을 받았던 실력을 고스란히 갖고 있다고 해도 죽음을 면할 수가 없을 터였다.

솔직히 환상요희와 나머지 병력에게 순서가 돌아가겠냐는 게 독고옹과 지옥귀음의 생각이었다.

헌데 환상요희는 독고옹과 지옥귀음이 석도명을 쉽게 죽이지 못할 것이라고 예상을 하고 있질 않은가? 석도명에게 감춰진 한 수가 있지 않고서야 저렇게 말할 까닭이 없었다.

두 사람의 추궁에 환상요희가 씁쓸한 웃음을 지어 보였다.

"솔직히 말씀 드리죠. 그가 예전의 무공을 회복하지 못한 것은 틀림없는 사실이에요. 하지만 그에는 두 가지 무기가 남아 있죠. 그 하나는 어떤 경우에도 흔들리지 않는 평정심이고, 다른 하나는…… 정체를 알 수 없는 무형의 장벽이에요. 그게 뭔지는 모르겠지만 그가 피리를 불면 호신 강기 같은 것이 나타나 그의 몸을 보호하죠."

"흠, 그러면 피리만 못 불게 하면 된다는 겐가?"

"글쎄올시다. 나는 오히려 그가 피리를 부는 모습을 보고 싶구려."

독고옹과 지옥귀음이 서로 다른 반응을 보였다.

독고옹은 일이 성가셔지기 전에 석도명을 빨리 해치우고 싶은 반면, 지옥귀음은 석도명이 피리로 강기를 쓴다는 말에 깊은 관심을 보였다. 아무래도 음공을 쓰는 자로서 호기심이 생기는 모양이다.

"흐흐, 그가 피리를 불거나 말거나 지옥귀음의 차례를 허락할 생각은 없소이다. 고작 피리 따위로 내 독을 뚫을 수 있는 자가 있으리라고는 생각지 않으니 말이오."

"피리를 우습게보다가 큰 코나 다치지 마시오."

독고옹이 싸잡아 음공을 무시하는 듯한 기색을 보이자 지옥귀음이 싸늘하게 대꾸를 했다.

두 사람이 아웅다웅하는 모습을 보면서 환상요희는 정작 다른 생각을 하고 있었다.

'음공이든, 독공이든 그의 한계를 시험해 보세요. 그가 무엇을 보여줄지 정말 궁금하군요.'

환상요희는 자신의 유혹을 초인적인 의지로 물리친 석도명의 모습을 지울 수가 없었다. 시력을 잃은 석도명의 눈에서 쏘아지던 그 서늘한 기운도 쉽게 지워지지 않았다.

어떤 계략을 써서라도 석도명을 쓰러뜨리겠다고 다짐하면서도, 또 한편으로는 석도명이 쉽게 쓰러지지 않기를 바라는 모순된 마음이 있었다.

석도명의 마음을 흔들러 갔었지만, 정작 환상요희 자신이 흔들리고 있었다. 그 미묘한 차이가 어떤 결과를 가져올지는 누구도 알 수 없었다.

* * *

기련산 자락에 청년 하나가 모습을 드러냈다. 청년이 입은 옷은 화살 구멍이 곳곳에 뚫려 있고, 그 자리마다 혈흔이 낭자한 모습이었다. 시체구덩이에서 막 일어선 사람의 행색이 저럴까 싶었다.

청년의 정체는 바로 석도명이다.

"이곳이 감숙의 천산인가……."

석도명이 눈앞으로 펼쳐진 산봉우리를 올려다보며 나지막이 중얼거렸다.

산을 제대로 볼 수 있는 것은 아니었다. 그저 기의 실타래가 흘러가는 모습이 만들어낸 흐릿한 지형이 그려졌을 뿐이다.

죽음에서 되살아난 뒤에도 시력은 돌아오지 않았다. 자연의 기운을 받아들임으로써 몸 안에 끊겨 있던 생명의 기운은 다시 이어졌지만, 눈은 예외였다.

눈이 생기를 잃은 지가 너무 오래됐거나, 악소천의 수법이 그만큼 지독한 탓이 아닐까 싶었다.

물론 크게 불편한 것은 없었다. 눈이 보이지 않을 때도 멀쩡하게 살았는데 관음보살의 오관을 다 연 상태에서야 육신의 눈으로 보고 말고는 전혀 중요하지 않았다.

석도명은 회오리바람과 함께 남쪽으로 내려가 염장한과 성목 일행을 함양으로 돌려보내고 혼자서 기련산에 도착한 상태였다.

어차피 환상요희 앞에는 혼자 나설 수밖에 없는 상황이었고, 일행들에게는 기련산까지 도착하는 것만 도움을 받을 계획이었다.

그러나 바람을 타고 허공을 오가는 게 자유로워진 이상, 남의 도움을 받을 필요는 없었다.

그리고 부도문을 구하는 것 말고도 기련산에서 혼자 처리해야 할 일이 있었다. 바로 여운도의 유지를 받드는 것이었다.

기련산의 또 다른 이름은 천산이다. 과거 원주민들의 언어로 하늘의 산이라는 이름을 갖고 있는 까닭이다.

하지만 보통 강호에서 천산이라고 하면 신강의 탑리목분지(塔里木盆地)를 가로지르는 천산산맥을 일컫는 경우가 많았다.

천산파가 자리를 한 곳이 천산산맥 동쪽의 박격달봉(博格達峰)이기 때문이다. 또 강호를 피로 물들였던 천마협의 근거지도 그 길이가 무려 5만 리에 달한다는 천산산맥 어디쯤으로만 알려져 있었다.

사실 석도명이 염장한에게 천산으로 간다고 했을 때는 천산산맥이 아니라, 기련산을 염두에 두고 한 말이었다. 여운도가 숨을 거두면서 '여씨세가의 뿌리를 알려면 감숙의 천산으로 가라'고 했기 때문이다.

헌데 무슨 우연인지 부도문을 납치한 환상요희마저 기련산에서 기다리겠다고 한 것이다.

석도명은 기련산을 바라보면서 기이한 운명의 끈을 느꼈다.

부도문의 목숨을 담보로 자신을 노리는 세력, 필경에는 진무궁이 아닐까 의심되는 그 세력 또한 기련산에 남다른 사연을 갖고 있는 것 같았다.

석도명이 느린 걸음으로 기련산을 오르기 시작했다.

이제는 멋진 모습으로 허공을 날아갈 수도 있었지만 굳이 그럴 필요는 느끼지 못했다. 적에게 잘 보일 까닭도, 그러고 싶은 마음도 없으므로.

몇 시진 뒤 오후의 해가 설핏 기울 무렵, 석도명은 가쁜 숨을 고르며 만혼동 어귀에 도달했다.

자연의 기운을 이용하는 대신 천천히 음미하면서, 온전히 두 다리의 힘만으로 산을 오른 탓에 온몸이 땀으로 흠뻑 젖어 있었다. 누가 봐도 절정고수로 봐주기는 어려웠다.

만혼동 입구에 선 석도명이 계곡 안을 채운 짙은 안개를 바라보며 눈살을 찌푸렸다.
"사기(邪氣)가…… 가득 하구나."
석도명의 눈에는 뿌연 안개 대신에 온통 뒤틀리고 꼬인 검은 기운이 뒤덮여 있을 뿐이었다.
물론 조화로운 자연의 기운이 아니다. 인간의 솜씨가 더해진 사악하고, 음험한 기운이 공간을 지배하고 있는 것이다.
그런 광경이 석도명에게 마뜩하게 보일 리 없었다.
그러나 석도명은 주저하지 않고 안개 속으로 발을 들여 놓았다. 부도문에게 가려면 반드시 거쳐야 할 길이었다.
고오오.
조화로움이 뒤틀린 기묘한 공간 안에서 텅 빈 소음이 석도명을 맞았다.
석도명이 전혀 급하지 않은 걸음으로 안개 속에서 길을 헤치며 앞으로 나갔다.
과거 사마형과 함께 멸겁무상진을 파훼한 뒤로 진법에 대해서는 어느 정도의 안목이 생겼지만, 석도명은 구궁에 배치된 팔문의 위치 따위에는 관심도 기울이지 않았다.
공간이 어떻게 뒤틀렸는지를 훤히 내다보고 있으니 생문을 따로 찾을 필요가 없었다. 생명의 기운이 자신을 잡아끄는 대로 움직이면 그만이었다.
다만 석도명이 걸음을 내딛을 때마다 바닥에서 보이지 않는 독기(毒氣)가 풀썩였다. 독고옹이 자랑하는 무형독이다. 생문을 전부 꿰고 있는 환상요희도 독고옹이 준 해독약을 복용하고서야 이곳을 지나다닐 수 있었다.

석도명이 기묘하나 결국에는 하나의 형식으로 뒤틀린 공간 즉, 진법을 뚫고 나온 순간 안개 속에서 검은 그림자들이 스르르 몸을 일으켰다.

독고옹과 100여 명의 독인들이다.

슈욱.

독인들의 신형이 쳐들어오기도 전에 무형의 경력이 석도명을 향해 쏘아졌다. 독이 가득 실린 독고옹의 장풍이었다.

석도명이 삼척보를 밟아 공격을 가볍게 피했다.

과거에는 땅을 박찰 때 내공을 뿜어 몸을 밀어냈지만, 이제는 석도명이 발을 내딛는 곳에서 땅의 기운이 일어나 몸을 끌어줬다. 자연의 기운을 이용한 경신법은 물이 흐르듯 유연했다.

석도명이 의외로 쉽게 진을 통과하고, 자신의 공격을 피해냈음에도 독고옹은 손을 멈추지 않았다. 석도명이 입에 피리를 물게 해서는 안 된다는 강박관념 때문이다.

그로 인해서 석도명은 곧장 앞으로 나가지 못하고 좌우를 오가며 공격을 피하기에 바빴다.

어느새 다가온 100여 명의 독인들이 석도명을 에워쌌다. 독인들이 손을 휘두를 때마다 손끝에서 검은 연기가 피어올랐다. 종류를 헤아릴 수도 없는 온갖 독이 골짜기 안을 메웠다.

그 연기에 스칠 때마다 석도명의 살갗이 치이익 소리를 내며 검게 물들어갔다.

 독인들은 석도명에게 직접 공격을 퍼부을 생각도, 무기를 내려칠 생각도 하지 않았다.

 일정한 간격을 둔 채로 독을 퍼부어대기만 했다. 석도명에게 근접 공격을 하는 사람은 독고옹이 유일했다. 그것도 사실은 석도명의 발목을 잡아두려는 목적이 더 컸다.

 펑, 퍼엉.

 석도명의 신형이 지나간 자리마다 독고옹의 장풍이 떨어졌다. 그리고 어김없이 바람이 일어 바닥에 가득한 독을 흩어댔다.

 석도명을 중심으로 반경 10장이 완벽한 죽음의 공간으로 변했다. 충분한 해독약을 복용했음에도 독인들 가운데서도 연신 기침이 터져 나왔다. 공기 속에 빈틈이 없을 정도로 독이 가득한 탓이다.

 '멍청한 놈, 곧 폐가 썩어 들어갈 게다.'

 독고옹은 석도명이 장풍을 연달아 피해내는 게 놀랍고 또 자존심이 상하기도 했지만 서두르지 않았다.

 어차피 자신의 절기는 상대를 베거나 때려죽이는 게 아니라, 독으로 녹여 죽이는 것이다. 석도명이 공격을 피하기에 급급해 고른 호흡을 유지하고 있는 것으로도 목적은 충분히 달성하고 있는 셈이었다.

 석도명의 피부가 검게 물들어가고 있는 것을 보면 머지않아 피를 토하고 쓰러질 터였다. 그 다음에는 굳이 손을 쓰지 않아도 사지가 독에 녹아 흐물흐물해질 팔자였다.

독고옹의 예상대로 석도명의 발놀림이 갑자기 느려지더니 결국 제자리에 멈춰 섰다. 상황이 심상치 않음을 알았는지 석도명은 고개를 숙인 채 꼼짝도 하지 않았다.

독고옹이 비릿하게 웃었다.

"어떠냐? 온몸이 쓰리고, 따끔거리지 않는 곳이 없지? 폐는 찢어질 듯 아플 테고. 본좌의 솜씨에 비하면 사천당가 놈들이 자랑하는 칠보단장독 같은 것은 새 발의 피라고 할 수 있지. 흐흐흐."

"……."

석도명은 아무 말도 하지 않았다.

독고옹의 얼굴에서 서서히 웃음이 사라졌다.

석도명의 침묵이 마음에 걸렸다. 독에 중독된 자 치고는 태도가 너무 침착했다. 숨쉬는 모습도 여전히 고르기만 했다. 시커멓게 물든 피부만 아니라면, 정말로 중독된 게 맞는지 의심스러웠다.

그때 석도명이 손을 들어 허공을 어루만졌다.

휘잉.

실낱같이 가느다란 바람 한 줄기가 사방을 휘저으며 날아갔다. 그 바람은 둥근 원을 그리며 점점 바깥으로 퍼져나갔다.

"뭐 하는 수작이냐?"

독고옹이 손을 뻗어 자신의 앞으로 다가온 바람을 가로막았다. 왠지 석도명이 일으킨 바람에서 불길한 느낌을 받았기 때문이다.

 기이하게도 바람은 독고옹의 손바닥을 그대로 뚫고 지나갔다. 손에 상처를 내거나 하지도 않은 채.

 한 줄기 바람은 100여 명에 달하는 독인들 사이를 그런 식으로 한바탕 휘감고 돈 뒤에 흔적 없이 사라졌다.

 석도명이 그제야 입을 열었다.

 "독에 대해서는 잘 모르지만 어릴 때 이런 이야기를 들었소. 맹독을 지닌 독사도 독에 죽는 수가 있다고······."

 "흥, 곧 죽을 놈이 무슨 개소리냐?"

 독고옹이 코웃음을 치며 석도명에게 달려들었다. 석도명과 쓸데없는 대화를 주고받으며 알 수 없는 불길함에 시달리느니 당장 숨통을 끊어야겠다는 생각이 들어서다.

 하지만 독고옹의 공격보다 더 빠르게 석도명의 신형이 뒤로 주욱 미끄러졌다. 독에 중독된 사람의 몸놀림이 아니었다. 당황한 독고옹의 눈에 석도명이 씁쓸한 미소를 짓는 모습이 들어왔다.

 "나를 잔인하다 마시구려. 그대들의 것을 그대들에게 돌려준 것뿐이니."

 쿵!

 그 한 마디에 독고옹은 커다란 바위덩어리가 심장에 떨어지는 듯한 기분이 들었다.

 털썩, 털썩.

 석도명의 말이 끝나기 무섭게 곳곳에서 사람이 쓰러지는 소리가 들렸다.

 "크으흑……."

 "어억……."

 독고옹이 공들여 길러낸 독인들이 목을 움켜쥔 채로 줄줄이 넘어졌다.

 "크흑…… 어떻게……."

 이어 독고옹이 가슴을 움켜쥐었다. 석도명이 맛볼 것이라고 믿어 의심치 않았던 통증이 자기 가슴 속을 쥐어뜯고 있었다. 그것이 독 때문이라는 것은 물을 필요조차 없었다.

 석도명이 언제 어떻게 독을 풀었을까? 아니, 천하에 누가 자신을 독으로 쓰러트린단 말인가?

 독고옹이 놀라고, 침통한 눈으로 석도명을 바라봤다. 다행히도 자신을 향해서 직접 손을 쓸 기세는 아닌 것 같았다.

 독고옹이 품에서 작은 칼을 꺼내 자신의 가슴을 망설이지 않고 찔렀다. 옷을 뚫고 들어간 칼끝에서 피가 배어나왔다. 독고옹이 손으로 피를 찍어 입으로 가져갔다. 자신이 어떤 독에 중독된 건지 맛을 보기 위해서다.

 피를 맛본 독고옹의 혀끝이 짜르르 아리더니 마비증상이 일어났다.

독고옹의 얼굴이 흉하게 일그러졌다.

"겨, 겨우…… 산초독(山草毒)에……."

독고옹은 자신을 괴롭히는 독의 정체를 정확히 알아냈다. 자신이 가져다 쓴 무수히 많은 독초 가운데 하나였기 때문이다.

어이없게도 그것은 시골 아이들이 물고기를 잡기 위해서 잎을 찧어서 물에 푸는 들풀에서 추출한 독이었다.

사람이 먹으면 심하게 경련을 일으키고, 사지가 한동안 마비되기는 하지만 죽음에 이르는 경우는 별로 없는 아주 약한 독이다.

헌데 만독의 주인이라고 자부하는 자신이 고작 산초독을 이기지 못하다니!

"하늘은…… 아니, 자연은 좋은 것이든 나쁜 것이든 필요한 만큼만 내려주는 법이라오. 인간의 탐욕을 위해서 그 조화를 깨트린 당신들에게는 있는 그대로의 조화가 오히려 죽음을 부를 것이오."

석도명이 한 일은 생각보다 단순했다.

사방에 가득 찬 독무 가운데서 한 가닥 기운을 원래대로 되살려 돌려줬을 뿐이다.

그로 인해 독고옹을 비롯한 독인들의 몸 안에 켜켜이 쌓여 있던 백 가지, 천 가지 독의 조화가 속절없이 허물어진 것이다.

털썩.

마침내 독고옹의 무릎이 힘없이 꺾였다.

"부디 헛된 것을 버리기 바라오. 그것만이 살 길이니……."

석도명이 안타까운 얼굴로 사방을 둘러보고는 계곡 안쪽으로 걸음을 옮겼다.

자신이 자연의 기운과 하나가 되었다고는 하나, 독인들이 자신들만의 방식으로 쌓아온 독의 조화까지 완전하게 바로잡아줄 재간은 없었다.

독고옹이 석도명의 말을 알아듣고는 힘겹게 소리쳤다.

"모두들 단전을 파괴하고…… 이곳을 속히 떠나라."

100여 명의 독인들이 잠시 망설이다가 자신의 단전을 스스로 파괴했다. 독공을 포기함으로써 목숨을 구하기 위해서였다.

수하들에게 그런 명령을 내려놓고도 정작 독고옹은 아무런 행동도 취하지 않았다. 무공을 잃은 몸으로 살아갈 이유가 그에게는 없었다.

독고옹이 흐려지는 시야에 석도명의 뒷모습을 마지막으로 담으며 침통하게 말했다.

"크윽, 우리에게는…… 희망이 없구나. 천년의 꿈도……."

독고옹은 말을 맺지 못한 채 숨을 거두었다.

양곡대전에서 패배를 맛보고 돌아와 50년 동안 뼈를 깎는 고통 속에서 이를 갈아온 것치고는 너무나 허망한 죽음이었다.

독고옹이 언젠가 다시 강호에 나갈 날을 기다리면서 애써 길러낸 독인들도 이제는 평범한 촌부로 살아갈 운명이었다.

 독인들의 포위망을 벗어난 석도명은 살갗을 파고 들어온 독기를 털어낼 겨를이 없었다. 여전히 끝나지 않은 짙은 안개 속에서 또 다른 적들이 나타났다.
 지옥귀음과 백팔원규다.
 지옥귀음의 손에는 석도명에게는 너무나도 친숙한 악기인 칠현금이 들려 있었고, 백팔원규는 새하얀 피리를 물고 있었다.
 한눈에 보기에도 칠현금을 든 노인이 우두머리이고, 피리를 문 108명이 그 수하임이 분명했다. 하지만 석도명이 관심을 보인 쪽은 지옥귀음이 아니라, 백팔원규였다. 그들에게서 특이한 점을 발견했기 때문이다.
 이상하게도 백팔원규의 귀에서는 아무런 울림도 느껴지지 않았다. 그것이 뜻하는 바는 하나였다. 108명 모두 고막이 찢겨나간 것이다.
 귀머거리를 모아서 음악을 가르치기는 어려울 테니, 필경 음악을 가르친 뒤에 고의적으로 귀를 멀게 한 것이리라.
 아마도 인간의 귀로 들어서는 안 되는 음악을 가르친 게 분명했다.
 더구나 그들의 피리는 나무로 만든 게 아니었다. 피리 주위를 떠도는 죽음의 기운을 보고 석도명은 그것이 사람의 뼈로 만들어진 백골적(白骨笛)임을 알았다.

석도명이 지옥귀음을 쏘아봤다. 108명이나 되는 사람들에게 인골로 만든 피리를 가르치고, 그 뒤에는 귀를 멀게 한 장본인이 누구인지가 너무나 분명했기 때문이다.

저렇게 잔인한 성정으로 악기를 다루고, 음악을 한다는 건 용납할 수 없는 일이었다.

"노인장이 추구하는 음악은 인간의 도리를 버려야 하는 것입니까?"

"크흐흐, 80년을 넘게 살면서 너 같은 놈은 처음 보는구나. 감히 지옥귀음에게 도리를 따지다니. 애송아, 필요한 것을 필요한 곳에 쓰는 게 바로 사람의 도리니라."

지옥귀음은 말이 끝나는 것과 동시에 칠현금을 퉁겼다.

따당, 띠딩, 띠디디딩.

칠현금에서 연달아 음이 쏘아졌다. 사람의 귀를 즐겁게 하는 음률이 아니라, 몸을 상하게 만드는 무형지력의 일종이었다.

삼척보를 펼치면 피하고도 남을 테지만, 석도명은 그러지 않았다.

강호에 나온 뒤로 음공의 고수를 만나기는 처음이다. 음공이라는 것이 익히기도 까다로운데다, 정파에서는 왠지 정종무공으로 인정받지 못하는 경향이 있어서 음공을 쓰는 자들이 워낙에 소수인 까닭이다.

자신도 한때 소리를 바탕으로 무공을 썼던 터라 음공이 어떤 것일까 하는 궁금증이 앞섰다.

석도명이 자신에게 날아드는 8개의 음을 향해 손을 뻗었다.

퍽, 퍼퍼퍼퍽.

석도명의 손바닥에서 잇단 타격음이 들렸다. 소리의 기운을 일으켜 지옥귀음이 쏜 음을 전부 빨아들인 것이다.

"크흑……"

만혼동에 들어온 뒤 처음으로 석도명의 입에서 신음이 흘러나왔다.

소리에 대한 호기심을 버리지 못한 것이 좋지 않은 결과를 가져왔다.

지옥귀음의 칠현금 소리는 석도명의 손을 타고 들어오면서 쉽게 흡수돼 버렸다. 하지만 그 음에 실려 있던 경력이 팔을 타고 올라와 석도명의 몸을 한바탕 진탕시키고서야 사라졌다.

주악천인경의 끝을 보고, 자연의 기운과 자유롭게 소통하게 됐다고 해서 석도명의 몸이 강철로 변한 것은 아니었다. 여전히 인간의 뼈와 살로 이뤄진 몸이 천마협에서 손꼽히는 고수였던 지옥귀음의 내공을 견디기는 어려웠다.

석도명이 신음과 함께 비틀거리는 것을 보면서 지옥귀음이 싸늘하게 웃었다.

"후후, 네 음악이 하늘에 닿았다던데 내 오늘 지옥의 음악을 들려주마."

지옥귀음이 두 손을 빠르게 휘저어 줄을 튕겼다. 음악의 형식을 무시한 기괴한 선율이 울리면서 수백 개의 음이 한꺼번에 폭사됐다. 경력이 실린 칠현금 소리가 그물처럼 펼쳐져 석도명을 덮쳐갔다.

석도명이 위험을 느끼고 뒷걸음질을 쳤다. 석도명의 신형이 바람처럼 뒤로 밀려났다. 그 틈을 이용해 석도명이 피리를 꺼내 입에 물었다.

우웅.

예의 무극음이 펼쳐져 석도명의 몸을 감쌌다.

까가가가강—

지옥귀음이 쏘아 보낸 수백 개의 음이 무극음의 장벽에 부딪치며 요란한 쇳소리를 냈다.

극성으로 펼쳐진 지옥귀음의 음공은 검으로 쏘아내는 강기에 버금가는 위력을 발휘했다.

그 소리가 채 사라지기도 전에 다시 수백 개의 음이 날아들었다. 지옥귀음은 쉬지 않고 칠현금을 연주하고 있었다.

석도명과 지옥귀음 사이에 오직 소리만이 난무하는 치열한 공방전이 펼쳐졌다. 두 사람 사이에 놓인 공간 안에서 안개가 출렁이고, 또 기묘하게 뒤틀어졌다. 그만큼 음과 음의 격돌이 격렬하다는 의미다.

지옥귀음 뒤편에 거리를 두고 떨어져 있던 백팔원규가 그 틈을 타고 소리 없이 석도명의 배후로 돌아 들어갔다.

석도명을 촘촘히 에워싼 백팔원규가 일제히 피리를 불었다.

오오— 우우— 으으으.

도저히 피리 소리라고 할 수 없는 소름끼치는 소리가 백골 적에서 울려 퍼졌다. 귀곡성(鬼哭聲)이라고 밖에는 할 수 없는 음산한 소리가 계곡을 가득 채웠다.

사방에 가득한 짙은 안개가 그 소리에 반응이라도 하듯 삽시간에 귀기어린 푸른색으로 변했다.

넘실대는 푸른 안개가 석도명의 몸을 휘감았다. 정확하게는 석도명을 중심으로 무형의 회오리를 일으키고 있는 무극음의 기둥에 감겨들었다.

시공을 뒤틀리게 하고, 모든 것을 부숴 버리는 무극음도 그 푸른 기운을 흩어내지는 못했다.

'과연 지옥의 음악이로구나.'

석도명은 백팔원규의 피리 소리가 낯설지 않았다. 막창소가 죽기 전에 미쳐 날뛸 때 그의 몸에서 폭사되던 사이한 기운과 비슷했다. 그것은 죽음의 기운이었다.

막창소는 사람의 피를 흡수하는 과정에서 몸에 쌓인 망자의 원념과 사기를 이기지 못해 인간이 아닌, 괴물로 죽어야 했었다.

막창소와 달리 백팔원규는 강기를 쏟아 붓는 경지는 아니었지만, 대신 피리 소리에 담긴 사이함은 그때보다 훨씬 강했다.

사실 백팔원규가 연주한 것은 '망혼공률(亡魂功律)'이라는 사자(死者)의 곡이었다. 죽은 자들의 원념이 듣는 사람의 이지를 파괴해 결국에는 미치게 만드는, 이름 그대로 지옥의 노래다.

백팔원규가 자신들의 고막을 찢은 까닭도 그 음악으로 인해 미치지 않기 위해서였다.

석도명이 자신을 에워싼 푸른 기운을 살피기 시작했다.

'잔인하다.'

석도명의 이마에 주름이 잡혔다. 저 괴이한 피리 소리가 그냥 만들어진 것이 아님을 알았기 때문이다.

한편, 칠현금으로 석도명을 상대하고 있는 지옥귀음도 표정이 딱딱하게 굳은 상태였다.

'어떻게 무공도 없이 피리 하나로 사자의 곡을 상대한단 말인가?'

지옥귀음은 석도명이 독고옹의 공격을 이겨내고 나타났을 때 내심 놀라기는 했지만, 크게 걱정을 하지는 않았다.

독고옹의 독공이 신묘하다고 하나 어디까지나 인간의 재주다. 그에 비해 자신이 피눈물을 쏟으며 길러낸 백팔원규의 음악은 이 세상의 것이 아니다.

망혼공률은 과거 천마협에서도 그 연공과정이 잔인하다는 이유로 금지했던 금단의 무공이다.

망혼공률의 핵심은 백팔원규가 아니라, 그들이 연주하는 백골적에 있었다. 백골적을 얻는 방법은 잔인한 정도가 아니라 천리를 거스르는 것이었다.

양곡대전에서 겨우 목숨을 건지고 돌아온 지옥귀음은 216명의 제자를 받아들였다.

그리고 두 사람씩 짝을 지워 같이 생활을 하도록 했다. 연공은 물론, 먹고 자는 것까지 모든 생활을 함께 함으로써 자신의 짝과 교감을 이루게 하기 위해서였다.

그렇게 10년을 보낸 뒤 한 사람은 백팔원규의 일원이 되고, 나머지 한 사람은 피리가 돼야 했다. 사랑하는 단짝을 죽여 그 뼈로 피리를 만든 것이다. 망혼공률은 그렇게 해야만 연주를 할 수 있는 음악이요, 음공이었다.

지옥귀음은 망혼공률이라면 십대문파를 궤멸시키지는 못해도 지대한 타격을 줄 수는 있을 것이라고 믿어 의심치 않았다. 헌데 무공을 잃은 장님 악사라는 자가 단신으로 만혼동에 들어와 망혼공률을 버텨내고 있으니 충격을 가눌 길이 없었다.

'제길…… 기다리는 게 아니었다.'

망혼공률의 한계는 그 음악이 적과 아군을 가리지 않는다는 점이다. 석도명을 옭아놓기는 했지만, 환상요희가 달려와 도움을 줄 수 있는 상황이 아니었다.

차라리 독고옹과 석도명이 싸울 때 합공을 펼쳤더라면 좋았을 걸 하는 후회가 밀려들었다.

물론 그랬다면 독고옹과 100여 명의 독인들도 망혼공률에 목숨을 내놓았어야 할 테지만, 적어도 석도명은 확실히 잡을 수가 있었으리라.

결국 지금으로서는 양쪽이 목숨을 걸고 연주를 계속하다가 먼저 지치는 쪽이 죽는 수밖에 없었다.

'내가 죽으면 죽었지, 백팔원규를 죽게 하지는 않는다.'

지옥귀음이 이를 악물었다.

공력이 다해 피를 쏟고 죽는다 한들 이대로 물러나지는 않을 생각이었다. 그것만이 자기 손으로 거둬들였다가 잔인하게 죽여야 했던 108명의 제자들에게 속죄를 하는 방법일 테니까. 더구나 백팔원규는 아직 강호에 나가 해야 할 일이 많았다.

두두두둥.

지옥귀음이 죽을힘을 다해 공력을 짜냈다. 칠현금 소리가 낭랑함을 잃고 무겁게 가라앉았다. 지옥귀음이 자신의 진원지기까지 아낌없이 담아서 마지막 연주를 시작했다.

상황을 바꿔야 한다고 생각한 것은 석도명도 마찬가지였다.

하늘의 소리를 따르는 자로서 망자의 한이 실린 지옥의 음악이 계속 미쳐 날뛰게 할 수는 없었다.

석도명이 피리를 내려놓고 합장하듯 두 손을 가지런히 모았다.

그와 함께 석도명을 보호하고 있던 무극음이 홀연히 사라졌고, 백팔원규의 피리 소리가 담긴 푸른 기운이 석도명에게 흡사 귀신처럼 달라붙었다.

펑!

그 순간 지옥귀음의 칠현금에서 폭음이 터졌다. 지옥귀음이 필생의 공력을 눌러 담은 하나의 음이 석도명을 향해 쏘아졌다. 그 음에 담긴 기운이 얼마나 강한지 주변의 땅이 쩍쩍 갈라졌다.

지옥귀음 본인은 칠공에서 피를 쏟아내면서 극심한 경련을 일으켰다. 그의 얼굴에서 생기가 빠르게 사라지고 있었다.

지옥귀음은 자신의 목숨과 바꾼 마지막 음이 석도명에게 날아가는 것을 보기 위해 두 눈을 부릅떴다. 상대가 쓰러지는 것을 보고나서 죽고 싶었다.

그의 눈에 이미 망혼공률의 음률에 사로잡힌 석도명의 모습이 들어왔다. 지옥귀음의 입가에 흐린 미소가 걸렸다.

다음 순간 석도명의 몸이 산산조각 날 것을 이제는 믿어 의심치 않았다.

그것이 지옥귀음이 세상에서 본 마지막 장면이었다. 지옥귀음은 백팔원규가 세상으로 나가 자신의 원한을 갚아줄 것이라 믿으면서 숨을 거뒀다.

그러나 지옥귀음의 마지막 기대는 실현되지 않았다.

"옴!"

석도명의 입에서 단 하나의 음절이 터졌다.

순간 석도명의 몸에서 부드러운 떨림이 흘러나왔다. 석도명의 몸에 들러붙어 있던 푸른 기운이 물에 씻긴 듯이 녹아내렸다.

지옥귀음이 자신의 목숨과 바꾼 최후의 음도 그 부드러운 떨림 속으로 허망하게 스러졌다.

석도명의 몸에서 흘러나온 음유한 파동이 종내는 부드러운 바람으로 변해 백팔원규를 스쳐지나갔다. 귀밑머리를 간질이며 스쳐간 그 바람과 함께 백팔원규의 손이 일제히 멈췄다.

푸스스.

108명의 원념이 실린 108개의 피리가 먼지가 되어 흩어졌다.

바람이 지나간 자리에서 백팔원규는 음악소리를 들었다. 피리 같기도 하고, 칠현금 같기고 하고, 생황 같기도 한 아름다운 소리였다.

백팔원규의 눈이 동시에 휘둥그레졌다.

귀가 먹었는데 어떻게 음악을 듣단 말인가? 환청이라고 하기에는 너무나도 생생했다.

눈치를 보니 자신뿐이 아니라 동료들도 전부 같은 음악을 들은 모양이다.

백팔원규를 더욱 놀라게 만든 것은 그 음률이 낯설지 않다는 점이었다.

바로 망혼공률의 곡조였다. 그 음산하고 괴기스러운 사자의 곡이 이렇게 아름다운 선율이었단 말인가?

놀라서 석도명을 바라보던 백팔원규의 표정이 서서히 풀렸다. 무엇이 달라졌는지를 알았기 때문이다.

비록 앞뒤로 30여 장 거리에 불과하기는 했지만, 골짜기에 가득했던 안개가 씻은 듯이 사라지면서 늦은 오후의 옅은 햇살이 계곡 안에 짙은 그림자를 만들고 있었다. 양지바른 곳의 바위는 햇빛을 받아 반짝거렸고, 그늘진 곳에서는 잔바람에 나뭇잎이 뒹굴었다.

특별한 것은 아무것도 없었다. 계곡 안의 모든 풍경이, 모든 사물이 그저 자연스러울 뿐이었다.

"하아……."

망혼공률을 연주하기 위한 도구로만 길러진 백팔원규가 곳곳에서 한숨을 토해냈다. 오랫동안 잊고 살았던 자연스러운 인간의 몸짓이었다.

석도명이 아무 말도 하지 않고 골짜기 안쪽을 향해 걸음을 옮겼다.

옷깃을 스칠 정도로 가까운 거리에서 석도명이 지나가는데도 백팔원규 가운데 누구도 그 앞을 막으려고 하지 않았다. 석도명이 그렇게 걸어가는 것 또한 방해해서는 안 되는 자연스러운 일로만 여겨졌다.

석도명이 사라진 뒤에도 한동안 멍하니 서 있던 백팔원규가 천천히 계곡 바깥쪽으로 걸어 나갔다. 망혼공률을 잃고, 사람의 마음을 되찾은 지금 이곳에 남아 있을 이유가 없었다.

계곡 안쪽으로 더 들어간 석도명은 이각을 더 걸어서 만혼동 끝에 도착할 수 있었다.

골짜기 제일 깊은 곳에는 동굴이 입을 벌리고 있고 그 바로 앞에 환상요희가 자신의 오라비 노릇을 하던 초량과 나란히 서 있었다.

물론 지금에 와서는 초량이라는 이름조차 믿을 수가 없었지만.

그리고 계곡 양 옆으로는 300명에 달하는 사내들이 병장기를 뽑아들고 석도명을 노려보고 있었다.

환상요희가 석도명을 보고는 배시시 웃었다.

사내들의 혼을 빼놓고도 남을 만큼 요염하면서도 어딘가 모르게 가련함이 배어나오는 미소였지만, 석도명은 아무런 반응을 보이지 않았다.

"섭섭하네. 오랜만에 봤으니 한 번 웃어줄 만도 하잖아."

"글쎄올시다. 값싸게 구는 체질은 아니라서."

상대를 봐가며 대응을 하기로 한 걸까? 석도명이 시큰둥하게 대꾸를 했다.

조금 전 독고옹이나 지옥귀음을 대할 때와는 다른 모습이었다.

"호호, 오늘 이 자리에서 값을 매기는 건 내가 할 일이거든."

"과연 그럴 자격이 있는지부터 확인합시다."

두 사람 모두 에둘러 말하기는 했지만 서로 말하고자 하는 바는 같았다.

부도문의 목숨을 빌미로 석도명을 이곳까지 끌어들였으니,

이번에는 환상요희가 증거를 눈앞에 보일 차례였다.

환상요희가 초량에게 고갯짓을 했다. 초량이 동굴 안으로 들어가더니 잠시 뒤 쇠사슬에 단단히 묶인 부도문을 끌고나왔다. 몇 사람이 달려들어 쇠사슬을 단단히 틀어쥐는 한편, 부도문의 목에 칼을 겨눴다.

어둠 속에 얼마나 오래 처박혀 있었는지 부도문은 눈을 바로 뜨지 못했다.

군데군데 피부가 시커멓게 썩어들어간데다 옷도 때에 절어 추레하고 처참한 몰골이었다. 그래도 오똑한 콧날 아래로 굳게 다문 입술에서는 여전히 꺾일 줄 모르는 고집과 자존심이 엿보였다.

흐릿하게 그 모습을 읽어낸 석도명이 입을 뗐다.

"접니다……. 괜찮으세요?"

"끄끄, 그예 미련을 떨었구나. 이래서 오래 살면 인생이 피곤하다니까……."

"그런 말씀 마십시오. 오래오래 사셔야죠."

"끄끄끄, 오랜만에 만나서 웬 악담이냐?"

"……."

부도문의 지친 음성에 석도명은 대답 대신 옅은 미소를 지어 보였다. 부도문이 언제 남의 말을 들으며 사는 사람이었던가?

환상요희가 두 사람의 대화를 자르고 들어왔다.

"자, 이제 서로 할 일을 해야지."

"약속대로 왔으니 형님부터 보내드리시오."

"호호, 그리 쉽게는 곤란하잖아. 아직 너를 잡은 것도 아닌데. 이놈부터 놔줬다가 뒷감당은 어떻게 하라고? 너부터 포박하는 게 순서가 아닐까? 네 형님은 그 다음에 놔주지."

"후후, 신용거래를 하기엔 피차에 어색한 사이잖소. 내가 왜 그쪽을 믿어야 하는 거요?"

"호호, 섭섭한걸. 그래도 정이 조금은 통한 줄 알았는데. 만리는 몰라도 한 백 리쯤은 성을 쌓은 사이잖아, 우리."

"……"

석도명은 환상요희의 말에 대꾸하지 않았다.

상황이 상황이다 보니 완강한 입장이 되지 않을 수 없었다. 부도문이 확실하게 풀려나는 것을 보기 전에는 조금이라도 빈틈을 허용하지 않을 생각이었다. 상대는 여차하면 자신은 물론, 인질까지도 죽일 자들이다.

문제는 그 순간 환상요희 또한 비슷한 생각을 하고 있다는 점이다.

허이량이 설치한 진법은 물론, 독고옹과 지옥귀음까지 물리친 석도명이다. 자신이 아는 것 이상의 재간을 숨기고 있다고 보는 게 옳았다.

이런 상황에서 부도문을 풀어주면 석도명이 무슨 일을 벌일지 누가 알겠는가?

석도명이 부도문만 구해 가지고 달아나는 최악의 상황은 절대로 막아야 했다.

"호호호, 그새 사람이 변한 것 같네. 어쩜 이렇게 사람 말이 씨알도 안 먹히지? 좋아, 그러면 이렇게 하자고."

환상요희가 품에서 뭔가를 꺼내 석도명에게 던졌다. 손바닥에 들어가는 작은 크기의 목함이다.

석도명이 목함을 받아들고 의아한 얼굴로 환상요희를 바라봤다.

"이럴 줄 알고 선물을 준비했어. 어서 열어봐."

석도명이 목함을 천천히 열었다. 작은 벌레가 그 안에서 꿈틀거렸다.

"호호, 그 귀하다는 천년고독(千年蠱毒)이야. 일단 삼키라고."

한 번 고독을 삼키면 다시는 돌이킬 수 없음을 석도명도 알고 있었다.

벌레 주인의 말을 고분고분 따르던가, 아니면 내장이 끊어지는 고통을 당하며 죽어야 한다는 사실 또한.

"끄끄, 그거 나한테 넘겨라. 이것들이 제때 밥을 주는 법이 없어. 천년고독이라니 그걸 먹으면 천년은 배가 부르겠구나."

부도문이 석도명을 향해 고개를 흔들었다. 절대로 고독을 먹지 말라는 신호다.

"에고, 저도 먹은 게 없거든요."

석도명이 잠시 망설이다가 벌레를 입 안에 털어 넣었다. 꿈틀대는 산 생명이 식도를 타고 넘어가는 기분은 생각 이상으로 끔찍했다.

부도문의 얼굴이 잔뜩 굳어졌지만 이미 엎질러진 물이었다.

반면 환상요희는 활짝 웃음을 지었다.

"호호, 네가 먹은 건 수컷이야. 암컷은 내 뱃속에 있고. 호호, 어때? 꽤 잘 어울리는 한 쌍이지. 참, 내공으로 태워 죽인다거나 그런 생각은 하지 마. 허접한 고독들하고는 차원이 다른 거니까."

"자, 시키는 대로 했으니 형님이나 놔주시오."

"자꾸 시켜서 진짜 미안한데, 하는 김에 이것도 하지."

환상요희가 쇠사슬에 수갑 같은 것이 연결돼 있는 물건을 집어던졌다.

석도명이 쓴웃음을 지으며 그 물건을 집어 들었다. 양손과 두발, 목을 채우도록 만들어진 철쇄(鐵鎖)를 토(土)자 모양의 쇠사슬로 연결한 것이었다. 석도명이 목과 두 손에 철쇄를 착용하고 환상요희에게 물었다.

"허, 원하는 것도 많소. 그래도 두 발은 남겨 둡시다. 형님이 풀려나면 발도 채울 테니."

"좋아, 그러자고. 아참, 피리가 있지. 그건 내게 넘겨."

"쩝, 그런 건 수갑을 차기 전에 요구하면 좋았을 텐데 말이오."

석도명이 덜그럭 소리를 내며 품에서 피리를 꺼내 환상요희에게 던졌다.

환상요희는 피리를 받아들기가 무섭게 바닥에 팽개치고는 사정없이 밟아버렸다. 대나무가 으깨지면서 피리가 조각났다.
 환상요희는 그제야 마음이 놓이는 눈치였다. 피리를 빼앗고, 고독을 먹였으니 석도명이 더 이상 반항할 방법은 없었다.
 "풀어줘라."
 환상요희의 말에 초량이 부도문의 몸에 엮인 쇠사슬을 풀어주고는 등을 떠밀었다.
 부도문이 절뚝거리며 석도명에게 다가갔다.
 "그래, 혼자 먹으니까 좋으냐?"
 "맛은 별로던데요."
 "미련한 녀석."
 부도문이 석도명을 나무랄 듯하더니 조용히 입을 다물었다. 그리고는 석도명을 지나쳐 계곡 밖으로 걸어갔다.
 부도문의 모습이 완전히 사라지기를 기다려 석도명이 두 발에도 족쇄를 채웠다.
 "자, 다음 순서는 뭐요? 마음대로 해보시오."
 "호호, 이제 할 일은 누님 품에 안기는 거지."
 환상요희가 쏜살같이 달려와 석도명의 몸을 어루만졌다. 석도명이 힘을 잃고 푹 쓰러졌다.
 환상요희가 짚을 수 있는 혈이란 혈은 죄다 짚어서 점혈을 한 탓이다.
 환상요희가 석도명을 가볍게 어깨에 짊어지고는 수하들을

향해 외쳤다.

"가자!"

환상요희가 비탈길을 타고 달려가자 300여 명의 무사들이 부지런히 그 뒤를 따랐다.

조금 전까지 사람으로 가득했던 만혼동 골짜기가 궤궤한 침묵에 빠져들었다.

제9장
아, 천룡부(天龍府)!

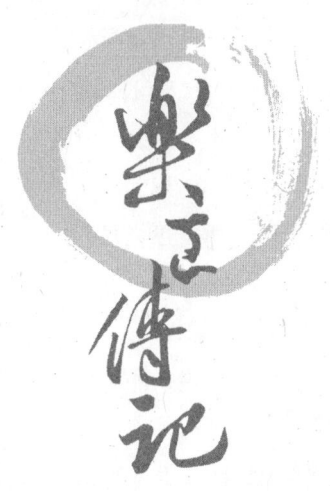

 석도명이 눈을 뜬 것은 다음날 아침 어느 숲속이었다. 목과 사지에는 여전히 철쇄가 채워져 있고, 혈도 역시 그대로였다. 겨우 고개만 움직일 수 있을 뿐이었다.
 아침을 먹을 참이었는지 환상요희가 모닥불에 육포를 굽고 있다가 석도명의 기척에 고개를 돌렸다.
 환상요희가 반갑게 다가와 석도명을 일어나 앉혔다.
 "호호, 잘 잤어?"
 석도명이 말없이 주변을 살펴봤다.
 300명이나 되던 수하들은 모두 어디로 보냈는지 가까운 곳에 초량을 비롯해 20명가량의 무사들이 불가에 둘러 앉아 있었다.

환상요희의 아침인사는 조금도 반갑지 않았지만, 물어볼 말은 있었다.

"나를 어쩔 거요?"

"글쎄, 죽이든지 살리든지…… 하여간 너를 데리고 가기만 하면 돼."

"죽이는 게 운반이 더 편할 텐데 왜 살려뒀소?"

"호호, 우리 사이에 아직 못 끝낸 일이 있잖아. 지난번에 그렇게 헤어져서 자기는 아쉽지 않았어?"

주변에 사내들이 잔뜩 널려 있건만 환상요희는 노골적인 표현을 망설이지 않았다.

"후후, 남자 보는 눈이 정말 형편없구려."

"왜? 너도 나름대로 괜찮은 외모야. 따르는 계집도 제법 있다고 들었는데……."

"내 말은 그런 뜻이 아니오. 고양이도 자기를 예뻐해 줄 사람은 알아보는 법이라오."

표현은 점잖았지만 분명한 조롱이었다. 관심을 받을 수 없는 상대한테 꼬리를 쳐봐야 소용이 없다는.

환상요희가 앙칼지게 웃었다.

"오호호, 착각이 심하네. 내가 고양이인 거는 맞는데, 동생은 생선이거든. 내가 아무 때나 찢어 먹을 수 있는. 그러니까 꼬리를 쳐야 하는 건 그쪽이라고."

환상요희가 정말로 석도명을 잡아먹기라도 할 듯이 바짝 다가와 뺨을 어루만졌다. 입맛을 다시는 것도 잊지 않았다.

하지만 석도명은 별다른 반응을 보이지 않았다.

말과는 달리 환상요희가 자신에게 어떤 악의도 품고 있지 않음을 느꼈기 때문이다. 아니, 의도적으로 끈적대기만 할뿐, 정작 그녀의 말과 행동에서 느껴지는 것은 뜻밖에도 호감이었다.

'이 여자, 대체 무슨 속셈일까?'

석도명은 환상요희의 정체와 의도가 정말로 궁금했다.

하지만 대놓고 물어볼 수는 없는 일이다. 그리고 지금은 다른 것을 물어야 할 때였다.

"당신은 진무궁의 사람이오?"

"호호, 목적지가 진무궁이기는 하지."

석도명이 완전히 제압된 상황에 마음을 놓았는지, 환상요희는 별로 망설이지 않고 대답했다.

진무궁에 소속된 사람은 아니지만, 석도명을 진무궁으로 잡아가고 있는 건 사실이라는 뜻이다.

"진무궁주는 이상한 사람이오. 나를 풀어줄 때는 언제고, 이제는 비겁하게 인질까지 내세워 잡아들이다니. 그게 진무궁의 정의요?"

"호호, 순진한 거야 아님 멍청한 거야? 진무궁주께서 너 따위가 무서워서 이런 일을 벌였겠어? 사실 내가 한 일이기는 하지만, 사내대장부가 하기에는 너무 좀스럽잖아."

석도명은 환상요희가 악소천을 두려워하면서도, 매우 존경한다는 느낌을 받았다.

자신과는 차원이 다른 길을 가는 절대자에 대한 맹목적인 경외심이라고 하는 게 옳을까?

헌데 진무궁으로 가기는 하지만, 진무궁주의 뜻이 아니라는 말은 대체 무슨 뜻인가? 진무궁 안에서 악소천의 뜻을 무시하면서 움직일 수 있는 사람이 있는 걸까?

석도명의 얼굴에 떠오른 의문을 환상요희가 놓치지 않았다.

"내가 널 끝내 죽이지 않으면…… 곧 보게 될 거야. 네 목숨을 원하는 사람."

석도명은 왠지 환상요희의 말이 '끝내 죽이지 못하면'으로 들렸다. 확실히 환상요희는 자신에게 정도 이상의 관심을 보이고 있었다.

석도명이 그 틈을 파고들었다.

"쩝, 그러면 그 사람을 보기 전에 죽을 수도 있다는 말인데, 왜 죽는지도 모르고 죽으면 너무 억울하지 않소?"

"흥, 죽는 건 두렵지 않은 모양이네. 원한다면 당장 죽여줄 수도 있어."

"끝내 이유도 모르고 죽으라는 말이구려."

"호호, 그렇게 궁금하면 알려주지. 네 목숨을 원하는 사람은 진무궁의 군사다. 그 이유는 나도 몰라. 이제 편히 죽을 수 있겠어?"

환상요희가 툴툴거리며 돌아섰다. 역시 말과 달리 석도명을 죽일 마음은 아니었다.

"충분치는 않으나 크게 도움이 될 것 같소. 쉽게 마음이 약해지는 걸 보니 당신은 생각만큼 나쁜 사람은 아닌 모양이오."

"뭐라고? 네가 나에 대해서 뭘 알아!"

환상요희가 날카롭게 쏘아붙이며 홱 돌아섰다.

다음 순간, 환상요희는 넋이 나간 표정으로 그 자리에서 얼어붙었다. 석도명이 아무 일도 없다는 듯이 툭툭 털고 일어나서는 가볍게 고개를 숙여 보였기 때문이다.

환상요희는 석도명이 자신에게 작별인사를 했다는 사실을 깨달았지만 너무 황당해서 어떻게 반응을 해야 할지 아무런 생각도 떠오르지 않았다.

목만 겨우 가눌 수 있게 해놓고는 혈이란 혈은 죄다 점혈을 해놓았는데, 어떻게 저렇게 편안하게 움직일 수 있단 말인가? 더구나 조금 전에 자신이 일으켜 세워줄 때만 해도 온몸이 통나무처럼 뻣뻣했는데.

절정고수가 아니라, 그 할아버지가 온다고 해도 이렇게 짧은 시간에 혈도를 푸는 건 불가능했다.

아니, 점혈을 한 자신이 직접 손을 쓴다고 해도 족히 이각은 걸리는 일이다.

철컥, 철컥.

이어 석도명의 목과 사지를 옥죄고 있던 철쇄가 땅에 떨어졌다. 그 또한 상식적으로 이해가 가지 않는 일이었다.

환상요희가 석도명을 잡기 위해 다급히 팔을 뻗었다. 불가에 둘러 앉아 있던 20여 명의 무사들도 급히 자리를 박차고 일어났다.

하지만 석도명의 몸은 순식간에 10장 밖으로 멀어졌다. 고작 두어 걸음을 움직였을 뿐인데 말이다. 경공술로 따라잡을 수 있는 몸놀림이 아니었다.

환상요희가 외쳤다.

"멈춰! 더 가면 죽는다! 네 뱃속에 뭐가 있는지 까먹었어?"

석도명은 어제 고독 수컷을 삼켰다. 그 수컷을 마음대로 부릴 수 있는 암컷은 환상요희의 뱃속에 들어 있다. 당장에라도 환상요희가 고독을 발동시키면 석도명의 창자를 갉아먹기 시작할 터였다.

그 말에 석도명이 걸음을 멈추고 뒤를 돌아봤다.

"하하, 그깟 벌레 한 마리, 간에 기별도 안 갑디다. 사람 입으로 들어간 건 하룻밤이면 똥으로 나오는 게 자연의 섭리란 말이오. 뭐, 아직 볼 일은 못 봤지만."

환상요희가 놀란 얼굴로 내기를 움직여 자기 뱃속을 살폈다.

고독의 움직임이 조금도 잡히지 않았다. 얌전히 잠들어 있는 줄로만 알았던 암컷은 이미 죽어 있었다. 석도명의 뱃속에 들어 있는 수컷이 죽었다는 뜻이다.

환상요희는 이 상황을 도저히 믿을 수가 없었다.

하지만 석도명에게는 그 고약한 고독도 대수로운 존재가 아니었다. 뱃속에 자연의 기운을 거스르는 이물질이 들어갔기에 배를 가만히 쓰다듬었을 따름이다.

그 기운을 거스르지 못하게 된 고독은 그저 소화가 잘 되는 음식물에 지나지 않았다.

철쇄 또한 쇠의 기운을 어루만짐으로써 몸에 가해진 불편함을 제거한 것뿐이다. 하물며 몸 안의 기운을 움직여 점혈을 푸는 것은 숨을 쉬는 것처럼 자연스러운 일이었다.

"이 나쁜 놈! 당장 돌아와! 내 손에 잡히면 죽을 줄 알라고!"

환상요희가 발작을 하며 고함을 질러댔지만 석도명은 웃음소리만을 남긴 채 유유히 멀어져갔다.

석도명이 사라진 방향을 노려보면서 환상요희가 이를 갈았다.

이제 와서 생각해 보니 자신이 석도명을 잡은 게 아니라, 석도명이 일부러 잡혀준 것이었다.

그 까닭도 헤아려졌다. 석도명은 자신을 집요하게 노리는 자가 누구인지를 확인하고 싶었던 모양이다. 그리고 그걸 알려준 사람은 바로 자신이었다.

"으아악! 치사한 놈!"

환상요희가 머리를 쥐어뜯으며 온갖 욕을 퍼부었다.

　　　　　　*　　　*　　　*

　환상요희의 손에서 벗어난 석도명은 지체하지 않고 기련산으로 되돌아왔다.

　석도명의 걸음이 닿은 장소는 만혼동에서 남쪽으로 수백 리를 내려간 곳에 위치한 어느 봉우리였다. 눈이 쌓인 정상에는 나뭇가지가 축축 늘어진 커다란 소나무 한 그루가 몇 백 년을 버텨온 위용을 자랑하고 있었다.

　석도명이 소나무 밑에서 뭔가를 계산하며 발걸음을 옮겼다. 그리고는 소나무에서 열다섯 발자국쯤 떨어진 곳에 삐죽 고개를 내민 바위 앞에 쭈그리고 앉았다.

　땅이 꽁꽁 얼어붙어 있었지만, 석도명은 손으로 바닥을 몇 차례 어루만지고는 맨손으로 흙을 팠다. 하루 종일 봄날의 햇살이라도 쐰 것처럼 흙은 부드러웠다. 석도명이 자연의 기운을 잠시 가다듬은 결과였다.

　석도명은 거의 석자 깊이로 땅을 판 뒤에야 쇠로 만든 상자 하나를 발견했다. 석도명이 조심스레 철 상자를 챙겨 들고는 산을 내려갔다. 그 안에 든 물건을 꺼내 보기 위해서는 사람들의 눈을 피할 수 있는 은밀한 장소가 필요했다.

　그날 저녁 석도명은 짐승이 쓰다 버린 동굴을 찾아들었다.
　타닥, 타닥.

동굴 안에 피워놓은 모닥불이 소리를 내며 마른 나뭇가지를 태웠다.

석도명이 물끄러미 불꽃을 바라봤다. 일렁이는 불꽃을 따라 주변의 공기가 소용돌이를 이루는 모습이 마치 춤을 추는 것만 같았다. 눈을 잃은 뒤에 보는 세상은 흐릿하지만, 여전히 아름다웠다.

모닥불에 마음을 내준 석도명의 얼굴에는 망설임이 감돌았다.

석도명은 벌써 한 시진 넘게 철 상자를 만지작거리고 있었다. 여운도가 남긴 비밀을 엿볼 마음의 준비가 끝나지 않은 탓이다.

여운도는 언제고 세상이 안전해졌을 때, 그러니까 한운영이 천마협의 위험에서 벗어났을 때 이 상자가 묻힌 장소를 알려주라는 유언을 석도명에게 남겼다. 그러나 만약 한운영에게 무슨 일이 생기면 그때는 석도명이 대신 상자를 처리해 달라고 했다.

석도명은 한운영을 구하고 싶지만, 할 수만 있다면 여씨세가의 과거사에는 개입하고 싶지 않았다. 그것이 강호의 일에 다시 얽혀드는 계기가 되리라는 생각 때문이었다.

한운영이 악소천에게 잡혀 언제 풀려날지 알 수 없는 지금, 자신이 이 상자를 여는 게 옳을까? 연 뒤에는 어디까지 책임을 져야 하는 것일까?

머릿속은 복잡했지만, 석도명은 이미 알고 있었다. 자신이 결국에는 이 상자를 열 수밖에 없다는 것을.

부용궁주 조경을 만난 뒤 석도명은 어렴풋이 짐작되는 대목이 있었다.

아무래도 여씨세가의 과거에는 천마협의 끈이 닿아 있을 것 같았다. 천마협과 진무궁을 잇는 어떤 연결고리, 필경에는 조경이 알려준 천룡부의 정체에 대한 실마리가 될 그 무엇이 여씨세가를 통해 전해지고 있을 가능성이 높았다.

천마협은 무슨 까닭으로 여운도의 부친과 여운도의 대에 걸쳐 두 번이나 승천패를 보냈을까? 천룡부의 후예로 여겨지는 진무궁과 천마협은 또 어떤 관계일까?

한운영을 구하기 위해 악소천과 싸우려면, 진무궁에 맞서려면 그들이 정체를 파헤칠 필요가 있었다.

결국 석도명의 손이 철 상자를 열었다.

끼익.

오랜 세월을 땅에 묻혀 있던 철 상자가 소리를 내며 열렸다. 기름을 잔뜩 먹인 가죽을 몇 겹이나 씌운 작은 보따리가 나왔다. 보따리 안에 들어 있는 것은 한 권의 서책이었다.

아무것도 쓰여 있지 않은 겉표지를 넘기자 힘 있는 필체로 써내려간 글이 나타났다.

물론 석도명의 눈에 그 글씨가 보일 리 없다. 석도명이 손바닥으로 책을 부드럽게 쓰다듬었다. 그제야 책자에 묻은 먹의 기운이 또렷한 형체를 드러냈다. 석도명이 책을 읽기 시작했다.

 이 책을 펴든 그대는 나 여운도의 혈족이거나, 내 혈족과 깊은 인연을 지닌 사람일 것이다.
 여기에 담긴 모든 내용은 내 가문에 전해 내려온 이야기를 정리해서 기록한 것이며, 한 치의 더함도 뺌도 없는 사실이다.
 이것은 황제의 신민으로 살기를 거부했던 자유로운 무사들의 역사이며, 하늘의 무공에 도전한 거인들의 기록이다. 스스로를 천룡이라 부르기를 주저하지 않았던 그들의 뿌리가 내 핏속에 이어졌음을 나는 자랑으로 여겼으며, 또 그로 인해 괴로워해야 했다.
 그대가 이 책을 읽고 있다면, 나는 이미 세상 사람이 아닐 터. 내가 감당하지 못했던 그 짐을 이제 그대에게 맡긴다. 부디 그대가 내 가문의 이름을, 그리고 천룡의 명예를 더럽히지 않기를 당부하고 또 당부하노라.

여운도의 글은 시작부터 비장했다.

겨우 첫 장을 읽었을 뿐인데 석도명의 얼굴에는 만감이 교차했다. 여운도 자신이 스스로 천룡부의 후예임을 밝혔기 때문이다. 일이 생각보다 복잡해질 것 같다는 예감과 함께 석도명이 다음 장을 넘겼다.

천룡부의 역사가 어떻게 시작됐는지 하는 이야기가 자세하게 기록돼 있었다.

아, 천룡부(天龍府)! 313

대강의 줄거리는 조경에게서 들은 것과 크게 다르지 않았다. 자객 형가가 진시황을 암살하려다 실패한 뒤, 연나라의 왕궁 무사들이 왕궁무고에 보관된 무공비급을 빼돌려 달아난 것이 역시 천룡부의 출발이었다.

전국시대의 패권을 분할했던 전국칠웅(戰國七雄) 가운데 진나라에 패망한 여섯 나라의 왕궁 무사들이 잇달아 모여들어 거대한 세력이 형성됐지만, 진시황의 죽음과 함께 진나라가 멸망하자 그 가운데 절반가량이 왕실의 후예들과 함께 수복운동에 나섰다가 실패한 대목도 사실이었다.

낯선 이야기는 한고조가 천하를 통일한 뒤 옛 왕조의 무사들을 회유하려다가 실패한 다음이었다. 그것은 한무제(漢武帝) 때 이뤄진 비단길 개척에 얽힌 비사였다.

여운도의 기록에 따르면, 한고조 유방의 회유를 피해 서쪽 변경 밖으로 떠난 왕궁 무사들이 자리를 잡은 곳이 바로 기련산이었다. 천산에 숨어 하늘의 무공을 완성하겠다는 뜻을 세운 것도 그 즈음이다.

당시 기련산은 한나라 국경 바깥에 있었기 때문에 황실과 특별히 갈등을 빚을 일이 없었다.

흉노족이 이따금 나타나는 것 외에는 힘의 공백지대로 남아 있던 기련산 일대가 천룡부의 세력 아래로 들어간 것은 자연스런 현상이었다.

천산(기련산)의 은거고수로만 알려진 왕궁무사들은 스스로 지역의 패자가 되려고 하지는 않았지만, 유목 부족 전사들과의 교류는 비교적 활발하게 이뤄졌다. 그들이라고 해서 산에서 나물만 캐먹고 살 수는 없었기 때문이다.

부족 간에 분쟁이 생기거나 약탈자들이 나타나면 원주민들은 산으로 달려갔고 왕궁 무사들이 압도적인 무위로 싸움을 해결해 주곤 했다.

그 질서가 깨진 것은 한무제가 서역과의 교역에 관심을 갖고 서쪽 변경에 눈을 돌리면서부터였다. 동쪽에서 나타난 정복자를 상대로 유목 부족들은 격렬하게 저항했다. 기련산의 무사들도 자신들이 인정하지 않는 황제의 군대가 기련산 일대를 유린하는 것을 팔짱 끼고 볼 수는 없었다.

그때부터 지루한 싸움이 시작됐다. 기련산의 왕궁 무사들이 한나라의 대군을 정면으로 막지 못했듯이, 한나라군 또한 엄청난 무위를 선보이며 후방을 어지럽히는 무공의 고수들을 소탕하지 못했다.

특히나 비단길을 열기 위해 흉노족과의 싸움을 거듭해야 했던 한나라군의 상황이 더 여의치 못했다.

점령지가 서쪽으로 길어질수록 그것을 지키기는 더욱 어려워졌기 때문이다.

결국 먼저 손을 내민 쪽은 한무제였다.

그리하여 황제가 보낸 장군 곽거병(藿去病)이 기련산을 찾아왔다. 황제는 천산의 무사들을 회유하고자 하였으나 그 뜻을 이루지 못했다. 황제는 마침내 황제의 일에 개입하지 않는 조건으로 하서(河西; 감숙성 일대를 지칭)에서 기련산의 패권을 인정하겠다는 뜻을 전해왔다.

그렇게 해서 기련산의 고수들과 황실 사이에는 천외지약(天外之約)이 맺어졌다. 천외지약은 훗날 천룡의 세력이 서역에 확고하게 뿌리를 내리는 기반이 됐지만, 동시에 대륙의 동쪽으로 가는 길을 막는 족쇄가 되고 말았다.

거기서부터는 기련산의 고수들이 비단길을 개척하는 과정에서 어떤 기여를 했으며, 황실로부터 어떤 보상을 받았는지가 기술돼 있었다.

내용은 제법 장황했지만 한 가지 확실한 것은 그들이 한나라의 비단길 개척을 용인하는 대가로 상당한 이권을 얻었다는 사실이다.

그 주변에서 발생하는 도적떼나, 유량민의 약탈을 막음으로써 스스로의 자유를 보장하고, 현실적으로는 물질적인 이익도 챙긴 셈이었다.

물론 한나라 황실의 입장에서도 새외의 무공 고수들이 황실에 반기를 들거나, 황제의 목숨을 노리는 자객으로 돌변하는 위험을 덜고, 서쪽 교역로를 확보한다는 점에서 역시 이익이 크게 남는 거래였다.

그리고 다시 수백 년의 세월이 흐르면서 기련산의 영향력은 비단길 전역으로 확대됐다. 기련산의 주축을 이룬 핵심 고수들은 무공에 심취해 세상에 나가지 않았지만, 그들이 주변 부족에서 받아들인 제자들 가운데 여러 가지 사정으로 기련산을 떠나는 사람들은 계속 생겨났다.

끝이 보이지 않는 무학에 좌절을 느꼈거나, 자신의 실력을 세상에서 인정받고 싶은 야망, 부족의 내부 사정 같은 것이 그 이유였다.

그렇게 세상에 나간 이들은 비단길 곳곳에 흩어져 자리를 잡았고 자기만의 세력을 기르기 시작했다.

그들에게 기련산은 든든한 버팀목이요, 경외의 대상이었다. 그들은 기련산을 하늘의 산으로, 옛 왕궁 무사의 후예를 천룡으로 부르며 공경했다.

기련산에서 갈라져 나간 무수한 세력들이 비단길 전역에 자리를 잡으면서 정작 천룡의 본체라 할 수 있는 고수들이 세상에 나갈 일은 오히려 사라졌다.

돈을 벌거나, 다툼을 중재하는 따위의 문제를 남들이 알아서 해결해 주니 오로지 무공연마에 매달리면 그만이었다.

소림사가 수천 년 동안 숭산에 틀어박혀 있는 동안, 속가제자들이 세상에 나가 이름도 기억하지 못할 정도로 많은 속가 문파를 만든 것과 비슷한 상황이었다.

다만 소림사가 세상에 이름을 떨친 것과 달리, 천룡의 이름은 대륙 동쪽에 전혀 알려지지 않았다.

천외지약에 따라 기련산의 고수들이 동쪽으로는 일체 나가지 않은 게 가장 큰 원인이었다. 게다가 비단길을 따라 길게 흩어져 있는 서쪽 부족들의 언어가 서로 다른 탓에 천룡을 지칭하는 이름도 한두 가지가 아니었다. 어느 부족은 뜻을 가져다 썼고, 다른 부족은 발음만을 본떴다.

간혹 천룡의 존재가 소문을 타고 동쪽으로 흘러 들어오기는 했지만, 한나라 사람들이 전혀 알아들 수 없는 낯선 이름들뿐이었다.

어쨌거나 세월이 계속 흐르면서 기련산의 은거 고수들은 세상과 계속 멀어졌고, 그들의 존재는 점차 전설로 굳어졌다. 세상이 어지러워지면 하늘의 산에서 천신이 내려와 천하를 구할 것이라는 식이었다.

그리고 마침내 세상이 알지 못하는 가운데 천룡의 전설을 완성할 진짜 초인이 나타났다. 무황태제 허보원의 등장이었다.

　무황태제께서 기련산을 내려왔다면 새로운 왕조를 여는 일도 불가능하지 않았을 것이다. 진시황이 되살아와 백만 대군이 그를 지킨다고 해도 무황태제의 검을 피하지는 못했으리라. 다만, 아쉬운 것은 그의 깨달음이 너무 빨리 찾아왔고 그 경지가 너무 높았다. 그것이 천룡의 후예들에게는 비극이었다.

무황태제의 이름이 등장하자 석도명이 자세를 고쳐 앉았다.

무황태제에 관한 기록은 부용궁주의 이야기와 크게 다르지 않았다.

여섯 나라의 왕궁 무고에서 나온 천고의 기학을 모아 만들었다는 유일공.

그 무공을 40대 중반에 대성하고는 그로부터 불과 1년 만에 우화등선해 하늘로 날아갔다는 무황태제. 그가 우화등선하기 전에 깊은 탄식과 함께 만들었다는 하늘의 무공, 무일공.

> 무황태제께서는 맹악(孟岳), 상자곤(象紫昆), 공전기(孔全基), 주용(朱鏞)이라는 4명의 제자가 있었으나 그들 가운데 누구도 무일공을 전수 받지 못했다.
> 무일공은 인간의 뜻, 인간의 언어로 전할 수 있는 무공이 아니었기 때문이다. 무황태제께서는 제자들에게 각기 다른 4개의 경전을 만들어 전하고는 미련 없이 세상을 떠나셨다. 그분이 남긴 말씀은 '이 안에서 무일공을 찾아보라'는 것뿐이었다.

석도명이 잠시 고개를 들고 긴 숨을 내쉬었다.

"후우, 그는 과연 신선이었던 모양이구나."

궁극의 깨달음을 얻는 순간, 홀연히 세상을 등진 것만 봐도 무황태제는 아무런 거리낌 없이 천인의 길을 선택한 게 분명했다.

그가 던져준 4개의 이름 없는 경전은 제자들에 대한 미련이 아니라, 아마도 세상에 던지는 자신만의 화두였을 것이다.

석도명은 '여기에 길이 있으나, 누가 그것을 보겠는가?' 라며 너털웃음을 짓는 무황태제의 음성이 귓가에 울리는 것만 같았다.

문제는 그 4개의 경전을 받아든 제자들이었다.

장제자인 맹악에게 기련산의 주인 자리를 양보한 세 사람은 기련산 서쪽과 남쪽, 북쪽으로 흩어졌다. 스승이 자신들에게 내린 4개의 경전을 공유하지 않고 각자의 방식으로 완성해 보겠다는 뜻이었다.

그렇게 200여 년이 흘렀지만 4명의 제자와 그들의 후손 가운데 무일공에 도달한 사람은 나타나지 않았다.

급기야 4개의 경전을 모아봐야 하지 않겠냐는 생각이 이제는 4개의 가문으로 나누어진 천룡의 후예들 사이에서 싹트기 시작했다.

문제는 '누가 먼저 경전을 내놓느냐'였다. 누구도 쉽게 양보를 하지는 않았다. 또 무황태제께서 나눈 경전을 후예들이 멋대로 합쳐서는 안 된다는 주장도 있었다.

지루한 줄다리기 끝에 먼저 손을 쓴 쪽은 기련산의 고수들을 거의 그대로 물려받은 맹악의 후예들이었다.

압도적인 힘의 우위를 바탕으로 나머지 세 가문을 압박한 것이다. 그리고 천룡의 후예들 사이에 돌이킬 수 없는 싸움이 벌어졌다.

물론 승리를 거둔 것은 맹악의 후예였지만, 소원대로 4경을 모으지는 못했다. 다른 가문의 후예들이 경전을 빼돌려 멀리 달아났기 때문이다.

200년을 떨어져 있었다고 하지만, 같은 제자의 후손들이 골육상잔(骨肉相殘)을 벌인 결과는 참혹했다.

소득 없는 싸움의 책임 소재를 놓고 기련산의 고수들 사이에 다시 갈등이 벌어졌고, 실망에 빠진 많은 이들이 떠나갔다.

천룡부는 그렇게 기련산 일대에서 모습을 감추고 말았다.

여운도가 기록한 천룡부의 역사도 거기서 끝이 났다. 그 다음은 자신의 가문에 대한 이야기였다.

> 무황태제의 셋째 제자 공전기, 그분이 나의 선조이시다. 기련산에서 쫓겨난 공 씨 일족의 생존자들은 성조차 바꾸고 대륙의 동쪽으로 들어왔다. 상 씨 일가 또한 같은 길을 택했으나, 주 씨 가문은 그 맥이 끊어지고 말았다.

그 뒤로는 여씨세가가 하남에 뿌리를 내리게 된 과정과 천마협에 의해 몰살을 당한 일 등이 적혀 있었다.

석도명은 여운도가 죽어가면서 한운영의 성이 여 씨가 아니라고 했던 이유를 이제야 알게 됐다. 여씨세가의 진짜 성은 공 씨였으니 말이다.

석도명의 머릿속에서 대강의 그림이 짜 맞춰졌다.

진무궁주 악소천은 필경 기련산의 정통을 이었던 맹악의 후손일 터였다. 그리고 여운도가 직접 밝히지는 않았지만, 공 씨 가문과 함께 동쪽으로 들어온 상 씨 일가는 사마세가일 게 분명했다.

그러면 천마협은?

그에 대한 답은 여운도조차 확인하지 못한 모양이었다. 여운도는 그저 천마협이 천룡의 후예라고만 지목했을 뿐이다. 그가 책자를 남긴 시점이 수십 년 전인 까닭에 진무궁의 존재는 전혀 언급되지 않았다.

여운도의 기록이 끝난 곳부터는 종이의 지질과 색깔이 달랐다. 오래된 서책이 뒷부분에 합본돼 있었다.

그것은 두 개의 무공비급이었다.

하나는 천룡부의 절학인 유일공이고, 다른 하나는 여씨세가의 비전무공이자 무황태제가 남긴 4경 가운데 하나였다. 여씨세가는 그 이름 없는 무공에 가선공이라는 명칭을 붙였다.

석도명이 유일공과 가선공의 비급을 천천히 읽어보고는 책을 덮었다. 내용이 현묘하기는 했으나 무공을 버린 지금에 와서는 크게 관심이 가지 않았다.

석도명이 깊은 생각에 빠져들었다.

싸움 가운데서 제일 지독하고 끔찍한 게 혈육 간의 다툼이다. 자신에게 상처를 준 사람이 남도 아닌, 가족이라는 사실이 쉽게 용서되지 않기 때문이다.

진무궁과 여씨세가, 사마세가의 싸움이 바로 그랬다. 더구나 무황태제가 남긴 무일공의 존재가 그 갈등의 해결을 더욱

요원한 것으로 만들고 있었다.

　누군가가 먼저 무일공을 완성하지 못하는 한, 절대로 끝이 날 싸움이 아니었다. 4경에 대한 탐욕이 그치지 않을 테니까.

　하지만, 무일공을 완성한다고 수백 년을 이어온 원한과 반목이 치유될까? 이 처절한 싸움에 제3자가 끼어들어 무엇을 할 수 있을 것인가?

　밤이 깊어가는 것과 함께 석도명의 고민도 깊어만 갔다.

　스스로 하늘의 길에 닿았다고 해도, 인간 세상의 문제를 푸는 건 쉬운 일이 아니었다. 인간이란 그렇게 골치 아픈 존재였다.

*　　　*　　　*

　기련산을 떠난 석도명은 난주 북서쪽의 작은 도시 고랑(高浪)에서 부도문을 만났다.

　부도문이 만혼동을 순순히 떠난 까닭은 석도명이 따로 만나자는 이야기를 은밀하게 전했기 때문이다. 물론 자신을 조금도 걱정할 필요가 없다는 말과 함께였다.

　사흘 간 휴식을 취하며 치료를 했다는데도 부도문의 몸은 성치 않았다. 너무 오랫동안 방치를 해둔 탓에 독이 뼛속 깊이 파고든 것이다.

　"끄끄, 간만에 술이나 좀 사지."

"피부가 그 모양인데 무슨 술입니까?"

"끄끄끄, 그 눈에 뭐가 뵈기는 하냐? 그 늙은이한테 된통 당했다며……. 쯧쯧, 그러게 조심하라고 했거늘."

석도명이 대답 대신 부도문의 손을 잡아끌었다.

"여기서 이러지 말고 객잔에 방부터 잡죠."

"이 벌건 대낮에 사내놈들끼리 방구석에서 뭘 하게? 그냥 술이나 한 잔 사라니까."

"에고, 그 얼굴을 마주보면서 저는 술맛이 나겠습니까?"

말뜻을 알아들은 부도문이 조용히 석도명을 따랐다.

객잔에 방을 잡은 석도명은 부도문을 침상에 앉히고 그 뒤에 좌정을 했다. 그리고는 오른손을 펼쳐 부도문의 등에 댔다.

부도문의 몸을 갉아먹고 있던 독과 어혈 따위가 고스란히 느껴졌다.

부도문의 육체는 허물어지기 직전이었다. 텅 빈 단전도 깊게 금이 가 있었다.

석도명이 연민을 느끼며 부도문의 등을 쓰다듬었다. 나쁜 기운은 빨아들이고, 뒤틀린 기운은 바로잡았다.

부도문은 석도명의 손길이 닿은 곳이 처음에는 서늘해지다가 천천히 따듯해지는 것을 느꼈다. 그것이 내가고수의 손짓이 아니라는 사실은 물론 알고 있었다.

곳곳에 썩어문드러졌던 부도문의 피부가 혈색과 함께 제 빛깔을 되찾았다. 과거의 곱상한 외모가 되돌아왔음은 물론이다.

 더 놀라운 일은 깨진 단전이 회복되면서 내공마저 조금씩 차오르기 시작했다는 것이다. 단전을 다 채우기에는 크게 부족했지만.

 석도명의 치료가 끝나자 부도문이 쇳소리를 내며 웃었다.

 "끄끄끄, 형만 한 아우가 없다더니, 이제부터 네가 형 해라."

 부도문 나름의 칭찬이었다.

 "하하, 형님 제자가 제 동생인데 그러면 촌수가 너무 복잡해지지 않습니까?"

 "끄끄, 그 멧돼지는 아직 살아 있고?"

 "예, 건강합니다."

 "끄끄끄……."

 석도명과 함께했던 추억을 떠올렸는지 부도문이 나지막이 웃기만 했다.

 그 웃음이 끝났을 때 부도문이 심각한 음성으로 물었다.

 "이제 진무궁에 갈 거냐?"

 "가기는 가야죠."

 "그 늙은이가 어떤 자인지는 제대로 알고?"

 석도명이 물끄러미 부도문을 바라봤다.

 과거 초구에서 악소천이 위험한 늙은이라고 경고했던 부도문이다. 그리고 바로 그날 밤 자신을 떠나지 않았던가.

 부도문이 악소천에 대해서 뭔가를 알고 있음이 분명했다.

아마 천룡부에 대해서도.

"천룡의 일을 말씀하시는 겁니까?"

부도문이 잠시 놀라는 표정을 지어 보이고는 고개를 끄덕였다.

"어디까지 알고 있는 게냐?"

"무일공과 4경, 그리고 그것을 계승한 세 갈래의 뿌리를 짐작하고 있습니다."

"끄끄, 알 건 다 알고 있네. 헌데 말이야, 유감스럽게도 그 마지막은 여기에 있지."

부도문이 손가락으로 자기 머리를 툭툭 찔렀다. 묘한 동작이었다.

"주 씨 일족은 맥이 끊겼다고 들었습니다만……."

석도명이 설마 하는 표정으로 부도문을 바라봤다.

"주강(朱羌)……, 주 씨 일가에서 마지막으로 4경을 익힌 사람이다. 그가 다섯 살짜리 어린 아들을 남겨 놓고 죽으면서 한 일이 뭔지 아느냐?"

"……."

"무황태제로부터 전해진 무공비급을 반으로 쪼개 두 명의 의제에게 맡겼지. 끄끄끄, 그런데 그 두 사람…… 조카를 돌보는 대신 비급을 통째로 차지하려고 의형제끼리 싸움을 벌였던 파렴치한 자들 중 한 명이 바로 부 씨였단 말이다. 끝내 반쪽밖에 차지하지 못했지만…… 끄끄끄."

부도문은 무표정한 얼굴로 웃고 있지만 그 소리는 자못 비통했다.

충분히 상상이 가는 일이었다.

의형이 남긴 어린 조카를 내팽개치고 의형제의 가슴을 칼을 겨눈 사람. 그 뜻을 이루지 못하자, 무리가 있는 줄 알면서도 반쪽짜리 무공을 익힌 사람. 그렇게 만들어진 흡혈마공을 거리낌 없이 자손들에게 물려준 사람.

부도문은 자신의 혈통 자체가 저주스러웠던 모양이다. 그래서 그렇게 오래도록 깊은 절망의 심연에 빠져 있을 수밖에 없었을 것이다. 물론 그 이상의 사연이 있을 테지만.

석도명은 부도문의 자조적인 웃음이 끝나기를 조용히 기다렸다.

부도문이 다시 입을 열었다.

"내가 익힌 곤위지공의 나머지 반쪽이 진무궁으로 흘러들어간 모양이다."

"예, 막창소가 그걸 익혔던 것 같습니다."

"그런 놈을 죽였으니 일이 아주 복잡해졌구나. *끄끄*. 자, 이제 누가 4경을 모을 수 있을까?"

부도문이 의미심장한 눈길로 석도명을 바라봤다.

"저는 아무래도 상관없습니다."

"*끄끄끄*, 좋은 마음가짐이야. *끄끄끄끄*."

뭐가 그리 유쾌한지 부도문은 하염없이 웃기만 했다.

*　　*　　*

 진무궁이 위치한 하남 여가허에서 황하 남쪽으로 이어진 관도를 따라 서쪽으로 곧장 가다 보면 양산(梁山)에 도달하게 된다. 그만큼을 동쪽으로 더 가면 사마세가의 본거지인 제남이 이른다.

 진무궁과 사마세가의 중간 위치에 놓인 양산에서 북쪽으로 황하를 건너 반나절을 가면 천마협의 기억이 생생한 양곡이 나온다.

 눈발이 희끗희끗 흩날리는 잔뜩 흐린 날씨다.

 양산 외곽에 1,000명 정도의 무인들이 긴 대열을 이뤄 나타났다. 행렬 제일 앞에서 펄럭이는 것은 진무궁의 깃발이다. 양곡에서 십대문파와 사마세가를 상대하기 위해 나흘 전 여가허를 떠난 진무궁의 병력이었다.

 그 선두에 악소천과 허이량, 그리고 동방천군 문적방, 남방천군 권사응의 모습이 보였다. 진무궁의 전체 병력 가운데 절반이 모습을 드러낸 것이다.

 진무궁의 무사들은 잠시 행군을 멈춘 채 누군가를 기다리고 있었다. 머지않아 동쪽과 북쪽 관도에서 한 떼의 인마가 거의 동시에 달려왔다. 허이량이 내보낸 정찰대다.

 양곡에 가까워지면서 중간에 십대문파나 사마세가와 부딪칠 가능성이 있었다. 더구나 어제 보고 받은 바로는 양산에서 동쪽으로 하루거리인 함평(咸平)에 사마세가가 일찌감치 도착한 상태였다.

동쪽에서 달려온 정찰대가 먼저 보고를 했다.

"동쪽은 깨끗합니다."

허이량이 반갑지 않은 표정으로 북쪽 길을 살피고 온 정찰대를 향해 고개를 돌렸다.

"개화(芥花) 나루 남쪽을 사마세가가 차지했습니다. 북쪽 나루에는 십대문파가 어제 집결을 끝냈다고 합니다."

"설마……."

허이량이 음성을 흘렸다. 완전히 뒤통수를 맞은 기분이었다.

"뭐가 문제입니까?"

동방천군 문적방이 허이량의 심기가 편치 않음을 눈치채고 물었다.

"사마세가가 꼼수를 부린 것 같습니다. 어제 함평에 있다고 하더니 밤새 샛길로 개화 나루까지 이동해 버렸습니다."

"황하를 건너기가 어려워졌다는 이야기군요."

"아마도 황하를 건널 일은 없을 듯합니다. 북쪽 나루에 있다는 십대문파가 오늘이라도 황하를 건너 내려오겠지요."

"양곡에서 보자고 하더니 그 약속을 깬단 말이오?"

남방천군 권사응이 끼어들었지만 허이량은 아무런 대답도 하지 않았다.

머릿속이 심하게 꼬이고 있었다. 그와 동시에 불길한 예감이 등줄기를 훑고 지나갔다.

'크흑, 교활한 놈……. 설마?'

사마세가가 양곡으로 가는 길목인 개화 나루에 진을 친 뜻은 분명해 보였다. 황하 북쪽의 양곡이 아니라, 남쪽의 개화에서 승부를 보자는 이야기였다.

이 정도 거리면 당장 오늘이라도 양쪽이 맞붙을 수 있었다. 당초 약속보다 이틀이나 빠른 상황이다.

"뭐가 문젠가?"

뒤에서 조용히 듣고만 있던 악소천이 허이량에게 질문을 던졌다. 뜻밖의 변수가 생겼음을 알아챈 것이다.

허이량이 허리를 굽혀 대답했다.

"사마세가가 싸움을 앞당길 모양입니다. 서방천군과 북방천군이 합류할 시간이 없을 것 같습니다. 제 불찰입니다."

이 자리에 진무궁의 전력이 절반밖에 없는 것은 서방천군과 북방천군을 여가허 남동쪽의 상구(商丘)와 북동쪽의 복양(濮陽)으로 보냈기 때문이다. 사마세가가 그 길로 1,000명의 병력을 나눠 진무궁의 배후를 칠 것이라는 정보에 따른 판단이었다.

허이량은 사마세가가 엄청난 병력을 빼돌려 여가허를 치는 까닭을 종내 알 수 없었지만, 앉아서 당할 수는 없다고 생각했다. 그래서 궁리해낸 방법이 서방천군과 북방천군을 남과 북으로 우회시켜 사마세가의 병력을 중간에서 분쇄하자는 것이었다.

계획대로라면 오늘 사마세가의 별동대를 기습해 무찌르고, 이틀 뒤 양곡의 싸움에 합류하게 돼 있었다.

헌데 사마세가는 마치 그 계획을 미리 꿰뚫기라도 한 듯이 싸움의 장소와 시간을 일방적으로 바꿔 버렸다. 그 바람에 진무궁은 절반의 병력으로 사마세가와 십대문파를 동시에 상대해야 하는 어려움에 빠졌다. 수 싸움에서 완벽하게 허를 찔린 셈이었다.

허이량은 그 같은 결과가 우연일 수는 없다고 생각했다.

적에게 발각될 것을 우려해 10명 단위로 쪼개서 이동시킨 서방천군과 북방천군 휘하 병력의 이동경로가 중간에 탄로 났다고 보기에도 무리가 있었다.

십대문파까지 일찌감치 개화나루 북쪽에 집결을 마친 것을 보면 사마세가는 진무궁 아니, 자신의 생각을 훨씬 이전에 알고 있었던 게 분명했다.

과연 어떻게 그런 일이 가능하단 말인가? 설득력 있는 답은 하나였다. 계책을 꿰뚫은 게 아니라, 자신이 그렇게 움직이도록 상대 쪽에서 일을 꾸민 것이다.

그 이야기는 자신이 간자로부터 받은 정보가 사실은 사마세가에서 의도적으로 흘린 역정보라는 의미였다.

허이량의 얼굴이 흉하게 일그러졌다.

제10장
봄 여름 가을 겨울

 진무궁이 양산 외곽에서 멈춰 선 그날 밤, 사마세가의 무사들은 개화 나루 남쪽 강변에 진을 쳤다.
 그 한가운데 마련된 천막 안에서 사마중이 자신의 일족들과 무릎을 맞대고 있었다. 다음날 치러질 진무궁과의 싸움에 대비한 회의였다.
 "진무궁주가 과연 내일 싸움에 응할까요?"
 작전 회의가 대략 마무리될 즈음에 누군가가 사마중에게 물었다.
 좌중의 시선이 자연스레 사마중에게 몰렸다. 내색은 못했지만 모두가 걱정하고 있는 문제였다.

진무궁의 이동을 중간에서 차단해 대결을 예정보다 하루 앞당기는 게 이번 작전의 핵심이라고 해도 과언이 아니었다.

사마세가의 비밀 병력 1,000명이 여가허를 칠 것이라는 거짓 정보를 흘린 까닭은 순전히 진무궁의 전력을 분산시키기 위해서였다.

그 작전이 보기 좋게 들어맞은 지금, 염려할 것은 딱 하나였다. 진무궁주가 병력을 돌려 여가허로 되돌아가거나, 뒤로 물러나 분산된 병력이 도착할 때까지 시간을 끄는 경우다.

사마중이 옅은 미소를 머금었다.

"악소천은 천하를 제 발아래로 보는 자일세. 자존심 때문에라도 우리 앞에서 등을 보이진 않을 거라는 이야기네. 시간을 벌 생각이었다면 오늘 밤을 굳이 양산 북쪽에서 보낼 까닭이 없지. 그가 실리를 따져 움직이는 자였다면 나 또한 애초에 이런 계책은 생각하지도 않았을 테고……. 후후, 잠시 몸을 굽힐 줄 안다는 것이 얼마나 무서운지를 진무궁주는 배워야 할 게야."

사람들이 고개를 끄덕였다. 내일은 결전의 날이 될 것이 분명해 보였다.

사마세가가 비밀리에 키워온 외곽 세력의 중심이라고 할 수 있는 소야장의 가주 전우격이 질문을 던졌다.

"일단 수적인 우세는 확보했지만, 문제는 악소천입니다. 내일 그를 잡을 수 있는 겁니까?"

무엇보다 중요한 사안이다. 인간의 한계를 벗어난 것으로 소문난 악소천이다. 그를 제압하지 못하고서는 결코 승리를 거둘 수가 없을 터였다.

사마중이 천천히 좌중을 돌아보며 사람들과 일일이 시선을 맞췄다. 사람들의 얼굴에 기대와 근심이 교차했다.

누구도 승리를 장담할 수 없는 건곤일척(乾坤一擲)의 승부였지만, 사마중만은 그 결과를 어느 정도 짐작하고 있을 것 같았다. 이번 싸움이 처음부터 사마중의 뜻에 따라 시작됐기 때문이다.

"악소천의 무공이 어디에 닿았는지는 알 수 없다네. 어쩌면 생각보다 더 많은 피를 흘려야 할지도 모르고……."

사마중이 잠시 말을 끊었다. 천막 안에 팽팽한 긴장감이 감돌았다.

"……하지만 사마세가의 가주로서 이것만은 말해줄 수 있지. 내일, 깜짝 놀랄만한 일이 우리를 기다리고 있다네. 거기에 희망을 걸어도 좋을 게야."

숨소리를 죽이고 사마중의 말에 귀를 기울이고 있던 사람들 사이에서 가벼운 흥분이 일었다.

사마중은 승리를 장담하지는 않았지만, 희망이 있다고 말했다. 그리고 그것을 위해 준비한 비장의 무기가 있다는 것도 암시했다.

신중하기로 유명한 사마중이 저 정도의 말을 했다면 보통 자신감이 아니었다.

정말로 내일 이길지도 모른다는 아니, 이길 것이라는 희망이 모두의 가슴에 부풀어 올랐다. 사마중의 우려대로 엄청난 희생을 각오해야겠지만, 승리를 위해 목숨쯤은 내놓을 각오가 돼 있었다.

약간은 들뜬 분위기 속에서 옥두병이 입을 열었다. 사마세가의 방계 세력인 사마별가의 총관인 옥두병 또한 내일의 결전을 위해 평생을 벼른 인물이다.

"잡아둔 쥐새끼는 내일 싸움이 끝난 뒤에 처리하실 생각이십니까? 전대 가주 어른께서는 손을 쓸 수 있을 때 싹을 잘라둬야 한다고 하셨습니다만."

"옥 총관은 역시 확실한 것을 좋아하는 성격이구먼. 일단 그자를 끌고 오게. 오늘 밤을 넘길 명줄인지 아닌지 살펴나 봄세."

사마중의 말에 옥두병이 즉시 몸을 일으켰다.

밖으로 나간 옥두병이 잠시 뒤 누군가를 끌고 들어왔다. 포승줄에 꽁꽁 묶인 초로의 사내는 사마세가의 총관 허정이었다.

사마중이 싸늘한 미소로 허정을 맞았다. 40여 년의 세월을 함께 살아온 사이치고는 너무 박정한 모습이었다.

"고맙다는 말부터 해야 할까? 자네가 나서준 덕분에 진무궁의 병력 절반이 엉뚱한 곳으로 갔으니 말이야."

"네놈이, 네놈이…… 나를 이용해 먹었구나!"

허정이 눈을 부릅뜨고 사마중을 노려봤다. 그의 얼굴에 떠오른 것은 분노와 경악이었다.

사마세가의 무사들에게 기습적으로 포박을 당한 것이 오늘 아침의 일이다.

 자신의 정체가 뒤늦게 탄로 난 줄 알았건만, 사마중의 말을 들으니 단박에 헤아려지는 것이 있었다. 자신이 진무궁에 보낸 정보가 함정이었음을 깨달은 것이다.

 "후후, 자네를 써먹은 게 이번만은 아니지. 그동안 사마세가를 위해서 노고가 많았네. 자네가 사마세가의 재산을 늘리면서 보여준 놀라운 수완은 오래도록 잊지 못할 게야."

 "어, 언제부터 알고 있었던 것이냐?"

 "그리 오래 되지는 않았다네. 사마세가의 울타리 안에 있는 모든 사람이 의심의 대상이기는 했지만, 진무궁이 나타나기 전까지는 누가 적인지를 확인할 방법이 없었으니까. 그래도 언제나 자네가 가장 의심스럽기는 했지. 너무 유능한데다가 필요 이상으로 사마세가에 헌신적이었으니까. 자네가 남몰래 떡고물이라도 챙겼더라면 의심을 덜 샀을 텐데 말이야."

 "지독한 놈들……."

 "게다가 집안 내력인지 허 씨라면 왠지 소홀히 볼 수가 없더구먼."

 "서, 설마……."

 허정이 경악을 금치 못하자 사마중의 얼굴에 묘한 미소가 떠올랐다.

 "호오, 이건 뜻하지 않은 수확인걸? 정말 자네가 그 허 씨와 관계가 있단 말이지?"

"무슨 소리를 하는지 모르겠구나!"

허정이 표정을 바꾸고 차갑게 소리쳤다.

사마중이 뭔가를 알고 한 소리가 아니라, 별 생각 없이 떠봤을 뿐이라는 사실을 깨달았기 때문이다.

허나 이미 엎질러진 물이었다.

사마중이 옥두병을 보며 말했다.

"허허, 옥 총관 아무래도 이자를 써먹을 일이 남은 것 같네. 잘 모시게나."

사실 사마중은 옥두병의 의견대로 허정의 목을 벨 생각을 하고 있었다. 정체가 드러난 적의 첩자를 살려둔 채로 결전에 나설 까닭이 없었다.

하지만 허정이 단순한 끄나풀이 아니라는 확신이 선 이상, 최대한 이용해 먹어야 했다.

사마중이 허정을 잘 모시라고 한 것은 그의 정체를 정확히 캐보라는 지시였다.

아마도 옥두병은 오늘밤 허정에게 죽음 대신에 그보다 더한 고통을 안겨줄 것이다.

허정이 끌려 나가는 것으로 회의는 끝이 났다.

사람들이 흩어진 직후 천막 밖에서 다급한 발자국 소리가 들려왔다.

급히 달려 들어온 사람은 사마중의 아들 사마형이었다.

"아버님, 급한 소식이 들어왔습니다."

사마형이 숨을 고르며 돌돌말린 종이쪽지를 건넸다. 방금 전서구에서 떼어낸 물건이다.

종이를 펴본 사마중의 얼굴에 잠깐 놀란 기색이 떠올랐다가 금세 사라졌다.

잠깐의 침묵 뒤에 사마중이 나지막이 중얼거렸다.

"제천대주가 무공을…… 아니, 어쩌면 그 이상의 것을 되찾은 모양이다."

사마형이 놀란 표정을 감추지 못했다.

"그가 무슨 수로 무공을 되찾았답니까?"

"자세한 내용은 알 수 없구나. 난주성 앞에서 1만 기의 철기마대를 일대 혼란에 빠뜨리고 사라졌다는 소식뿐이니……."

"한 명이 아쉬운 상황에 잘된 일 아닙니까? 그 역시 악소천과는 깊은 원한이 있으니 말입니다."

"글쎄다……. 지금 서쪽 끝에 가 있는 그가 무슨 도움이 되겠느냐? 나중에라도 십대문파와의 관계가 어찌 될지도 모르겠고……. 더구나 황군과 충돌을 한 것도 좋은 일은 아니야."

"그렇……군요. 어쨌거나 진무궁에는 반가운 소식이 아닌 것만은 분명하지 않습니까? 결전을 앞둔 상황에서 이 소식을 접하면 사기가 한풀 꺾이겠지요."

"그래, 그렇겠지……."

사마중이 말꼬리를 흐렸다. 뭔가 복잡한 생각에 빠진 눈치였다.

 사마형이 조용히 고개를 숙여 보이고는 천막을 빠져나갔다. 아무리 먼 곳에서 벌어진 일이라고 해도, 의외의 돌발 변수가 생겼으니 부친에게도 생각을 정리할 시간이 필요할 터였다.

 혼자 남은 사마중은 좀처럼 자리에 앉지 못하고 천막 안을 서성였다. 생각이 좀처럼 모아지지 않는 모양이었다.

 "허어, 알 수 없는 일이로다. 하필이면 이 시점에서 그가 다시 힘을 되찾다니. 대체 하늘은 누굴 도우시려고······. 형이의 말대로 그가 올 때까지 싸움을 늦춰야 하는 걸까?"

 고민의 시간이 얼마나 지속됐을까?

 사마중이 천막 한가운데 우뚝 멈춰 섰다.

 "이대로 있을 수는 없어. 결단을 내려야 해."

 사마중이 뭔가를 결심한 모양이었다.

 곧이어 사마중의 천막에 불이 꺼졌다. 밖에서 보기에는 잠자리에 든 것 같았다.

 그러나 사마중은 천막 안에 있지 않았다. 촛불을 끈 직후, 천막 뒤로 빠져나와 어디론가 은밀하게 사라진 다음이었다. 그가 어디로 향했는지, 그 까닭이 무엇인지를 아는 사람은 아무도 없었다.

* * *

비슷한 시각, 진무궁 쪽에도 석도명의 일이 전해졌다.

그 내용은 더 충격적이었다. 만혼동에서 석도명을 공격했던 독고옹과 지옥귀음이 목숨을 잃고, 200명이 넘는 수하들이 무공을 잃었다는 소식이다.

더구나 석도명이 고독을 복용한 채 환상요희에게 사로잡힌 상태에서 유유히 달아났다는 사실은 허이량을 경악하게 만들었다.

그 소식을 악소천에게 직접 전해야 하는 허이량의 심경은 참담했다.

"궁주…… 죄송합니다."

"허허, 그게 어디 나에게 미안해 할 일인고? 그대는 분명 그대 자신에게 화가 났을 테지."

악소천은 그다지 놀라는 기색도 아니었다. 오히려 모든 것을 당연하게 받아들이는 듯했다.

"궁주께서는…… 일이 이리 될 것을 아셨습니까?"

"세상일이란 그 무엇이라 해도 항상 일어날 수도 있고, 또 일어나지 않을 수도 있는 법. 무엇을 연연하겠는가? 그대의 실망은 그대의 집착을 보여주는 것일 뿐이로다. 나는 이번 일로 그대의 깊은 욕심을 읽었을 뿐이니, 내 무엇을 책망하리요?"

"궁주……."

허이량이 황망히 허리를 굽혔다. 악소천에게 정곡을 찔린 탓이다.

악소천이 형형한 눈빛으로 허이량을 내려다봤다.

"나는 그대를 책망할 생각이 없느니. 그대가 그 오랜 세월 비루하게 몸을 낮춰 산 까닭도 충분히 알고……. 거듭 말하거니와 그대는 그대의 일을 하라. 그대의 열망이 설령 우리 모두를 지옥 불에 태우게 만드는 것이라고 해도, 어쩌겠는가? 그것이 업보이겠거늘."

악소천이 조용히 손을 저어 허이량을 물러나게 했다.

혼자 남은 악소천이 낮게 중얼거렸다.

"인간은 모두 자기의 길을 갈 뿐이로다. 그 길이 서로 뒤엉킨다 해도 누구를 탓하겠느뇨?"

악소천은 만혼동의 일을 듣고서 허이량의 마음을 분명히 알 수 있었다. 평생 충심으로 자신을 받들어온 그가 사실은 자신과 다른 곳을 보고 있다는 것도 알았다.

인간의 기준으로 정(正)과 사(邪), 혹은 선과 악을 구분하는 것을 별로 탐탁지 않게 여기지만, 천마협의 인물들은 결국 마인이다.

이 미묘한 시점에서 허이량이 그들에게 손을 내밀었다는 건 목적을 위해서 수단과 방법을 가리지 않겠다는 의미였다.

악소천은 허이량에 대한 생각을 이내 지웠다. 지금 그의 관심사는 자신의 뒷길이나 따라오며 다른 꿍꿍이를 품고 있는 허이량 따위가 아니었다.

자신이 가고자 하는 길에서 필경 엇갈려 만나야 할 사람들, 석도명과 사마중이 다가오는 중이다. 그들과의 싸움에서 무엇을 얻게 될까? 바로 그것이 자신의 평생을 결정지어 줄 터였다.

"허허, 그대들 중 누가 나와 함께 생사의 경계를 넘을 텐가?"

악소천은 오랜만에 느끼는 묘한 설렘을 맛보고 있었다.

병력이 절반으로 줄었다고 해도 내일의 싸움을 피할 생각은 조금도 없었다.

꼼수를 부려 진무궁의 병력을 분산시킨 것이 사마중의 전부가 아니기를 바랄 뿐이다.

악소천은 믿었다. 저 음험하고 교활한 사마세가가 수적 우위만 믿고서 자신에게 도전장을 내지는 않았을 것이라고. 천룡의 후예다운 한 수를 반드시 준비했을 것이라고.

"그래, 누가 무일공의 주인인지를 가려 보자꾸나……."

악소천의 눈빛이 깊게 가라앉았다.

* * *

날이 새는 것과 동시에 개화 나루 북쪽 강변에 진을 치고 있던 십대문파와 과거의 오대세가, 무림지사 등으로 구성된 3,000명의 병력이 황하를 건넜다. 강이 얼어붙는 추운 날씨 덕에 도강은 순식간에 끝이 났다.

무림맹 쪽의 전력은 사마세가를 포함해 4,000명이 넘었다. 진무궁보다 4배나 많은 숫자다.

결전을 앞둔 무림맹의 수뇌들이 사마중의 천막에 모였다. 십대문파의 수장들은 자신들이 새로운 무림맹주로 추대한 사마중에게 회의 진행을 맡겼다.

사마중은 무림맹주직을 받아들이지 않은 상태였지만, 회의를 이끌기는 했다. 오늘의 결전이 처음부터 자신의 계획에 따라 이뤄진 것이기 때문이다.

"회의에 앞서 따로 소개할 분들이 계시오."

사마중이 좌중의 사람들을 향해 가볍게 인사를 마친 직후, 화산파 장문인 구유청의 입에서 예상치 못한 발언이 나왔다. 때맞춰 나이를 헤아리기 어려운 노인 다섯이 안으로 들어왔다.

의아한 표정으로 노인들을 살펴보던 사람들이 분분히 일어나 허리를 숙였다.

"괴협오선(怪俠五仙)……."

누군가의 입에서 그 한 마디가 흘러나왔다.

그들은 오래전에 종적을 감췄던 전대의 기인들로 본시는 무당파와 화산파, 소림사, 공동파, 궁가방에 적을 두고 있던 인물들이다.

천마협와 싸우는 과정에서 뜻이 맞아 양곡대전이 끝난 뒤에도 사문으로 돌아가지 않고 천하를 주유하다가 홀연히 자취를 감춘 게 벌써 30여 년 전의 일이다.

명문 정파의 제자면서도 규범에 얽매이지 않고, 온갖 기행을 일삼은 덕분에 오괴협(五怪俠)이라는 별호를 얻기도 했지만 협행이 쌓이고 명성이 높아지면서 나중에는 괴협오선으로 불리게 됐다.

 죽었다는 소식은 들리지 않았지만, 괴협오선이 아직까지 멀쩡하게 살아 있을 것이라고 믿는 사람도 거의 없었다. 양곡대전 당시에 이들의 나이가 이미 40대 중후반, 지금은 100세 안팎의 고령이기 때문이다.

 괴협오선의 갑작스런 등장으로 묘한 긴장감과 가벼운 흥분이 일었다.

 일단 이 자리에서 배분으로 따져 이들과 어깨를 나란히 할 수 있는 사람은 아무도 없었다. 십대문파 장문인들에게도 최소한 사숙 뻘이니 말이다.

 게다가 50여 년 전에도 손꼽히는 고수였던 기인들이 필경 산속에 틀어박혀 죽어라 연공을 해댔을 게 분명하니 무공 또한 말할 필요가 없을 터였다.

 사마중은 애써 표정을 관리했다.

 사마세가를 잔뜩 추켜세우며 진무궁과 싸우자고 졸라대더니 십대문파에게도 한 가닥 믿는 구석이 있었던 것이다. 괴협오선의 등장이 자신과 사마세가의 영향력을 제한하는 결과를 가져올 것은 불을 보듯 뻔했다.

 "노선배님들을 환영합니다."

사마중이 괴협오선을 향해 포권을 했다.

"크흠, 서산일굴(西山一屈)일세. 동방의 명산 백두산(白頭山)의 절경에 흠뻑 취해 있다가 세상이 어지럽다기에 급히 달려왔다네. 우리가 많이 늦었나?"

괴협오선 가운데 가장 연장자로 알려진 무당파 출신의 자허가 사마중의 인사를 받는 둥 마는 둥 하며 의자 하나를 꿰차고 앉았다. 30여 년 만에 나타났으면서도 마치 아침녘에 나들이를 나갔다가 돌아온 듯이 태평스런 태도였다.

"허엄, 천금일확(天禽一攫)이라네."

"나는 주육일미(酒肉一味)."

"여기는 구루일개(狗淚一丐)."

"소년일로(少年一老)가 이 몸일세."

나머지 노인들이 자신의 별호를 주워대며 나란히 자리를 잡았다.

괴협오선은 서로 어울리기 시작한 뒤로 따로 별호를 지어 부르고 다녔는데, 거기에는 공통적으로 일(一)자가 들어 있었다. 자신이 유일무이한 존재라는 은근한 자부심의 표현이었지만, 그 뜻은 제각기 달랐다.

무당파의 자허가 서산일굴인 까닭은 젊은 시절 하북 서산에서 당한 한 번의 패배를 평생 되새긴다는 의미고, 화산파 정빈(丁彬)의 천금일확은 날아가는 새도 단번에 잡는다는 호언(豪言)이다.

또 소림사 출신의 현본은 한 번 맛본 술과 고기를 못 잊는다고 주육일미, 공동파 추명(秋冥)은 애늙은이라는 별명 때문에 소년일로가 됐다는 식이다.

괴협오선이 착석을 마치자, 각 문파의 수장들이 다시 자리에 앉았다.

서산일굴이 기다렸다는 듯이 사마중에게 물었다.

"오늘 싸움에 우리가 낄 자리가 있겠는가?"

"어찌 노선배님들의 수고를 사양하겠습니까마는……."

"……까마는?"

"십대문파가 어떤 목적으로 싸움에 나서느냐에 따라 모든 게 달라지겠지요."

사마중이 괴협오선을 상대로 공연히 말을 빙빙 돌린다고 생각한 구유청이 끼어들었다.

"어떤 목적이라니? 진무궁을 무찔러 그들의 오만함을 단죄하고 무림의 정기를 바로잡는 게 우리가 이곳에 모인 까닭이잖소!"

사마중이 빙긋 웃어 보였다.

"허허, 그게 가능하다면야 무얼 망설이겠소? 당장 나가서 싸워야지."

"그 말씀은 어째 우리가 질 것이라는 뜻으로 들리는구려. 그렇다면 왜 진무궁에 도전장을 내고, 모든 문파를 불러 모은 것이오?"

사마세가에 대해 뿌리 깊은 반감을 갖고 있는 헌원세가의 가주 헌원소가 볼멘소리를 했다. 다른 이들도 답답하다는 표정을 지었다.

신중하기 짝이 없는 사마중이 이 정도로 크게 일을 벌였기에 승리의 가능성을 믿고 달려온 길이다.

사마중의 계산에 들어 있지 않았을 괴협오선까지 나타나 든든한 지원군 노릇을 해주겠다는 마당에 이제 와서 새삼 가능성을 운운하다니!

사마중은 그런 반응에 별로 개의치 않는 기색이었다.

"열에 아홉을 이기고도 결과가 달라질 수 있는 게 싸움이외다. 하물며 오늘 진무궁의 절반을 물리치고, 다시 나머지 절반을 물리치면 강호가 평화로워질 것 같소이까? 호랑이와 곰이 싸워 피투성이가 되기를 기다리는 굶주린 늑대들은 어쩔 게요?"

"허어……."

모두의 가슴에 그늘이 드리워졌다.

진무궁과 건곤일척의 승부만 벼르고 달려왔지, 그 뒤의 일에 대해서는 깊이 생각하지 않은 게 사실이다. 아니, 그 부분까지 사마중에게 미뤄두고 있었던 모양이다.

사마중이 무림맹 군사로 있던 시절부터 그런 일은 언제나 그의 몫이었으니까.

하지만 사마중의 말을 듣고 나니 새삼 명확해지는 부분이 있었다.

과거 천마협과의 싸움에 팔을 걷어붙였던 사파가 이번에는 구경만 하고 있는 상황이다. 진무궁과의 싸움에서 승리를 거둔다고 한들, 정파가 만신창이가 되면 사파에서는 좋아서 춤을 출 것이다.

"허면 어쩌자고? 우리 늙은 것들은 다시 백두산으로 돌아갈까? 끌끌, 혹시 자네도 마누라 품이 그리워서 그런 거 아닌가?"

궁가방의 기인 구루일개가 실없이 히죽거렸다. 말은 농담조지만, 대책이 있으면 어서 말하라는 채근이다.

사마중이 결연한 표정으로 좌중을 둘러봤다. 정말로 필요한 한 마디를 해야 할 순간이었다.

"이기든 지든, 오늘 싸움의 목적이 공멸에 있지 않다는 것에 동의한다면…… 그 시작과 끝을 전부 내게 맡겨주시오."

"오오!"

"아……."

천막 안에 탄성과 탄식이 이어졌다.

사마중은 허울뿐인 무림맹주 자리에는 눈도 주지 않았다. 대신 십대문파와 이제는 이름뿐인 오대세가가 자신을 믿고 따라달라고 요구한 것이다.

괴협오선의 등장과 함께 십대문파 쪽으로 기우는 것 같았던 좌중의 분위기가 순식간에 반전됐다.

이 자리에 죽음을 무릅쓰고 싸울 수 있는 용기를 지닌 사람은 많았지만, 복잡한 강호의 정세를 꿰뚫고 그에 대비할 수 있는 심모원려를 가진 사람은 드물었다. 아니, 사마중이 거의 유일한 인물이라고 해도 과언이 아니었다.

사람들이 하나둘 고개를 끄덕이기 시작했다.

어차피 사마중을 무림맹주로 추대하려던 차였다. 거기에 힘을 조금 더 실어주는 것뿐이다.

물론 우려가 없지는 않았다.

과거 양곡대전의 승리는 사마세가를 오대세가의 반열에 올려줬듯이 오늘 싸움으로 사마세가는 명실상부한 천하제일가가 될 수도 있으리라.

그러나 설령 그렇다 한들 진무궁에 머리를 숙이는 것보다야 치욕스럽겠는가?

*   *   *

사마세가를 필두로 한 4,000의 병력은 개화나루에서 남쪽으로 내려가 너른 들판에 진을 쳤다. 진무궁이 밤을 보낸 장소에서 이각이면 달려올 수 있는 거리였다.

사마중의 예상대로 악소천은 뒤로 물러나거나, 시간을 벌고 하지 않았다.

시간이 미시(未時; 오후 1~3시)에 접어들 무렵, 악소천과 진무궁의 무사들이 눈 덮인 벌판을 가로지르며 나타났다.

무림맹 측이 사마중의 작전에 따라 병법에 따른 진용을 갖춘 반면, 진무궁은 그저 줄을 맞춰 걸을 뿐 특별한 움직임을 보이지 않았다. 자신감의 표현이었다.

양쪽이 적당한 거리를 두고 멈춰 선 뒤 진무궁 쪽에서 누군가가 나섰다. 군사 허이량이다.

그 모습을 본 사마중이 앞으로 나갔다.

사실상 무림맹주 역할을 하고 있는 사마중이 허이량을 상대하는 건 격이 맞지 않는 느낌이었다. 그러나 사마중이 생각하기에 이 싸움의 시작과 끝을 조율할 사람은 자신뿐이었다.

"허허, 머리를 많이 쓰신 모양이외다. 복양과 상구에는 아무것도 없겠지요?"

허이량은 자신이 머리싸움에서 졌다는 사실에 자존심이 크게 상한 기색이었다.

"손자(孫子)가 이르기를 병법은 궤도(詭道; 속임수를 쓰는 일)라 하지 않던가? 내 그대의 주인과 직접 이야기를 나누고 싶으니 그대는 물러나게."

"내 주인께서는 검으로 말하는 분이시오. 나는 그분의 입노릇을 하는 사람이고……."

허이량이 물러날 기미를 보이지 않자 사마중이 미소를 머금었다.

"그대의 이름이 허이량이라 했던가? 공교롭게 그대 또한 허씨로군. 자세히 보니 눈매가 닮았구먼."

허이량의 얼굴이 딱딱하게 굳어졌다.

허이량은 사마중이 허정의 일을 거론하고 있음을 알았다.

정체가 드러난 허정이 무슨 일을 당했을지는 불을 보듯 뻔했다.

두 사람이 형제라는 사실까지 알고 있는 것을 보니, 감당 못 할 고문이 가해진 게 틀림없다.

"나쁜 놈들……. 무슨 짓을 한 거냐?"

"흥분하지 말게. 나는 손에 쥔 패를 함부로 굴릴 만큼 어리석은 사람이 아니니까. 누군가의 안전을 생각해서라도 부디 빠져 주겠나?"

"……."

허이량이 악소천 곁으로 되돌아가자, 사마중이 외쳤다.

"진무궁주는 이 벌판을 아니, 강호 전체를 혈해(血海)로 만들 생각이시오?"

악소천이 제자리에서 대답했다. 공력이 실린 낮은 음성이 벌판을 울렸다.

"으허허, 누가 할 소리인지 모르겠느니. 내가 두 번은 용서하지 않는다는 것을 알면서도 이렇게 떼로 몰려든 것은 너희가 아니었더냐? 피를 한 번 흘린 것으로는 부족했던가?"

진무궁과 혈전을 치렀던 주요 문파 사람들의 얼굴이 일제히 어두워졌다.

항복한 자는 용서하지만, 두 번 반항하는 자는 살려두지 않는다는 게 진무궁의 철칙이다. 오늘 싸움에서 질 경우, 무수한 이들이 목숨을 부지할 수 없을 터였다.

"오해하지 마시오. 이들은 진무궁주가 열고자 하는 새로운 강호의 질서를 세상에 증언하기 위해 이 자리에 왔을 뿐이올시다."

"증언이라…… 좋은 말이로다. 헌데 그대가 말하는 그 질서란 무엇인고?"

사마중이 품에서 뭔가를 꺼내 던졌다.

두 사람의 거리가 족히 50장이나 되는데도 물건은 일직선으로, 그러나 느리게 날아갔다.

악소천이 손을 뻗어 그 물건을 받아들었다. 자신이 사마세가에 보낸 승천패였다.

그 모습을 보면서 사마중이 말했다.

"당신이 그 물건을 내게 보낸 이유를 나는 이렇게 해석했소이다. '약한 것도 죄가 아니요, 강한 것도 죄가 아니다.' 내 생각이 틀렸소이까?"

악소천의 얼굴에 만족스런 웃음이 떠올랐다.

"으허허, 그대가 옳도다. 약한 것이나 강한 것이 죄가 될 수는 없지. 강자가 영원하지 않듯이 약자의 신세 또한 영원한 것은 아닐 터이니. 으허허!"

양쪽 진영의 사람들이 동시에 술렁였다.

악소천과 사마중 사이에 오간 대화를 풀이하느라 여기저기서 쑥덕이는 소리가 들려왔다.

그 의문은 사마중의 음성을 통해 곧 풀렸다.

"이 점을 분명히 해주시오! 오늘 이 자리에서 과연 누가 무공의 끝에 더 가까이 다가섰는지를 확인해 봅시다. 그것으로 승부가 가려지면, 그 결과에 깨끗이 승복하겠소. 당신이 이긴다면 우리는 오늘부로 무림맹을 완전히 해체하고 물러날 것이오. 또한 앞으로 십대문파나 오대세가라는 이름으로 파당을 짓지도 않으리다. 누구든 강자에게 도전할 수 있는 세상, 그것만이 새로운 질서가 될 테니까. 반대로 우리가 이긴다면 진무궁은 원래 있던 곳으로 되돌아가시오."

묘한 이야기였다.

한 마디로 요약하자면, 누가 천하제일의 자리에 있는가를 대놓고 가리자는 것이다. 강한 자와 약한 자, 그것 외에는 정사의 구분조차 주지 않겠다는 뜻까지 담겨 있다.

더구나 십대문파라고 싸고돌거나 오대세가라고 서로 봐주는 일도 하지 않겠다는 소리다. 강한 자는 존경을 받지만, 약한 자 또한 존중을 받는 그런 세상을 열겠다는 의미였다.

물론 그 모든 것이 이뤄지려면 진무궁이 승리를 거둔다는 전제가 충족되어야 했지만.

사람들의 웅성거림이 더욱 심해졌다.

사마중의 말은 과거 여운도가 추진했던 무림맹의 개혁과는 차원이 다른 것이었다. 십대문파의 기득권을 깨는 정도가 아니라, 아예 강호의 질서를 송두리째 뒤엎는 거나 마찬가지였다.

탐욕과 모략과 질시와 배척이 사라지고, 배경이 아니라 무공만으로 모든 것이 결정되는 세계. 약자에게 죽음 대신, 다시 도전할 수 있는 기회가 허락되는 세상.

무림인이라면 누구나 한 번쯤은 그런 이상적인 세상을 꿈꿔 봤을 것이다. 그러나 어린아이가 아닌 이상, 그것이 얼마나 어렵고 무모한 이야기인지도 알고 있으리라.

사실 악소천이 사마중에게 승천패를 보내 스스로 천룡의 후예임을 밝힌 까닭은 자신이 무황태제가 남긴 4경을 차지하기 위해 온 것이 아님을 넌지시 알리기 위해서였다.

4경을 차지하기 위해 싸우는 일은 그만 두고, 한 명의 초인을 탄생시키기 위해 모든 것을 쏟아 붓던 천룡부의 원형으로 돌아가자는 제안이었다.

동시에 떳떳하게 만나 무공을 겨뤄보자는 도전장이기도 했다. 스승의 경지를 뛰어넘기 위해 최선을 다해 선의의 경쟁을 펼쳤던 무황태제의 네 제자처럼 말이다.

악소천은 사마세가가 무일공에 얼마나 접근했는지 확인해 보고, 만에 하나 사마중이 자신을 앞섰다면 천룡부의 적통을 넘기고 홀로 떠날 생각까지도 하고 있었다.

그런데 사마중은 악소천의 제안을 아예 강호 전체로 확대해서 돌려준 것이다.

악소천이 입가에 웃음을 머금고 허이량을 바라봤다.

"그대가 듣기에는 어떠한가?"

"궁주의 뜻을 따를 뿐입니다."

허이량이 짧게 대답했다.

하고 싶은 말은 많았지만, 결국 악소천이 결정할 일이었다. 더구나 동생의 목숨이 사마중의 손아귀에 있으니, 고집을 부리기도 어려웠다.

한편, 십대문파 쪽은 벌집을 건드린 것처럼 소란스러웠다. 사마중에게 뒤통수를 맞은 기분이었다.

모든 싸움을 자신에게 맡겨달라기에 믿고 동의를 해줬을 따름이다. 헌데 싸울 생각은 하지 않고 덜컥 세상을 바꾸려고 들다니!

아무리 봐도 사마중은 강호의 장래를 걸고 악소천과 직접 대결을 벌이려는 것 같았다.

그렇다면 진무궁보다 4배나 많은 병력을 어렵게 끌어 모은 게 아무 소용이 없질 않은가? 대체 무슨 자신감으로 저러는지 모르겠으나, 사마중이 지면 자신들은 어쩌란 말인가?

"어허, 위험한 발상이오. 사마 가주는 어찌 저렇게 무모한 도박을 벌이려는 게요?"

"이거야말로 진무궁을 천하의 주인으로 떠받들자는 발상이 아니겠소이까?"

십대문파의 장문인들은 불편한 심기를 감추지 못했다. 굳이 음성을 낮추지 않는 게 사마중이 들으라고 하는 소리였다.
 "크흠, 진무궁을 주인으로 삼자는 이야기는 아니질 않소? 무모한 싸움을 피하자는 건데."
 남궁세가의 가주 남궁강이 사마중을 거들고 나섰다.
 한때 십대문파와 어깨를 나란히 하던 오대세가의 일원이었지만, 남궁강은 생각이 달랐다.
 사실 모용세가와 사마세가가 무림맹을 탈퇴하고, 천가장이 쑥대밭이 된 뒤로 오대세가는 유명무실해진 상태다. 남궁세가는 무림맹이 없어진다고 해도 십대문파처럼 아쉬운 처지는 아니었다.
 이기면 좋겠지만, 이길 수 없는 싸움이라면 제자들의 목숨을 보존하는 게 더 낫다는 생각이었다. 어차피 진무궁의 세상인데 무림맹이 없어진들 뭐가 달라지겠는가?
 "험험, 제자들의 목숨을 아껴야지요."
 "맞소이다. 오늘만 날이겠소?"
 십대문파의 위세에 눌려 있던 중소문파의 수장들이 노골적으로 공감을 표했다.
 십대문파의 기득권을 깨야 한다는 이야기는 과거 소의련의 주장과도 맞닿아 있었기 때문이다.
 적을 앞에 두고 자칫 자중지란에 빠질 수 있는 상황을 정리한 것은 괴협오선이었다.

"흘흘, 약한 게 죄가 아니다……. 아아, 우리 거지들 이야기로구나."

궁가방 출신의 구루일개가 너스레를 떨었다.

"흐흐, 거지한테만 해당되는 이야기는 아니지. 강한 놈한테는 언제고 도전할 수 있다잖아. 이참에 우리도 서열을 정해볼까?"

"아서라, 나는 악가 놈하고나 싸워 보련다."

화산파의 천금일확과 무당파의 서산일굴이 농을 주고받았다.

뜻밖에도 사마중을 지지하는 이야기였다. 명문 정파 출신답지 않은 자유분방한 정신의 소유자들이기에 가능한 생각이었다.

"그리 간단한 문제가 아닙니다. 십대문파가 흩어지면 진무궁이 세상의 주인이 되지 않겠습니까?"

화산파 장문인 구유청이 조심스레 자기 의견을 밝혔지만 소림사 출신의 파계승 주육일미가 코웃음을 쳤다.

"쯧, 걱정도 팔자로다. 악소천이 살면 천년만년을 살겠더냐? 장강이 마르지 않는 한 물은 영원히 흘러가는 것이거늘 어찌 그 이치를 모르고……."

"뭐, 형님들보다야 오래 살겠죠."

괴협오선 가운데 가장 나이가 적은 소년일로가 농담으로 그 말을 받았다.

더 이상 왈가왈부하고 드는 사람은 없었다.

주육일미의 말처럼 악소천이 영원히 살 수 있는 것도 아니고, 진무궁만 계속 강하라는 법도 없었다.

십대문파에서도 언제고 악소천 못지않은 절대고수가 나올 수 있는 것이다.

그때 악소천의 음성이 들려왔다.

"어떻게 설명한들 달라질 것이 없도다. 싸울 용기가 있는 자, 오라!"

악소천은 말을 끝내는 것과 동시에 거침없이 앞으로 나오고 있었다.

그 앞을 동방천군 문적방이 막아섰다.

"외람되오나, 제가 먼저 나서보겠습니다. 저들 가운데 저를 이길 자가 있다고는 생각되지 않습니다."

문적방은 사마세가와 두 번 싸워 아무런 성과를 내지 못하는 바람에 자존심이 상해 있던 차였다. 오늘만큼은 제대로 만회를 해야겠는 생각이었다.

헌데 그 순간 사마중 뒤편에서도 엉뚱한 사람이 뛰쳐나왔다.

"네 녀석을 이기면 악가하고 싸울 수 있는 게냐?"

무당파의 서산일굴이 흰 수염을 날리며 다짜고짜 문적방에게 싸움을 청했다.

하지만 서산일굴은 미처 검을 뽑을 수가 없었다. 괴협오선

봄 여름 가을 겨울

이 전부 달려 나와 서산일굴을 잡고 늘어졌기 때문이다.

"어허, 이런 건 나한테 맡기라고."

"백두산에서는 잠만 자던 사람들이 왜 이러시나?"

괴협오선은 삶에 대한 집착도, 재미도 잃은 지 오래였다. 천하제일인 자리를 놓고 원 없이 싸울 수 있는 기회를 어찌 놓치겠는가?

그때 진무궁 쪽에서도 남방천군 권사웅이 나섰다.

"사형, 나도 양보할 생각이 없소."

악소천의 두 제자와 괴협오선의 시선이 허공에서 잠시 얽혔다.

"그러면 떼로 싸워 보자고!"

"좋지, 좋—아."

괴협오선이 동시에 검을 뽑아들었다. 문적방과 권사웅도 망설이지 않고 검을 들었다.

이내 일곱 사람의 신형이 양 진영의 중간에서 맞붙었다.

일곱 사람의 싸움은 치열하고 또 화려했다.

검이 맞부딪칠 때마다 얼어붙은 땅바닥이 뒤엎어지며 사방으로 흙과 눈이 튀었다.

전설에서나 듣던 검기와 강기가 난무하는 싸움이었다.

2 대 5의 혼전인 탓에 제대로 지켜보기는 쉽지 않았지만 어느 쪽의 우세라거나 열세를 말할 수 없는 접전이 이각 넘게 이

어졌다.

 쾅, 쾅, 콰쾅!

 싸움이 무한정 달아오르는 것 같더니 갑자기 폭음이 연달아 터졌다. 그리고 정적이 찾아들었다.

 "쿨럭."

 "크—헉."

 양쪽에서 기침 소리와 무거운 신음이 동시에 흘러나왔다.

 문적방은 검을 짚은 채 겨우 버티고 섰고, 권사응은 한쪽 무릎을 꿇고 있었다. 강호에 나와 무패의 전적을 자랑하던 두 사람이 이런 모습을 보이기는 처음이었다.

 괴협오선은 뒤로 몇 걸음을 물러난 상태에서 두 사람이 나머지 셋을 부축하고 있었다.

 문적방과 권사응이 내상을 당한 반면, 괴협오선 가운데 세 사람이 가슴과 허리께에 제법 깊은 상처를 입은 형편이었다.

 수적인 열세에도 불구하고 악소천의 두 제자가 초식에서는 확실한 우위를 보였다는 뜻이다.

 그나마 몸이 성한 구루일개와 서산일굴이 나머지 세 사람을 챙겨 뒤로 물러났다. 악소천과 싸울 수 있는 처지는 아니었다.

 괴협오선의 무위를 확인한 터라 무림맹 쪽에서 다른 사람이 나설 기미는 보이지 않았다.

 마침내 악소천과 사마중이 싸울 차례였다.

 치잉.

사마중의 칼이 검집을 빠져 나오며 낮게 울었다.

"오래 기다렸노라."

악소천이 검을 마주 세우며 말했다.

두 사람에게는 평생을, 가문으로서는 무려 300년을 기다려 온 싸움이었다.

"헛!"

무림맹 진영에서 탄성이 터졌다. 사마중의 검에서 금빛 강기가 두 자 넘게 솟구쳤기 때문이다.

지략가로만 알려진 사마중이 강기를 자유롭게 구사할 줄이야!

'허어, 용이 똬리를 틀고 있는 것을 몰랐구나.'

화산파 구유청의 표정이 심각해졌다.

머리 쓰기와 돈벌이에 능해 세가의 몸집만 잔뜩 키워놨지, 실속은 없다는 게 사마세가에 대한 그간의 평가였다. 십대문파의 장문인들 또한 그런 이유로 사마중을 은근히 눈 아래로 보고 있었다.

하지만 진무궁의 출현 이후 드러난 사마세가의 전력은 상상 이었다. 게다가 가주마저 십대문파의 장문인들보다 두어 걸음을 앞서는 초절정고수다. 지략과 재력에 이어 무력까지 갖췄으니 진무궁을 제외하고는 어느 문파가 사마세가에 대적을 할 수 있겠는가?

괴협오선의 얼굴에도 놀라움이 떠올랐다. 사사건건 사마세가와 시비를 벌였던 헌원소는 침통한 마음을 숨기지 못했다.

"암, 그쯤은 돼야지."

사마중이 강기를 뽑아내자 악소천이 활짝 웃었다. 모처럼 적수를 만났다는 반가움이 역력했다.

이어 악소천의 검에서 녹색 강기가 솟구쳤다.

사마중이 먼저 손을 썼다.

지이이잉.

사마중의 검이 특이한 검명을 울리며 머리 위에서 아래로 무겁게 떨어졌다. 삼척동자도 구사한다는 태산압정이 아닐까 싶을 정도로 단순한 움직임이었다.

헌데 그 다음 순간 두 줄기 검강이 사마중의 정면에서 열십(十)자로 교차했다. 두 번의 동작을 한 번으로 착각하게 만든 것인지, 정말로 단번에 두 갈래의 검강을 구사한 것인지 구분이 되지 않았다.

두 갈래 검강이 교차하는 지점을 악소천의 검이 찌르고 들어왔다.

챙.

검강과 검강이 충돌한 것이라고는 믿기지 않는 가벼운 금속성이 울렸다.

사마중이 왼쪽으로 비스듬히 나가면서 거푸 검을 뻗었다. 당연히 악소천의 오른쪽에 공격이 집중돼야 했지만, 좌우에서 동시에 검이 날아들었다. 한쪽에 검을 퍼부을 때마다 그 반대편에서도 똑같이 검강이 쏟아졌다.

사마중의 첫 수는 우연도, 눈속임도 아니었다. 마치 그림자가 사람을 따르듯, 사마중이 검을 쓸 때마다 또 하나의 검강이 뻗어 나와 빈 공간을 파고들었다.

사람들로서는 난생처음 보는 괴이한 수법이었다. 양손에 검을 든다고 해도 저렇게 싸울 수는 없을 터였다. 더구나 검도 아닌, 검강을 두 갈래로 나눠 쓸 수 있다니!

사람들의 놀람과는 달리 악소천은 태연하게 사마중의 검을 걷어냈다. 오히려 미소가 더욱 짙어졌을 뿐이다.

"허허, 공간을 나누어 쓸 줄 알다니…… 암, 그래야지."

본류가 같은 무공을 익힌 탓인지 악소천은 사마중의 검을 정확하게 꿰뚫어 봤다.

공간을 분할해 하나의 검을 두 개로 나눠 쓰는 수법은 천룡부의 절학인 유일공의 묘리이자, 태황태제가 남긴 4경의 일부다.

양의공공(兩意空功)을 깨달아야 비로소 시공(時空)을 가로지르는 경지로 나갈 수 있었다. 전설의 무일공은 시공조차도 무의미하게 만든다고 했지만.

사마중은 악소천의 칭찬이 조금도 반갑지 않았다. 악소천이 더 높은 경지에서 자신을 훤히 내려다보고 있는 느낌이 든 탓이다.

실제로 악소천은 사마중이 퍼부은 두 갈래 검강을 평범하기 짝이 없는, 게다가 느릿한 동작으로 막아내고 있었다. 후발선

제(後發先制)와 이소충족(以少充足; 적은 것으로 넘치게 채움)의 묘리를 동시에 발휘하고 있다는 뜻이다.

"차앗!"

사마중의 입에서 기합이 터졌다.

사마중이 두 발을 기묘하게 움직이며 악소천의 주변을 빠르게 휘돌았다.

"오오!"

"어찌 저럴 수가!"

관전자들 사이에서 다시 감탄이 터졌다.

사마중의 신형이 쫘악 갈라지는 듯하더니 두 개로 늘어났다. 두 갈래 검강으로도 부족해, 이제는 두 명의 사마중이 악소천을 무자비하게 공격하고 있었다.

몸이 너무 빠르게 움직여서 순간적으로 두셋으로도 보인다는 이형환위와는 전혀 다른 수법이었다.

사람들은 알지 못했지만, 검으로 공간을 나누는 양의공공이 심화돼 몸으로 펼쳐지는 경지인 면면발이(綿綿發異)였다.

"허어…… 헛살았구나, 헛살았어."

서산일굴이 침음성을 흘렸다.

사마중의 동작이 어떤 원리로 이뤄진 것인지는 머리로 헤아릴 수 있었다.

검술의 끝에 저런 경지가 있다는 것도 알고, 죽기 전에 한 번 도달해 보고 싶었다. 그러나 그것이 어떻게 가능한 것인지는 전혀 알지 못했다.

헌데 사마중이 그 꿈같은 경지를 바로 눈앞에서 펼쳐 보이고 있다. 게다가 악소천은 태연하게 그걸 받아내고 있지 않은가?

채채채챙.

검강이 난무하는 살벌한 풍경과 달리, 가볍기만 한 금속성이 끝없이 울려 퍼졌다.

두 명의 사마중이 모두 네 갈래의 검강을 뿌리며 악소천을 집요하게 몰아갔지만 결정적인 승기를 잡지 못하는 모습이었다.

악소천은 가운데서 꼼짝도 하지 않은 채 공격을 받아냈고, 사마중은 번번이 막히는 줄 알면서도 소나기 공격을 퍼부어댔다.

사마중이 보여준 놀라운 경지에 탄성을 연발하던 무림맹 쪽에 깊은 침묵이 내려앉았다.

누구라도 알 수 있었다.

사마중이 최선을 다하고 있다는 사실을. 그리고 이제 더는 보여줄 게 없다는 사실도.

마침내 악소천이 입을 열었다.

"네 앞의 벽이 아직 높구나."

번쩍.

그렇게밖에는 설명할 수 없었다.

회오리처럼 몰아치는 사마중의 신형에 가려 제대로 보이지 않던 악소천의 몸에서 순간적으로 빛이 터지는 것 같았다.

그리고 다음 순간, 그림자로 방벽을 쌓은 것 같았던 사마중의 신형을 뚫고 악소천이 나타났다. 그것도 하나가 아닌 넷이.

사마중이 필사의 힘으로 펼친 모든 수법이 와르르 허물어졌다.

"크흑."

사마중이 검을 떨어뜨리고 두 손으로 가슴을 움켜쥐었다. 가슴에 열십자 모양으로 상처가 패여 있었다.

마음을 먹었다면 사마중의 심장까지 네 조각을 낼 수 있었지만, 악소천은 그리 깊지 않은 상처만 남겼다.

사마중을 무너뜨린 4개의 그림자가 다시 악소천의 몸으로 되돌아갔다. 악소천은 원래의 자리에서 한 걸음도 움직이지 않은 상태였다.

시공을 초월하는 경지가 무엇인지를 단 한 번의 몸짓으로 보여준 것이다.

악소천이 무림맹 쪽으로 고개를 돌렸다.

"누가 더 나설 텐가?"

되돌아오는 답은 없었다.

악소천과 싸워보겠다고 소란을 떨었던 괴협오선조차 할 말을 잃었다. 사람이 아닌 존재와 누가 감히 싸우겠는가?

그날 4,000여 명에 달하는 정파의 무사들은 검 한 번 뽑아

보지 못하고 개화 나루를 떠났다.

*　　　*　　　*

개화 나루의 싸움에서 악소천이 승리를 거두고 10여 일이 흘렀다.

세상은 진무궁의 시대가 열리고, 무림맹 혹은 십대문파의 시대가 완전히 끝났다고 수선을 피워댔지만 당장 달라진 것은 없었다.

변화의 물꼬만 트였을 뿐, 변화가 시작되려면 적잖은 시간이 흘러야 했다. 수백 년을 이어온 십대문파의 뿌리는 깊고, 진무궁의 역사는 아직 일천했으므로.

진무궁 다음 가는 막강한 전력을 고스란히 거둬가지고 산동으로 돌아간 사마세가는 문을 굳게 걸어 잠갔다. 십대문파 또한 조용히 내부 단속에만 힘을 기울였다.

들끓던 강호가 갑자기 조용해졌지만, 온전한 평화가 찾아왔다고 믿는 사람은 별로 없었다.

무림맹은 해체됐지만, 십대문파는 언제고 진무궁에 도전할 수 있었다. 진무궁이 누르고 있는 힘의 균형이 깨지는 순간, 싸움은 다시 번질 터였다.

그리고 그 힘의 균형을 깨줄 사람이 누구인지를 세상이 아는 데는 그리 오랜 시간이 걸리지 않았다.

사광 현신으로 부활한 제천대주가 복수를 위해 대륙을 가르고 있다는 소문이 빠르게 퍼져나갔다.

세상을 하얗게 뒤덮으며 함박눈이 쏟아지고 있다.
식음가 유일소의 묘.
그 초라한 무덤 위에도 눈이 수북이 쌓여 있다.
석도명이 손을 들어 무덤 위의 눈을 걷어냈다. 오랫동안 돌보지 않은 무덤은 잡초가 무성했다.
석도명이 한참 동안 무덤을 쓰다듬었다.
부도문과 함께 기련산에서 돌아온 길이다. 황궁에도 들리지 않았고, 바로 지척에 있는 진무궁으로도 가지 않았다. 정연을 찾아가는 것 또한 나중이었다.
여가허 초입에서 부도문을 왕문의 집으로 보내 놓고는 혼자 타박타박 걸어서 왔다.
사부에게 먼저 고해야 했다. 자신이 이룬 것을.
사부에게만 들려주고 싶었다. 하늘의 음악을.
"사부님…… 이제야 왔습니다."
석도명이 자세를 바로 하고 큰절을 올렸다.
그리고 집터에서 파가지고 온 열두 개의 석경을 가지런히 무덤 앞에 늘어놓았다.
가슴이 아려왔다.
무수히 많은 산을 넘고 넘어서 먼 곳으로 갔건만 정작 처음으로 되돌아온 느낌이다.

그동안의 깨달음은 어디로 갔는지, 지금은 사부의 임종을 지켜보던 그날의 어리석은 마음뿐이다.

석도명의 손이 바닥에 놓인 열두 개의 석경을 가볍게 스쳐 지나 허공으로 떠올랐다. 그 손짓을 따라 석경이 둥실 떠올랐다.

디링 디링 디리리링.

돌보다는 유리구슬에 가까운 명징한 소리가 석경에서 흘러나왔다.

유일소의 무덤이 자리한 언덕 위에서 그 아래 놓인 옛 집터까지 석경 소리가 가득 찼다.

석도명이 손을 젓자 한 줄기 바람이 불어와 석경을 어루만졌다.

문득 죽적 소리가 들렸고, 배소(排簫; 통소의 일종)와 가(笳; 갈잎으로 만든 피리), 각(角; 뿔피리), 도훈(陶壎; 흙을 구워 만든 취주악기), 위약(葦籥; 갈대 대롱을 엮어 만든 취주악기), 영(笭; 고대 관악기), 호(箎; 고대 관악기), 화(龢; 생황의 전신인 취주악기), 필률이 바람을 따라 울었다.

뒤이어 저종(貯鍾), 필종(畢鍾), 편종(編鐘), 박(鎛)을 비롯한 온갖 쇠종과 부(缶; 타악기로 쓰는 물그릇), 죽척(竹尺; 대나무로 만든 타악기), 금정(金鉦; 징의 일종), 절고(節鼓), 강고(掆鼓) 소리가 울렸다.

공후(箜篌), 비파, 칠현금, 알쟁의 음률이 그 위에 더해졌다.

흔들리는 것은 고작 열두 개의 석경인데 사방에 가득한 것은 천하의 모든 악기가 울어대는 소리였다. 그 많은 악기가 오직 석도명의 손끝을 따라 장엄하고도 절절한 소리를 토해냈다.

3,000명이 넘는다는 황궁 교방 악단의 연주가 이보다 장중하고, 이보다 아름다울 수 있을까 싶었다.

더욱 굵어진 눈발이 그 음악에 맞춰 춤을 추듯 나풀거리며 떨어졌다.

그 황홀한 장면이 얼마나 계속 됐을까?

석도명이 부드럽게 팔을 저었다.

그 가득했던 음악이 서서히 멀어지기 시작했다. 황궁 연회장을 가득 채우고 있던 악사들이 악기를 들고 한 명씩 차례로 빠져나가는 것처럼 악기 소리가 하나씩 지워졌다.

석경은 여전히 흔들리고 있는데 이제 남은 건 가녀린 대나무 피리뿐이었다.

필리리이이—

피리 소리가 끊어질 듯 끊어질 듯 가느다랗게 이어졌다.

석도명의 이마에 굵은 땀방울이 맺히고 있었다. 하나 남은 피리 소리에 전력을 다하고 있다는 증거다.

또다시 바람이 불어왔다.

쪼로로롱.

그 바람을 타고 어디선가 새소리가 들렸다. 문득 사방을 가득 덮고 있던 눈발이 그쳤다. 아니, 허공에서 그대로 지워졌다고 하는 게 옳았다.

새소리를 실어온 바람 끝에서 따스한 온기가 피어올랐다.

유일소의 무덤에 두껍게 쌓여 있던 눈이 순식간에 녹아내리더니, 누렇게 마른 풀 더미 밑에서 파란 싹이 고개를 내밀었다. 화공이 능숙한 솜씨로 색을 칠해 나가듯 주변의 정경이 옅은 연두색으로 변했다.

물기를 가득 머금은 푸른 잎이 나뭇가지마다 맺혔고, 풀밭에서 고개를 든 온갖 야생화가 봉오리를 활짝 벌렸다.

울음소리만 들려주던 이름 모를 산새 한 쌍이 날아들고, 꽃봉오리 주변에선 나비가 춤을 추었다.

봄.

계절을 무색케 만드는 완연한 봄이었다.

피리 소리를 따라 다시 계절이 바뀌었다. 숲에는 녹음이 짙어지고, 뜨거운 태양이 만물에 생장(生長)의 축복을 내리쬐었다. 이윽고 사방에 충만한 생기를 불어넣는 시원한 빗줄기가 퍼부었다.

석도명의 몸이 흠뻑 젖었고, 유일소의 무덤 위에서는 풀잎마다 물방울이 맺혀 떨어졌다.

피리 소리가 한없이 느려졌다.

뜨거운 열기가 걷히면서 서늘한 바람에 나뭇잎이 울긋불긋 물들었다. 개암나무에서 열매가 툭툭 떨어지면서 풀벌레 소리가 짙어지더니 어둠이 찾아왔다. 그 어둠 위로 만월이 둥실 떠올랐다.

유일소가 어린 석도명에게 보여주고 싶었던 원만(圓滿; 완전한 조화)함이 바로 이런 것이었을까?

연주에 혼신을 다하고 있었지만, 석도명은 보름달 안에서 유일소가 자신을 내려다보며 환히 웃고 있는 것 같았다.

석도명이 가슴에 가득한 이야기를 피리에 실어 하늘로 올려 보냈다.

이윽고…… 피리 소리가 바람결에 흩어졌다.

그 아쉬운 여운과 함께 달이 스러지고, 잔뜩 흐린 하늘에서 다시 눈이 쏟아졌다. 계절은 다시 겨울이었다.

석도명의 손이 천천히 아래로 떨어졌다.

흔들림을 멈춘 열두 개의 석경이 부드럽게 땅에 내려앉았다.

석도명이 사부에게 바친 자연의 노래가 그렇게 끝이 났다.

석도명이 후련함과 아쉬움이 뒤섞인 얼굴로 유일소의 무덤을 바라봤다. 사부 앞에서 음악 외에는 아무 말도 할 수 없었다.

그러나 세월을 건너 뛴, 사제 간의 소리 없는 대화는 오래 이어지지 못했다.

짝짝짝.

갑자기 박수소리가 들려왔다.

석도명이 천천히 돌아섰다.

뜻밖에도 진무궁주 악소천이 나타나 있었다.

"허허, 그대는 만족하시오? 그대의 어린 제자가 마침내 날개를 활짝 폈구려."

악소천은 석도명의 어깨너머로 말을 건네고 있었다. 마치 유일소가 무덤에서 일어나 자신과의 대화를 기다리고 있기라도 한 것처럼.

석도명이 생기를 잃은 눈으로 악소천을 쏘아봤다.

당장 진무궁으로 쳐들어갈 생각을 한 건 아니지만, 이렇게 만난 이상 싸움을 피할 수는 없었다.

악소천 또한 석도명을 피할 생각은 아니었다.

"잘 왔구나. 오래 기다렸느니."

석도명이 가슴 앞으로 손을 들어올렸다.

차라라랑.

석도명의 등 뒤에서 열두 개의 석경이 둥실 떠올랐다.

〈9권에서 계속〉

신세대 무협 작가 '3인 3색'
드림 출간 기념 이벤트!

제 1 탄!
감성무협의 신기원을 열었던
『은거기인』의 작가 건아성!

이번엔 배신과 음모가 판치는 비정한 사파인들의 이야기로
끊임없이 변화를 추구하는 작가주의의 진면목을 보여준다!

군림마도

하북 호혈관에서 시작된 강호 대파란.
이제 사파의 이름으로 천하 무림을 굽어보리라!

제2탄, 나민채 작가의 퓨전 무협 『마검왕』(12월 출간 예정)
제3탄, 가나 작가의 신무협 『천마금』(2009년 1월 출간 예정)

푸짐한 사은품 증정!!

EVENT ONE

이벤트를 진행하는 3종의 책을 '모두 구입하신 분들 중' 추첨을 통해 사은품을 드립니다.

[사은품]
1명 : <최신형 디지털 카메라> + 3종의 3권(작가 친필사인)
('EVENT ONE에 참여하신 분들 중 30명'에게 작가 친필사인이 들어 있는 3종 3권을 드립니다.)

[응모요령]
1,2권 띠지에 부착된 응모권 6개를 오려 드림북스로 보내주세요.

EVENT TWO

이벤트를 진행하는 3종의 책을 '개별적으로 구입하신 분들 중' 추첨을 통해 사은품을 드립니다.

[사은품]
3명 : <백화점 상품권(10만원)> + 구입한 도서의 3권(작가 친필사인)
(『군림마도』(1명), 『마검왕』(1명), 『천마금』(1명))

[응모요령]
1,2권 띠지에 부착된 응모권 6개를 오려 드림북스로 보내주세요.

EVENT THREE

책을 읽고 감상평을 올리시는 분들 중 11명을 추첨하여 사은품을 드립니다.

[사은품]
으뜸상(1명) : Mplayer Eyes MP3 + 서평을 쓴 도서의 3권(작가 친필사인)
우수상(10명) : 문화상품권(1만원) + 서평을 쓴 도서의 3권(작가 친필사인)

[응모요령]
이벤트 진행 도서들 중 하나를 읽고 인터넷 서점(YES24)리뷰란에 감상평을 올려주시고,
그 내용을 복사하여(이메일, 아이디 기재) 한 번 더 '드림북스 홈페이지 감상란'에 올려주세요.

[보내주실 곳] (우)142-815 서울시 강북구 미아8동 322-10
(주)삼양출판사 2층 드림북스 이벤트 담당자 앞

[이벤트 기간] 2008년 12월 15일~2009년 2월 16일

[당첨자 발표] 2009년 2월 27일(당사 홈페이지 및 장르문학 전문 사이트에 발표합니다.)

드림북스 홈페이지 http://www.sydreambooks.com
드림북스 블로그 http://www.blog.naver.com/dream_books
문피아 사이트 http://www.munpia.com/출판사 소식/드림북스
조아라 사이트 http://www.joara.com/출판사 소식

※ 응모권을 보내주실 때는 '이름, 연락처, 주소'를 정확히 기입해 주세요.
※ 사은품은 이벤트 진행도서 3종 3권의 책이 모두 출간된 직후 일괄 배송합니다.
※ 사은품은 상기 이미지와 다를 수 있습니다.

흑마법사 무림에 가다

박정수 판타지 장편소설

FUSION FANTASY STORY & ADVENTURE

『마법사 무림에 가다』의 박정수!
이번에는 흑마법으로 무림을 평정한다.
마교에서 부활한 대흑마법사 마현의 무림종횡기!

무림인들은 자기 실력의 3할은 숨겨 둔다고?
그렇다면 내가 숨겨 둔 비장의 3할은 바로 흑마법이다!

dream books
드림북스